情怨

周瘦鹃 —————— 著

恨不相逢未嫁时

周瘦鹃小说集

Zhou
Shou Juan
XIAOSHUOJI

中国文史出版社
CHINA CULTURAL AND HISTORICAL PRESS

图书在版编目（ＣＩＰ）数据

周瘦鹃小说集．情怨·恨不相逢未嫁时 / 周瘦鹃著 .
-- 北京：中国文史出版社，2018.11
ISBN 978-7-5205-0742-4

Ⅰ．①周…Ⅱ．①周…Ⅲ．①短篇小说－小说集－中
国－当代Ⅳ．① I247

中国版本图书馆 CIP 数据核字（2018）第 257861 号

责任编辑：梁玉梅

出版发行：中国文史出版社
社　　址：北京市海淀区西八里庄 69 号院　　邮编：100142
电　　话：010-81136606　81136602　81136603（发行部）
传　　真：010-81136655
印　　装：北京温林源印刷有限公司
经　　销：全国新华书店
开　　本：16 开
印　　张：13.75
字　　数：198 千字
版　　次：2019 年 7 月北京第 1 版
印　　次：2019 年 7 月第 1 次印刷
定　　价：49.80 元

辑一◎真

真

明漪双睑在那碎银般的月下，一汪一汪地晃出一派柔媚的光来，嵌着两颗春星，微微荡漾，任是喜马拉雅山头千年不消的白雪，也不配给她照临，怕玷污了她。雪太白了，玉太坚了，实是合放在造化的洪炉中，融洽过一下子的。红玫瑰花太红，衬上去也不好看，这简直是一朵含着苞将放未放的白玫瑰，含苞处带一脉极微极薄的淡红，是何等的嫩艳。

以上的一番话，并不是描写风景，真的风景和名画师笔尖上的风景都没有这样好。我描写的却是邹如兰女士的眼和脸。其实邹如兰的仙貌，还不是以上几句所能描写得到。凭你诗、词、文、赋、词曲、小说和国粹派、西洋派的画，先前曾描写过美人西施、王嫱的，却偏偏奈何她不得。做书的费了九牛二虎之力，也只就她的眼和脸不疼不痒地形容几句，其余各部竟万万形容不出了。

邹如兰的绝色，本是北大街上最有名的。远近的人谁不知道这北大街的美人，纷纷传说。北大街的住民也就借着邹如兰自豪，当作一件极荣誉的事，索性连街名也改作美人街了。

邹如兰不但貌美，还是一个有学问的女子。那一颗玲珑剔透的芳心中装满了中西学问。就是绣一只花、织一件绒线衫子，也都是斫轮老手。她从小儿在女学堂中念书，如今二十岁，快要从中学毕业了。端为她才貌双全，不知道颠倒了多少青年，有的写了信，有的诌了诗，偷偷地寄给她，但她生性幽娴贞静，好似瑶台最高处的仙花一般，任人家百般挑逗，她兀是不瞅不睬。收到了诗或信，给她父亲过一过目，就一把火烧了。

有一天，不知怎样神驱鬼使似的，忽被西大街上一个少年诗人撞见了，诗人的理想中，本来常有仙姝往来。美色当前，可也不算什么稀罕，谁知他一见如兰，就着了魔，觉得他诗心诗魄制造出来的美人，任把琼花璧月仙露明珠的句儿形容上去，总觉不称。像这么一个活色生香的真美人，才当之无愧咧。

少年诗人姓汤名唤小鹤的，是个初出道的诗人，诗笔还嫩，但是报章、杂志已很欢迎他的诗稿，一般人心目中也就渐渐有了汤小鹤的名字。小鹤自遇了如兰以后，一打听人家，什么都知道了，更倾倒得了不得。心想总要和她相识才是，要写封信寄去，兀是不敢，连挨了三日三夜，翻来覆去地想了好久，方始立下决心。一夜他取出花笺，写了封很恳切的信，一边写一边小鹿撞胸，第二天又踌躇了一会，方始付邮。

说也奇怪，那邹如兰得了汤小鹤的信，竟破题儿第一回悄悄地藏了起来，不给她父亲看，也不把火儿烧了。她原曾见过小鹤好几首诗，觉得字里花飞，很合她的意，如今瞧了这信，又写得大方得体，不像旁的人那么轻薄，这分明不是寻常的少年了。不上三天，竟写了封回信给小鹤，还附着一张雪白金边的名片，许他结为朋友。小鹤喜心翻倒，把她的信薰香珍藏，直当作宝贝一般。从此以后，他们俩就做了不见面的好友，鱼雁往还，无非谈诗论学，有时在路上遇见，彼此也并不招呼，只像陌路人一样。

可是中国的社会中，往往把无形的桎梏锁缚住了男女青年，凭你们友谊十分高洁，也一概不许。他们走到什么所在，有千百双吓人的眼睛跟随到什么所在，因此上，偷偷摸摸的事越多，风俗越坏，不自由的婚姻也越发层出不穷。可是男女社交不能公开，又哪能产出美满的夫妇来呢！小鹤和如兰结识了三年，始终不曾接近，讲过一句话。但是，小鹤心中已长了情苗，觉得邹如兰已满满地占据在灵台之上，凭你十万横磨剑，也斩不掉这一缕情丝。英国大诗人拜伦说得好："友谊往往胎生情爱。"这也是男女交际上免不了的一个阶级。不但小鹤如此，如兰的信中也流露了一些出来。

那时社会中已约略知道汤小鹤和邹如兰结交的事，认作是罪大恶极，没来由地诽谤，传布人口，常使他们俩陷在忧恨、恐怖之中。却再也料不到，他们一总没有见过面呢！小鹤方面有几个朋友都在背地议论他，说小鹤爱邹如兰，不过爱她的貌罢了，又哪有什么精神上真的爱情。眼见得如兰貌一衰，他就掉过头去，爱上旁的美女子咧。小鹤什么都不理会，自管掏着心儿肝儿遥遥地把真情用在如兰身上。

这样又过了两年，邹如兰忽然嫁人了。原来她不曾和小鹤订交以前，早就由她父母许配人家，可怜一个天上安琪儿似的女子，竟也落了买卖式婚姻的俗套。如兰对于这事很不愿意，然而哭干了两眶子眼泪，也是没用。小鹤一得这消息，不觉呆了一呆。如兰出阁的那天，小鹤躲在床上，整整地哭了一天，他并不是哭自己不能得如兰为妻，实是哭天上的仙人从此堕落，灵台上一枝畅好的仙花，从此着了污点了。他心目中总以为如兰不是寻常的女子，也就不该像寻常女子一样，委曲了自己白璧无瑕的身子，去做臭男子的玩具。

他越是想，越是伤心，一边还暗中责备如兰，不该如此自暴自弃，辜负上天造就绝代佳人的一片苦心。夜半梦回，他从床上跳将起来，仰天大呼道："完了！完了！"邹如兰一嫁，世界中可就没有一个完美的女子了，从此小鹤的诗就哀弦瑟瑟，全是低徊凄恻之声，他那一首《堕落仙人》的长诗一唱三叹，竟引得好多人掉下眼泪来。其余的长短诗也都写尽人世间无可奈何的苦情，直是把笔尖儿蘸着血泪做的。有一般好事的人，竟写信去责问他，还要求赔偿眼泪的损失。

如兰知道小鹤都是为己而发，便不时写信来安慰他，劝他达观，说："你看破些吧，能寻快乐时寻些快乐，没的常常这样悲伤，我的辛酸眼泪也流得够了，不用你伴着我流泪呢！"

然而小鹤终不能改，一动笔无非是红愁绿怨，做出一派凄响，文学界中就上了他一个"眼泪诗人"的诨号。

邹如兰嫁后一年，小鹤实在无聊极了，便依着家人之请，居然娶了一个妻，也装着很高兴的模样，在人生舞台上扮演这种没意味的把戏。以后十年中，他也生子育女，很勤恳地做事，除了一身独处以外，总得把笑脸向人，于是他的朋友们都说，小鹤已忘了邹如兰咧。如此，小鹤当真忘了邹如兰么？其实他何曾忘怀过来，不但没有一天不想，就是一刻钟一分钟中也有如兰挂在心头，他想着如兰才肯努力向上，才做得出极绵邈的好诗来。

如兰含辛茹苦，过着那种不满意的生活，对于小鹤唯有私心感激，瞧作一辈子唯一的知心人。她的芳心已成了那沙漠，幸有这汤小鹤在着，算是那沙漠中的一片青草地，倘没有小鹤维系她一丝生趣，可当真要憔悴死咧。

如兰三十五岁上，忽地遇了一件意外的事，把她花一般的美貌毁了，还跛了一只脚。

原来有一天，她坐马车出去，被一辆汽车撞了个满怀，马仰车翻，把她压倒在地，一只脚压断了，脸上也被车窗上的玻璃剜破了好几处。送到医院中医了一个多月，那脚总没有复原，一张羊脂白玉似的脸上也平添了好多疤痕。她丈夫先还爱她的貌，到此竟完全抛下她了，自管娶了两个妾作乐，逼她写了休书，撵将出来。

小鹤一听得这事，直把那薄幸郎恨得牙痒痒的，恨不得生生杀死了他，给如兰出一口恶气。那时如兰母家已没有什么人了，小鹤就托她一个老姑母出面，接了如兰，把自己新造的一座别墅，让她住下，用了好几个下人服侍如兰，衣、食、住三项都使她享用畅快，没一处不满意。小鹤自己仍住在旧宅中，每天晚时，总到别墅的门房中，问如兰和她姑母的安好，有时还带了花来，送与如兰，悄悄地在花堆中夹一张名刺，写上一个"爱"字。但他怕人家说话，从不踏进别墅内部去，在门房中勾留至多五分钟，得了如兰一声回话，就一掉头走了。

如兰感激得落泪，往往对着那老姑母哭说："我没有什么能酬报小鹤的厚爱，只索把这一颗真的心和真的眼泪酬报他了。"

小鹤对于如兰仍是一往情深，像十多年前一样，如兰虽是疤痕界面，又跛了脚，再也不像往年的如花如玉，然而小鹤心目中，仍瞧她是个天仙化人，一边还暗暗得意，想她丈夫不要她了，旁人也瞧不上她了，从此十年二十年，可就完全是我精神上的爱人，从此不用忌妒，不用怨恨，不用怕人家抢我灵台上这一枝捧持的花去。想到这里，便得意忘形地笑将起来。

然而他仍不想和如兰接近讲一句话，每来探望时只立在园子里，对那小楼帘影凝想了一会，就很满意地去了。这时便又做了一首长诗叫《真仙子归真篇》，平时掩掩抑抑的哀调中参入了愉快的神味。社会中不知道他事情的，都诧异着说，汤小鹤已将哀怨的心魂换去了，往后可不能再称他眼泪诗人。小鹤的朋友们都很佩服他，用情能实做一个"真"字，一边又笑他太痴，二十年颠倒着一个邹如兰，空抛了好多眼泪、好多心血，究竟得了些什么来？小鹤听了这话，也只付之一笑，说我自管用我真的情，可不问得失呢！

如兰在小鹤别墅中住了一年，思前想后，郁郁不乐，在第二年暮春花落的当儿，也就同着花一样落去，临死时樱唇开合，说了十多声的："我对不起小鹤！"到得小鹤赶到时，芳息已绝了。

小鹤又呆了一呆，落了几滴眼泪，即忙从丰殡殓，把玉棺暂在别墅中搁着，一边赶造了一个大理石的坟，三个月后方始落成，就将如兰葬了，墓前立了一块石碑，刻着"呜呼吾如兰之墓"，是他亲笔写的。

后来他自己就住在别墅中，月夕花晨，摩挲着如兰的遗物，只是痴痴地想。每天他总得到如兰坟上去一次，送一个花圈或是焚化一首诗，这是他刻板的日课，风雨无间的。

明年，如兰的忌日，他做了一首长诗，买了个大花圈，清早就到那坟上去，去了一天，没有回来。入夜时有人见他仍在如兰坟前，伏在一个大花圈上，斜阳照到他身上，惨红如血，推他不动，唤他也不醒。

他动时，醒时，多半要在百年以后了。

留声机片

留声机本是娱乐的东西，那一只金刚钻针着在唱片上，忕愣愣地转，转出一片声调来，《捉放曹》咧，《辕门斩子》咧，《马浪荡》咧，《荡湖船》咧，使人听了都能开怀，就是唱一曲《烧骨计》一类的苦调，也不致使人浇泪。谁知道这供人娱乐的留声机片，却蓦地做了一出情场悲剧中的道具，一咽一抑地唱出一派心碎声来，任是天津桥上的鹃啼、巫峡中的猿哭，都比不上它那么凄凉悲惨。机片辘辘地转动，到底把一个女孩子的芳心也轻轻碾碎了。

太平洋惊涛骇浪的中间，有一座无名的小岛，给那些青天碧海、瑶草奇葩点缀成了一个世外桃源。世界中一般情场失意人，满腔子里充塞着怨恨，没法摆布，又不愿自杀，便都逃到这岛中来，消磨他们的余生。那些诗人、小说家，因为岛中都住着恨人，就给它起了个名号，叫作"恨岛"。这恨岛直是一个极大的俱乐部，先前有一二个大慈善家，特地带了重金，到这里来造了好多娱乐的场所，想出种种娱乐的方法，逗引着那些失意的人，使他们快乐。虽也明知道情场中的恨事往往刻骨难忘，然而借着一时的快乐，缓和他们，好暂忘那刻骨的痛苦，也未始不是一件好事。至于文明国中一切公益事业，岛中也应有尽有，并不欠缺，这所在简直是一个情场失意人的新伦敦，也是一个情场失意人的新纽约。

岛中住民有十万左右，内中男女七万人，都是各国失意情场的人，其余是他们的家人咧，婢仆咧，和一般苦力。就这婢仆和苦力中间，也很有挨过情场苦味来的。论他们的国籍，一时间也说不清楚，除了中华民国以外，有美国、英国、法国、德国和欧美两洲旁的文明国，就是非洲的黑人、南美洲的红人，也有好几百人。瞧他们不识不知，直好似鹿豕一般，却也知道用情，也为了情场失意，逃到这恨岛中来。可知世界中的人，不论文野，都脱不了一个情字的圈儿，在他们呱呱坠地的当儿，就带了个情字同来咧。

　　就这十万人中，单表一个中华民国的情场失意人，他是从上海来的，姓名没有人知道，自号"情劫生"，年纪还只三十岁，状貌生得不俗，清癯中带一些逸气，虽是失意，衣冠却整洁得很。他到这岛中来，已有八年多了，光是一个人，并没家婢仆同来，来时只带了个皮箧，瞧他直当作宝物似的，片刻儿不肯离身，睡时当枕头，醒时做靠背，出去时不带行杖，也就带着这个皮箧。箧中藏着的，原来是一大束的情书，裹着很美丽的彩绸，束着粉霞色的罗带，另外还有小影和好几件信物，八年来他常把恨岛中一种非兰非麝的异香薰着，薰得香馥馥的。

　　他闻了这种香味，就回想到八年以前伊人的衣香发香，也是这样甜美可爱，当下他脑中便像变作了个影戏场，那前尘的影事好似拍成了影戏片，一张张在那里翻过，顿使他回肠荡气，兀地追味不尽。想极时，他没有法儿想，只索对着那小影痴看，追摹伊的一颦一笑，把那青丝发、远山眉、星眼、樱口一起想到，更想到那纤腰、玉手和罗裙下那双六寸肤圆的脚。这都是他忘不了的，一边又打开那一束情书，足足有一二百封，从头瞧起，觉得字里行间，仿佛有伊人的芳心在那里跳动，又像有伊的呖呖珠喉在那里向他说话，直把他的眼泪都吊了出来，几乎把那信笺做了个盛泪的盘子咧。

　　恨岛中的男女们，既然都是情场历劫的人，到了无聊的当儿，往往喜欢把他们的情场历劫史彼此相告、彼此相慰，唯有这情劫生却关紧了嘴，从不和人家多说什么，既不把自己的情史告诉人家，也不求人家的相慰。他那一张嘴儿，倒也有"一夫当关、万夫莫开"之势。他平日并不多交朋友，只有一二个知己，都是本国人，也为了失意情场，同时从上海逃来的，他们约略知道他的事。

事儿原也平淡得很，自从有世界以来，有了男女两下里瞧上了，发生了两性相恋，就像铁针遇了磁石，吸在一起，以后被环境逼迫，好事难成，因为他们两人之间，早有个第三人在着，把那陈年古宿的庚帖、允书掮出来，轻轻地把那女孩子抢去了，一个落了空，就捧着碎心，逃了开去。情劫生的事，也是如此。

他在十七八岁时，结识了一个才貌双全的好女儿，似乎叫作林倩玉，他就一往情深，把清高诚实的爱情全个儿用在这女郎身上，一连十多年，没有变心。世界中尽有比这女郎才貌更强的女子，他却一百个不管，心目间不但以为所爱的才貌是天下第一，倒像天下也单有这一个女子一般。彼此如狂如醉地喝着那情爱的酒，不知道杯底里却藏着黄连，喝到味儿苦时，只得耐下去，连一个苦字也喊不出来。末后那女郎被家庭逼着，嫁了一个旁的人，他不愿再留在故乡，多生无谓的感触，知道太平洋中有一个恨岛，是世界情场失意人的安乐窝，于是带了些钱和他爱人的情书信物，一溜烟离去上海，做了个黄鹤一去不复返，决意把他一身和那千般万般的愁恨，埋在太平洋烟水迷蒙中，把无穷的酸泪，洗他那颗破碎的心。

情劫生逃到这恨岛中来，原是要斩情绝爱，忘掉他的痛苦，然而正合着冯小青的两句话，叫作"莲性虽胎，荷丝难杀"，心上总是牵牵惹惹地推不开去。岛中原常有宴会、跳舞会、音乐会，请大家参与，尽着吃喝玩笑，好把愁惨不快的前尘影事慢慢淡忘下来。每夜华灯初上，就有好多的男女前去寻乐，灯影、人影、花香、酒香和音乐声、笑语声，都并合在一起，大家当着这沉醉的一夜，简直快乐得像发疯一般。

然而这一位情劫生，却始终不曾参与过这种娱乐的会，他曾向一二知己说道："一个人受了情爱的苦痛，就好似极猛烈的毒弹，深深地嵌在骨上，岂是一时娱乐所能忘掉的？这样的盛会，不过是一只挺大的麻醉药缸，给你去麻醉一下子，到得夜阑人静，旧恨上心，便更觉得难受。我又何必附和着他们，把勉强的笑脸去掩盖那一双泪眼呢？"

岛中的男女们见情劫生落落寡合，从不和众人合在一起，从不谈起他的情史，一张脸活像是把铜铁打成的，也从不曾向人笑过一笑，他的身上倒像裹着北冰洋中无数的冰块，瑟瑟地冷气逼人，走到街上时，开着极小的步，行动非常迟慢，好似一个鬼影一般，岛中人便给他起了个外号，叫作"怪人"。

情劫生本是一个孤儿，老子娘都已死了，在故乡时还有几家亲戚，往来凑凑热闹，如今身在几千里外，真个是举目无亲，整日和他厮守在一起的，单有一个小童，年纪不过十四五岁。他既是哑巴，偏又是个傻子，因为不能说话，一天到晚只是痴笑，分明把这笑来补他不说话的损失。有时节情劫生只管哭，他便只管笑，一个哭得越苦，一个也笑得越凶。这一哭一笑之间，就包括着一大部人生的哲学了。

情劫生在闷极的当儿，往往同着这个哑童到洋边去舒散，抬着一双泪眼，向中国方面望去，心想：倩玉此时在那里做什么？身体可安好？可能享受那夫唱妇随的真幸福？想到这里，眼泪不由得扑簌簌地掉入洋水，白浪翻过，把他的眼泪卷去了。他痴痴地望着这一个浪，指望它滚到故乡，代表自己向意中人道一声好。有时节在斜阳西下时，眼见那一大抹玫瑰红的斜阳恋着水，仿佛相偎相依地正在那儿接吻，他便又想起当年和倩玉接近时，也是这么亲热，可怜余香在口，再也不能和伊偎傍了，当下里心痛如割，不觉连呼了几声"倩玉吾爱"，眼泪早又不住地掉将下来。哑童不知就里，只是嘻开了嘴，站在一旁痴笑。

情劫生想念倩玉，日夜不断，睡梦里头，更夜夜要回去和倩玉相见，好在这一着还算自由，没有人能干涉他们。至于倩玉方面，自然也一样地苦念情劫生，伊的嫁与别人，并不是有意辜负他，只为被父母逼着，委曲求全，不得不这样混过去。伊原打定主意，把自己分作两部，肉体是不值钱的，便给伊礼法上的丈夫，心和灵魂却保留着，给伊的意中人。伊出阁的那天，只得了情劫生"珍重前途，愿君如意"八个字，从此就没有消息。私下里着人去探望他，只见屋子空了，人已没了踪影，更探听他平日往来的朋友们也都说不知道。

倩玉疑他已寻了短见，转念想他是个基督徒，生平最反对自杀，说是弱虫的行为，料来未必如此，多半是避到什么远地去了。倩玉没奈何，花晨月夕，只索因风寄意，暗祝她意中人的安好，枕函上边，也常为他渍着泪痕，芳心深处，总怀着"我负他"三个字，兀地自怨自艾，对着家人也难得有笑脸了。

情劫生本是个多病之身，又是兼着多愁，自然支持不了。他的心好似被十七八把铁锁紧紧锁着，永没有开的日子，抑郁过度，就害了心病，他并不请医生诊治，听他自然，临了又吐起血来。他见了血，像见唾涎一般，毫不在意，把一支破笔蘸了，在纸上写了无数的"林倩玉"字样。他还给一个好友瞧，说他的笔致，很像是颜鲁公的呢。那朋友见了这许多血字，大吃一惊，即忙去请医生来，情劫生却关上了门，拒绝他进去。医生没法，便长叹而去。

一个月后，他病势已很危险，脸憔悴得不像了人，全身的气力早已落尽，成日躺在床上，不能起身，他那几个好友便又去请了医生来，医生一把脉，说已不中用了，还是给他预备后事吧。

临死时，他神志很清楚，脸上忽地有了笑容，那时斜阳正照到楼心上，红得可怜，他吐了一口血，染在白帕子上，笑着向他的哑童道："孩子，你瞧我的血，不是比斜阳更红么？倘能染一件衫子，给那人穿在身上，好不美丽！"哑童不明白他的话，只是痴笑。

朋友们见他去死近了，问："有什么遗嘱没有？"他想了一想，眼光霍地一亮，说："有一件事先要烦劳你们，我有几句话要寄回去给那人，信中只能达我的意，不能传我的声。伊是向来喜欢听留声机的，我想就把我的话做成了留声机片，寄给那人，住址在我的手册中，停会儿你们检看好了。此刻快到百代分公司去唤一个制造机片的工师到来，给我收声，要求他们代造一张，须得经久耐用，口齿也要清楚，多少费用归我担任。我箧中还剩三千块钱，除了制片、葬殓以外，倘有余下的钱，就请捐与什么慈善机关。我本来不用葬殓，只消抛在太平洋中饱了大鱼的腹，什么都完了。遗蜕埋在地下，虽然无知无觉，总还带着余恨，不过我恋着这些情书信物，没法摆布，我倘葬殓时，就能做殉葬物，埋到了黄土之下，和我合在一起，将来的白骨冷了，也好借它暖和暖和。除却这两件事，我没有什么遗嘱，但求诸位好友依着我的话做，等那留声机片制成后，立刻寄往上海，交那人亲收。殓我时，千万不要忘了那情书信物，定须好好放在我的身边，至于一切遗物，都送给诸位留个纪念。哑童侍我很忠恳，我也爱他的痴笑，请把我箧中的钱提出三百元给他。以外我没有话了。"

情劫生说了这一大篇话，甚是乏力，便把上半身伏在被上，一阵子喘，当下又吐出好多血来，被斜阳照着，真是一片惨景。

朋友们听了他的话，都很伤感，叹息的叹息，落泪的落泪，当下不敢怠慢，即忙赶到百代分公司，和经理人商量，派了个工师带着收声机立刻赶来。情劫生挣扎着，把话送入机中，一句一泪全都是使人断肠的话，说完他就倒在枕上死了。

那时惨红的斜阳，照了他的血，不忍再照他的尸体，早已悄悄地蹑足而去；门外的棕榈树上，起了一阵风，似是呜咽的声音；太平洋中夜潮拍岸，也做着哭声，料想墨波之上，多半送着情劫生的痴魂回去咧。

三个月后，上海的林倩玉家，忽地接到了一个海外来的挂号邮件，层封密裹，似乎非常郑重。倩玉拆开一看，见是一张留声机片，好生诧异，仔细瞧时，陡见当中那个圆圈子里有"情劫生遗言"五个金字，伊芳心一跳，泪珠儿也立时滚了出来。这当儿伊丈夫恰不在家，家中只有一个耳聋的老妈子，在灯下打盹。伊家本有留声机的，当下便锁上了房门，把那片儿放上去，开了机，不一会就听得忒愣愣地说道：

唉！亲爱的！我去了！我是谁？你总能辨我的声音。你出阁的那天，我就逃到太平洋中的恨岛上，过这怨绿愁红的日子。八年以来，早已心碎肠断，不过还剩着一个皮囊，挨到今天，这皮囊也不保咧。

唉！亲爱的！我去了！愿你珍重！要是真有来世，便祷求上天，给我们来世合在一起。今世可已完了，还有什么话说？往后你倘念我时，只消瞧你面前的日影、云影，都有我灵魂着在那里。晚上你对着明月，便算是我的面庞，见了疏星，便算是我的眼睛，你红楼帘外，倘听得鸟声啾啾，那就是我的灵魂凭着，在那里唤你的芳名呢。

唉！——唉！——亲爱的！祝你——祝你的如意！我我——我去了！

倩玉忍住了好一会子的悲痛，到此便哇地哭了一声，晕倒在地。到得醒来时，伊丈夫还没有回来，忙把那留声机片藏好了，又哭了一回，方始抹干眼泪，仍装做没事一样，心中又不住地暗暗念着道："我负他！我负他！"

从此倩玉一见伊丈夫出去，就锁上房门，听这留声机片。片中说一句，伊落几滴眼泪。这样一个月，片上都积着泪斑，连那金刚钻针也碾不过去。伊对着这机片说了好多的话，片中说的却依旧是这几句，没有旁的话回答伊，后来伊竟发了疯，不吃粥饭，也不想睡觉，见了日影、云影，总当是伊的意中人，又常和楼窗外的小鸟说话，问它们可是唤伊的芳名。伊丈夫要把伊送往医院去，伊便大哭大闹，抵死不肯。

一天晚上，伊丈夫回来，只见伊伏在桌子上留声机畔，早没了气息。

原来，伊的一颗芳心到此才真个碎了。

改 过

陈菊如先生的一张脸，这时好似炎夏中的天空一般：闷过了一天，黑压压地遮上一重乌云，雷动电闪，风起沙飞，快要刮下雨来了。

他交叉着两条臂儿，挺身坐在一把大号安乐椅中，一动都不动。从头到脚，似乎把南冰洋北冰洋的冷气都聚在一起，连这书房中的空气，也含着一派冷意。两个眸子，却又像火山中冒出烈烬一般，直注在他儿子松孙的脸上，大声说道："算了算了！从此以后，我们一刀两段，断绝关系。你不必再当我是父亲，我也不认你是儿子。你取了这二百块钱，赶快走路，这里姓陈的屋顶下边，可万万容不得你这个不肖子！你倘能好好改过，回过头来把你的血汗去挣五千块钱，偿还你所偷银行中的这笔款子，或者能许你回来，再和你母亲见面。不然，你休想踏进我门口一步，进右脚斩右脚，进左脚斩左脚！"

这几句斩钉截铁的话，从他牙缝里迸将出来，直好似一千把一万把的利簇，直刺到松孙心中。

松孙流着泪说道："阿爷，你可能别撵我出去！不妨把儿子锁闭在哪一间房中，从此闭门思过，想往后做人的法儿，决不敢再闹什么事，使阿爷着恼。阿爷，你可怜见我吧！"

菊如铁青着脸，连连摇头道："不行，不行，你非走不可。宁可使你去提倡非孝主义，赶回来一手枪打死我，我的家教是不能变动的。"

他夫人哭着劝道："算了吧，我们单有这一个儿子，什么都该担待些儿！儿子养到这么大，也不是容易的事。你难道忍心瞧他流落在外，自己也甘愿做孤老头子么？"

菊如勃然道："做孤老头子不打紧，没有儿子也要过活，怕什么来？他倘流落在外，这也是他应得的罪，谁教他偷银行中的钱呢？即使流落死了，我只算不曾有过儿子。因为我们陈家历代清白，人人洁身自好，没一个做过一件不道德不名誉的事，偏偏临到这个不肖，就闹了这么一件事。父亲做银行行长，儿子却做贼偷银行中的钱。如今报纸宣传，大家都知道了，叫我撑着什么嘴脸在社会中做事？我如今心灰意懒，已向银行中提出辞职书。他们虽百方挽留，我是决计不干的了，五千块钱已照数赔偿。这样的贼儿子，也不能留在家中，使我见了生气，不给他厉害看，他可永远没有改过的日子。照我的意思，恨不得把他交与官中，给他坐一二年监。只为了你分上，留些余地。这二百块钱，且给他出去做改过的资本，我这做父亲的总算是仁至义尽了。"

那时菊如夫人的背后，忽又转出个十八九岁的姑娘来，玫瑰脸上泛着白色，含泪说道："表叔，请你瞧我薄面，别撵表哥出去！这一回的事，全为了交友不慎，受人愚弄，才踏到赌场里去。又为的输了钱，吓急了，才忘了厉害，竟干出这种事来。但他的德性依旧没有变动，改过自很容易，要是到外边去，更受恶徒们的引诱，如此不但不能改过，恐怕愈陷愈下、不可救药了。"

菊如夫人帮着说道："可不是么！小芬的话是一点不错。你也得想想厉害，究竟是自己的亲骨血，凭着一时之气撵了出去，将来后悔不及。"

菊如脸上的黑云愈腾愈密，哪里是这雨丝微风吹得散的！当下便瞅了他夫人一眼，哮声说道："后悔后悔，有什么后悔？我的主意已打定了，谁也不能摇动我。我要瞧他到了外边去，怎样地改过？"接着就转向松孙，冷冷地说道："先生，你快取了这二百块钱走出我的门，从此我们只当你是死了，你也不用再来问我们的事。你倘能改过，那就是你复活咧。但我料你也未必有这一天！先生，快走快走！"

松孙听了"先生"的称呼，脸色顿变得像死人一般，眼泪扑簌簌地掉个不住，只还咬着嘴唇，想要强制下去。

他母亲即忙跑过去，抱住了他，悲声说道："阿松，阿松，我怎能舍得下你？但父亲如此决绝，我也没法，只望你此去真能改过，令我和小芬欢迎你回来，一家仍能团聚。阿松，你在外边倘要做什么恶事时，总得想起你可怜的母亲，忙向正路上走去。小芬已许给你了，她也等着你回来的！"

松孙道："母亲，你和小芬妹妹要是真个不忘我，我总要图到一个回来的日子。宁可像牛马般在外做着苦工，洗净我姓名上的污点。这一回的事原是我的大错，怪不得阿爷生气。我去了，愿你们大家珍重！"说完，满脸都沾着眼泪，长叹了一声，走将出去。

菊如坐在椅中不动也不说话，直好似化作了一尊石像，只有两只手紧紧抓住了椅柄上两个雕成的狮子头，十指牵动个不住。他眼注着地，侧耳听着他儿子的脚声蹩出书室，穿过客厅走下阶石，最后就听得大门开闭之声，知道这二十五年来长依膝下的爱子，一步步离他远去了。当下就咽下了喉咙口涌起来的眼泪，抬起头向他夫人和小芬道："你们记着，以后别在我跟前提起他名字！"

他夫人和小芬只是抽抽咽咽地哭，都不理会。

陈菊如是北京百业银行的行长，任职已十多年了，为人刻实，商业上的智识和经验都极充足，因此在商界中名誉很好。凡是有人创办什么新事业，倘发起人中没有陈菊如三字，人家就不很相信。他儿子松孙从高等商业学堂毕业后，就在银行中办事，做他的左右手，聪明伶俐，分外地得力。奈何插身社会中没有定力，受了恶朋友的引诱，误入赌场，连赌三回扑克，就输去了五千块钱。

松孙急极了，没有法儿想，于是从银行中偷了五千块钱去付清赌账。事儿发觉，大家都给松孙叹惜，也给他父亲叹惜。菊如悲愤已极，即忙赔出五千块钱，又辞去了行长之职。董事会特开紧急会议，要挽留他，竟也没用。回来时就打定主意，把儿子撵出去了。他从松孙走后，心已灰尽，社会中的事一概都不与闻，拒绝应酬，不见宾客，成日伏在家中，不出大门一步。除了读书临池和念经外，也难得和家人们讲话。

夫人守着他当日命令，再也不敢提起松孙的名字，常和小芬坐在一起落泪。小芬姓杨，是菊如的表侄女，五年前父母双亡。家中没有旁的人，就寄居在陈家。两小耳鬓厮磨，生了爱情，松孙很爱她，她也很爱松孙。菊如夫妇原是极开通的，瞧他们既彼此相爱，就许他们将来结为夫妇。不道发生了这五千块钱的事，竟把他俩生生拆散了。小芬好生伤感，为了松孙不知道抛去了多少眼泪，那个雪色荷叶边小枕头上，夜夜总沾得湿湿的，连那爱子心切的菊如夫人，也没有她这般伤感。

松孙去了五年，一径没有消息。菊如的头发越白，小芬的娇脸越憔悴，菊如夫人额上的皱纹也一天多似一天了。菊如失了儿子，嘴上虽从没有说过一句后悔的话，但他夫人枕下放着一张儿子的小照，他有时也得偷瞧一下子。看书看到说起父子间的事，也总发生感触，不知不觉地要想起自己儿子来。小芬和菊如夫人不消说，更是记挂，每天傍晚时，她俩总在斜阳中盼望松孙回来，每见街头有少年人走过，总疑是松孙。然而她们虽望得眼睛干了，总也不见松孙的影儿来到门前。

那时松孙究竟在什么地方呢？却在上海一家大书局中，充当一种文学杂志的图书主任。原来松孙本有作画的天才，他在学堂中时已喜欢东涂西抹，常给同学们画滑稽小像。虽把头儿画得像栲栳般大、脚儿像苍蝇般小，然而面目画得个个相像，好似拍照一般。他到上海后，一时没有事做，谋了好久，才谋到这么一个位置。仗着自己能画几笔，就放胆做去，五年来他已成名。他的封面画和小说插画，都是一时无两的，他的每月薪水，也从五十元加到了二百元，银行中已有了二千元的存款，预算再辛苦五年，就能带了五千元回去还给父亲咧。

他的画是折衷派，无论仕女、花卉、风景、静物都能来得，设色生动，尺寸正确，画稿上都不署名，只写上一个"改"字。他从当年被撵后出京南下，来到上海，就改了姓名，异想天开，用了"改"做姓、"过"做名，合在一起恰是"改过"二字。人家对他的姓倒不生问题，因为想起了先前的名画家改七芗，百家姓中原有这个姓的。不过名儿用个"过"字，未免带些滑稽。有人问起他时，他却正色道："我们立地做人，随时有过，也得随时改过。我恰姓改，因就加上一个过字做名。改过改过，也是古人座右铭的意思。"人家听了这话，就没有话说了。

东亚的风云，腾结了十多年，一年恶似一年。这年的五月九日，就大决裂了。中华民国正逢一个沉毅果敢的新总统当国，竟把哀的美敦①书递与东国，开起战来。全国的英俊少年都投身军中，替国家效死。

先锋军的军士名簿中，一天就多了个"改过"的名儿。有几个陆军学堂毕业生和他同伍，知道他是上海画师出身，都估量他不中用，一听得枪声就要逃的，还是回去把画板做盾牌、把画笔做毛瑟枪，和生活去作战吧。谁知这手无缚鸡之力的弱画师，却也像赵子龙，一身是胆，前后十多次血战，他总杀了好多敌人，染红了制服回来，还带些战利品。卸去血衣，仍和同伍的兵士们从容谈笑。统将听得了他的勇名，就把他拔升大佐。

最后一次的大决战中，他竟第一人深入敌垒，领着先锋军，占据了一个要镇，夺得机关枪、来福枪不少，虏获敌兵在五千人以上。敌军一败涂地，失了战斗力，过了几天就来乞和，割地赔款，总算出了中华民国一百年来的恶气，报了仇，雪了耻。

全国的男女老少，谁不欢欣鼓舞！连黄海、东海和三大流域的水声，也含着几分乐意。论这回大战中的首功，却是先锋军中一个画师出身的改过大佐。一时通国皆知，恨不得家家把香花供奉。

---

① 即最后通牒。

统将受大总统命令，除赏了他最荣誉的勋章外，又问他要什么东西。

他说："暂借三千块钱，要回去料理一笔旧债。债额是五千块钱，自己已有了二千，所以告借三千。五年以后，仍须卖画偿还。"当下就把前事说了出来。

统将甚是慨叹，向军库中拨了三千块钱，不要他还。大佐哪里肯依，仍写了借据交与统将。那时他身上受着好几处伤，在医院中留了一个多月。伤口平复后，他才揣着那五千块钱得意回乡。心想自己一生的污点，到此总算把血洗净了。

改大佐还乡的那天，北京各方面早得了消息，已在三天前预备欢迎。全城都扎着花，张着旗帜，真点缀成了个锦绣名都。大佐下火车后，就由总统府派骏马来迎，还有军乐和各界旗帜，都是崇拜英雄的话。大佐跨马过市，乐声盈盈，人家窗中都抛下香花来，欢呼"万岁"的声音，好似春潮怒涌。改大佐却并不往总统府去，径向前百业银行行长陈菊如公馆行来。

那时菊如夫妇和小芬都在石门楼上，要一见英雄风采，预备了几大筐的好花撒将下去。一会儿军乐洋洋，簇拥着改大佐到来。大佐两眼向上，全不注意旁人的欢迎，眼光着处，却先和小芬一双妙目碰个正着。

小芬正握着许多花要撒，这时忽地呆住了，扯着菊如夫妇叹道："你们瞧，你们瞧，这不是明明是我们的松孙哥哥么？怎的变作改大佐了！"

菊如夫妇正待细瞧，改大佐却已入门下马，一口气赶到石门楼上，朗朗地说道："阿爷、阿母，儿子似乎已改过了！今天回来，仍回复我的旧姓名，你们可许我么？第一件事就要还阿爷的五千块钱，请阿爷掣一张收条。"

那时菊如夫妇哪里还留心这些话，早扑到了他们儿子身上，扭股糖似的扭在一起，鼻涕、眼泪、笑容黏成了一片。小芬在旁瞧着，也快乐得无可无不可，一张鹅蛋脸儿比玫瑰花更见得红了，取了那几大筐的花朵，全个儿堆在他们身上！

死　刑

陈时英医学士的会客室中，有一个少年靠在安乐椅中坐着，一会儿把把脉，一会儿扪扪心，现出很焦急的神情。两只脚像擂鼓一般，在地板上不住地擂，似乎借此宣泄他心中的焦闷。

少停，靠里面的一扇门开了，满面春风地走出那陈时英医士，伸着一只手来，和那少年把握道："秋舫兄，好久不见，今天什么风儿吹你来？这回是专程来探望我的呢，还是做成我生意来的？"

秋舫皱着眉说道："一半儿探望你，一半儿却要请你诊一诊。这几天我觉得身中很不自然，怕是有病，脉搏和心似乎都跳得怪急。昨天在公司写字间中，又有两次像要昏晕过去。我很不放心，所以定要你给我验一下子。因为旁的不打紧，我快要定亲了，不久就须结婚。要是身体不行，我就死了这条心，免得为了我短期的幸福，累得意中人一辈子守寡。"

时英很高兴似的说道："恭喜恭喜！你快要定亲了么？不知道物色到了哪一位女士？大喜时须得给我多吃几杯喜酒。"

秋舫道："使得使得。这人说来你或者也知道，因为我们十一二岁时曾同她在务实两等小学中一块儿读书。她的艳名和她家的富名，是东门街中人人知道的。"

时英忽地呆了一呆，就若无其事地说道："你可是说谢芝贞么？这真是个天上下凡的安琪儿。想慕她的不知道有多少人，却给你一个人独占，那真可贺极了！"

秋舫道："多谢你这番好话。但我急着要你验一验我身体，不知道到底怎样？因为你是我多年的老友，医学知识又是非常高明的，你说的话定然可靠。"

时英道："但那谢女士可知道你身中不自然么？"

秋舫摇头道："她不知道，我也不敢和她说。但望你验过之后，断定我没有什么大不了事，那就是我幸福无量。不然我爱芝贞，可不愿害芝贞呢。"

这当儿时英的心坎中，陡地起了个幸灾乐祸的恶念，跟着那嫉妒心同时发作。他想谢芝贞是洪秋舫的老同学，也是我陈时英的老同学，芝贞才貌双绝，家道又富，我已想慕好久了，只是没有机会前去求婚，却不道被洪秋舫捷足先得，这是哪里来的话！今天难得撞到我手里来，我总要破坏他的好事，为我自己后来的地步。他一边咬牙切齿怀着这个毒念，一边却笑逐颜开，引秋舫到诊病室中去，验他的身体。先按了脉，然后把听心器去听他的心。一时四下里寂寂如死，但听得时英和秋舫手表走动声，连两人的呼吸也几乎听得出来。

时英就听心器听了好久，两眉渐渐相斗，渐渐地锁了拢来，末后才抬身捺开听心器，吐了口气道："我已验好了。"

秋舫很恳切地瞧着时英，忒愣愣地问道："怎么样？"

时英在一把圈椅中坐下，交叉着臂儿问道："你可要听我说实在的话？"

秋舫心知不妙，便颤声答道："我原是要听实话来的。你尽着说，我还有勇气听你的话。"

时英两眼停注在秋舫面上，像法官判决罪人般庄容说道："如此我要宣告你的死刑！至多一年，就是你的死日。你心中害了一种极厉害极危险的病，医学书中还没有确定它名字。害了这病，不是六个月便是一年，定要断送性命。东西洋医学界前辈费了好多年的心血，总想不出个诊治法来。秋舫兄，你怎么如此不幸，竟害了这种病！我不得不吊你了。"说时，脸上就现出一派黯然欲绝的样子。

秋舫听了这些，脸色早已泛得雪白，眼中水汪汪地像要滴出泪珠儿来，嘶声说道："多谢你说实话给我听！我不幸竟招了天妒，除了等死还有什么话说？再会吧，明天我着人送诊费过来。"

时英正色道："这是哪里来的话？我们老友，计较这一些子小事么？但望你抱着达观，不要忧急，趁着这一年中及时行乐，多享些世界上的幸福。无论吃的穿的玩的，不妨从心所欲，别再爱惜钱了。停一天我到府奉候。"

秋舫说了声"不敢当"，就没精打采地趔了出去。

时英眼送他出门，微微一笑，手中握着那听心器自言自语道："好了，我把他处死刑了。他这人很有些傻气，决不肯再和谢芝贞结婚，我可就能捉空儿接近芝贞，将来人财两得，何等地有幸！一年后他不死，可已来不及，医生的诊断偶然弄错也是常有的事，他可不能和我起交涉。即使坏了我医学上的名誉，不能再行医，但既有了谢家那笔妆奁，可也尽够我一世坐着吃着咧。"说完，对着面前一面着衣镜，又点头自笑了一会。

洪秋舫出了陈时英医士家的门，一步黏不开两步地走去，直好似在睡梦中一般。那时日光亮亮地普照大地，天上一片蔚蓝，几乎连云影都没有。街中行人往来，车马嘈杂，全城都腾着活气。他心坎上却冷森森的，仿佛在死城中走，全不觉得四面有一丝活气。

他到了家里，就呆坐在书房中，抬眼四望，倒像壁上地板上天花板上到处都写着"死刑"两字，使他惊心动魄，不知道怎样才好。耳根旁边，还似乎留着陈时英"至多一年"四个字，因又喃喃地默诵了几遍，一时觉得那亮亮的阳光、蔚蓝的天空、热闹的街市和许多男女朋友，都和他告别了。他很信任陈时英的医道，时英的诊断是断断不会错的。

那时他默坐了好一会子，心中不知道想什么，末后忽然拍案跳起来道：

"算了，这一年的工夫也尽够我作乐！一年之间，我索性放怀乐它一乐，把手头所有的钱一起使尽，然后坐着等死神到来，倒也是很有趣的事。"主意打定，第二天便实行了。

秋舫家本是个小康之家，三年前父母双亡，抛下了五万遗产。这几年来他在国立贸易公司中充副经理，也挣下了一二万块钱，到此便一起从银行中提出来，放在手边应用，至于谢芝贞方面，还不敢去说破，索性等一年后临死时再说，累她多耽搁一年青春，似乎还不打紧。她倘提起订婚问题时，只须把话儿敷衍过去就是了。

接连一星期，他不再上贸易公司去办事，去了一封信辞职。总经理百方挽留，全不理会。他平日是坐包车的，如今却买了一辆德国红漆头号大汽车，天天在市街中横冲直撞，寻他无谓的乐趣。一日三餐总在馆子里，轮流改换，早上吃西餐，午时吃苏菜，晚上吃川菜。这样不上一礼拜，城中所有的大馆子都给他吃到了。每天晚上吃过夜饭，不是走窑子，便是上戏团，又常在自己家里开宴会，或是仿照西法开音乐会跳舞会，真个纸醉金迷、穷奢极欲。交际场中一般有名的男女，哪一个不啧啧赞美，说西洋帝王家的盛会，也不过如此呢！

他的亲友们不知内情，瞧他这样豪阔，都在背地里诧异，说洪秋舫向来很节省的，如今不是要在他后园子里掘到了什么窖金么？有人推谢芝贞去问秋舫，秋舫只是含笑不答。

这样过了八个月，秋舫的几万块钱已花去了三分之二。一边自己享用，一边还不时周济贫民和失意的朋友们。末后在本城玩得厌了，便到近边几处名城中玩去，游遍了名山大川，吃尽了山珍海味。到得手头还剩二千块钱时方始回来，预算死后丧葬等费，他尽够使用了。

谁知世界中却有意料不到的事情，秋舫回到故乡，一年既过去了，眼睁睁又过了六个月，却仍没有死。不但不病，连先前的心跳也不觉得了。那时手头的钱早已用完，向银行中借了一大笔钱也剩得不多，心中禁不住恐慌起来。于是不信任陈时英了，忙去找旁的医生重验身体，验过之后，说没有什么病。连经三四个医生检验，都是这样说。

秋舫听了，倒反像被宣告死刑一般，呆住了好久，周身的神经都似乎麻木了。当下便赶到陈时英那里，和他交涉。时英笑道："你不死，那是天大的幸事，倒还怪我么？要知一年半以前，你当真有死的征兆；一年半以来，你完全不做事，逍遥自在，所以逃过了死刑，也未可知。我祝你长生吧。"

秋舫怒呼道："我不要长生，你那错误的诊断，简直已把我陷到了死境！因为一年半中，把我的家产都已挥霍尽了，以后度日艰难，更没有娶谢芝贞的希望！"

时英冷冷答道："不打紧，你不娶她，她可未必会丫角终老，我不久就须娶她。"

秋舫一听这话，好像当头打了个霹雳，一时说不出话，踉踉跄跄地跑了。回到家中，在书房里呆坐了一会子，止不住掩面哭泣起来。心想钱已完了，身还不死，以后只索做化子去；我爱芝贞，何忍教芝贞嫁我一个穷措大？况且平时吃惯用惯的，难不成嫁了我过那牛衣对泣的苦光阴么？想着，向桌上供着的谢芝贞照片端详了一会，摹想她的声音笑貌，末后忽地站起身来，在四下里踱着，打着旋子。一会儿喃喃自语道："但芝贞是我心坎上的无价之宝，怎能眼瞧着她被旁人夺去？我要免后来切肤刻骨的苦痛，还是趁早一死，给她个不见不闻吧。"正这样想，猛见阳光照着写字台上一把裁纸刀，一晃一晃地在那里发光，倒像有死神坐在那里，笑着引诱他。这时秋舫什么都不想了，立时抢过这柄刀来，向心窝上刺去。

说时迟，那时快，只听得娇唰唰地唤一声"秋舫"，忽有一个美女子推门赶将进来。一见秋舫手中的刀，急忙赶过来夺，接着说道："咦，你闹什么玩意儿？这个刀也好玩的么？到底为了什么一回事，快和我说。"

秋舫长叹了两三声，便把前后的事一起向芝贞说了。

芝贞顿了一顿，便道："嘎，我知道了，陈时英原来是个阴险小人，他故意宣告了你死刑，使你破产，一面却想哄我嫁他。怪道这一年半以来，趁我们不在一起时，兀是在我跟前献着殷勤。这半年中更缠着我，像要开口求婚，又像不敢似的。我有好几次和他翻脸，他却一点不生气，仍是涎皮嬉脸和我歪厮缠，我倒没法摆布他了。如今我既知道了他的狡计，定要和他过不去，替你吐一口气。至于我对于你的爱情，并没有改变，你虽倾家荡产，也得嫁你。不见我手头正多着钱呢！"

　　秋舫低着头，不知道该说什么话。芝贞拉他的手道："别呆了，今天我家开了个园游会，已有请柬送来了。此刻我特地来约你的，快同我去吧。"

　　一星期后，新闻纸中就有了两段新闻：一段是说前国立贸易公司副经理洪秋舫和谢芝贞女士订婚，一段是说名医陈时英君歇业回杭州故乡去了。

喜相逢

小巷中一头黑狗，张开了嘴，伸着一个血红的长舌子，对梅一云汪汪乱叫，这叫声中分明骂着道："化子，化子！"梅一云好生气愤，撩起了那件不甚光鲜的竹布长衫，把那穿着破皮鞋的一只脚，对准那狗的脑袋上踢了一下，一边骂道："好势利的狗！你也欺侮老子么？"说时，已到了一宅又脏又小又暗的小屋子门前，讪讪地走了进去。那狗跟着叫到门口，也就跑开去，向街头找旁的化子叫了。

梅一云实在不是化子，是一个落魄的书生。他家本来也是小康之家，虽不富裕，却还过得去，不幸却和富家做了邻居。这富家的主人是做投机事业的，除了买空卖空，并没有正当的营业。去年中秋节边，在金子上失败下来，设法把产业变卖了，又张罗了一大笔钱，却还差一万两银子。实在没法想了，就想到他保有二万银子火险的屋子上。一天夜半过后，这屋子就失火了，不上三个钟头，烧成了一片白地，左右邻舍也连累了好几家，有的保险，有的不保险。

梅一云家正在左邻，并没保险，可怜一个很安乐的小康之家就被一场火葬送，并且把一云的老父老母也收拾了去。一云从睡梦中醒来跳窗逃出，幸而平日在学堂中练惯了跳高跳远，没有送命，但也摔伤了腿。只是性命虽保了，身外的东西却一件都没有带，连那在学堂中天天读的文法读本和几何三角也一股脑儿葬身火窟了。一云在街头呆坐了一会，方始定神。当下立刻想起父母来，便绕着火窟大哭大叫。那时救火员正忙着，唤他走开去，他也不管。一会儿却又疑他们老人家或者已经逃出，于是在近边几条街中巷中四处找寻，"母亲、父亲"乱唤。真个脚跟无线如蓬转，一直奔到天明，奈何总不见他父母的影儿。

第二天跟着被灾的邻人们扒火烧场，才在瓦砾中扒出二老焦头烂额的尸体来，一时心如刀割，哭晕了过去。后来好容易啼啼哭哭，向几家亲戚化缘般化了几个钱，把二老殓了。从此无家可归，也灰心不再去读书了。在一个亲戚家坐吃了十天，受了逐客令，只索挺身出来，心中暗暗慨叹着想：人生在世，原是富得穷不得的。富的时候，大家往来很勤，逢了节便大鱼大肉地送礼物，似乎慷慨非常，倘有一方面失势了，便不再当亲戚看待。一个亲戚如此，料想其余的亲戚也如此，朋友们更不必说了。

因此梅一云索性挺起那嶙峋的傲骨，死了那依赖别人的心，任是饿死在街头，也一百个情愿。一云最痛心的，就是平日间去惯的意中人家，到此也不能再去了。虽不明言绝交，实际上已是如此。他曾有一回上门去，门房却请他尝闭门羹，说是奉了老主人的命令，以后请不必光顾了。这一下子可把一云气了个半死，恨不得立刻撞死在门前。第二天写了封信给他意中人，也没有回信，一云这才死了心。屡次想自杀，却又屡次劝住自己，说死不得死不得，死了可要给她家笑话，还是留着这个身体，和前途千磨百难去奋斗，图得将来有一个飞黄腾达的日子，也出了胸头一口恶气。

因此他就不死了，但要找事儿做，踏遍了苏州城竟找不到。末后仗着一个打更老头儿的提携，供给了他一副亡儿遗下的测字家伙，于是老着脸在玄妙观中摆了个测字摊，挂上一块"梅铁口"的牌子，天天在眼上搭凉棚般遮了张纸，冷眼看人。每天来请他测字和写信的倒也不少，天晴的日子总能挣到三四百钱，能敷衍一日三餐。他究竟是受过中学堂教育的，虽是信口开河，所测的字可也说得自然人妙，和旁的人两样。写一封信，更和旁人有天上人间之别，一笔楷书也工正得很。洗衣服的王妈妈是个不识字的老婆子，有时来托他写家信给乡下的老丈夫，也总说梅铁口先生的信写得好："可是黑字落在白纸上，笔笔像样，这是瞒不过人家眼睛的。"

一云的生涯虽还不恶，然而他旧时的同学都来和他开玩笑，出了钱请他测字。这是他最难堪的事。勉强挨了半年光景，再也挨不下去，连亲戚们朋友们也都来瞧他。他虽问心无愧，仗自己挣饭吃，他那一双冷眼虽已看透世情，但他到底是个不满二十五岁的青年，不免还有一些子虚荣心。后来恨极了，决意不再出去摆测字摊，一连在家中躲了三天。

他的家在紫兰巷中，就是开头说的那条小巷，每月出一块钱，向一个卖水果的老公公租了半个楼面，安放一张床，一张桌子。他的家就完全在这里了。这一天他出去走走，看见一家书坊中陈列着许多小书和杂志，他从中买了一本上海出版最精美的小说杂志，揣着回来。路上忽地得了个主意，正在暗暗欢喜，不道走到小巷中，那狗对他叫了几下，就着了恼，骂着回家，到了楼上，忙把那小说杂志打开，从头看起。

第一页上就是个挺大的悬赏征文广告，说要征求一种三四万的长篇小说，出题是《我之回顾》，凡是应征的人，须把自己过去的历史记出来，第一名一千元，第二名五百元，第三名一百元。一云把一个大拇指纳在口中，对那一千元、五百元、一百元几个字着实发了一回愣。接着又看了两篇小说，很觉有味，想自从出了校门，也好久不看书了，小说更不要说，今天见了小说，倒像分外有缘咧。一边想，一边翻下去，翻到第四篇，陡地目瞪口呆，好似触了电的一般，原来见那篇小说名儿叫作《寂寞》，下边却署着魏碧影女士五个字。

这魏碧影是谁？原来就是他的意中人。一云好久不见意中人的娇面了，一见这魏碧影的芳名倒像见了面似的，不觉目不转睛地呆看着。一会儿心神定了，暗想登门被拒，去书不管，她分明已把我看作陌路人，我又何必再去想她，发这无谓的愣呢？接着把那《寂寞》懒洋洋地读了一遍，心中忽又动起来。原来里头的话，分明是记他们两人的事，末后便拍上题目，说她深闺中的寂寞况味，描写得分外的细腻。一云倒也不能忘情，想她既是如此，我何不再寄封信去试她一试？当下便磨墨伸纸，一口气写了封很恳切的信，粘上邮票，亲自送往邮局去。

这一夜颠倒迷离，做了许多好梦。然而他伸长了脖子，等回信来，一连一个礼拜，竟不见半个字。无聊中没法排遣，便想起那悬赏征文，把自己的历史着手做《我之回顾》，好在过去半年中省吃俭用，把玄妙观中测字得来的钱挣下了二三十千，尽够给他坐吃一二个月。

他日夜动笔，忙了一个多月，居然把那《我之回顾》做成了，寄到上海那家小说杂志社去。接着一礼拜，他直好似举子望榜般等候消息。一天早上，回信来了，拆开一看，见是那杂志主笔出名，通篇都是钦佩的话，说这种可歌可泣的好文章好久没见过了，龙头之选不是先生是谁？现已备就银饼一千，请先生到上海来领，借此好一识荆州，并且另外有借重的事。

一云一接到这封信，好生欢喜，连那每天当早餐吃的一根油条一块大饼也忘记吃了，当下就怀了那信，搭火车赶往上海。身上虽仍穿着那件不甚光鲜的竹布长衫，袋子里倒似乎已有了那一千块钱叮叮当当的声响。

到上海时，就在火车站上坐了一辆人力车，直奔黄浦滩小说杂志社而来。那时那位主笔先生洪远伯正在编辑室中阅看文稿，一听得茶房报到"梅一云先生"五字，怎敢怠慢？竟赶到门口，一路迎他进去。他眼中只见梅一云那个玲珑剔透的小说家脑袋，并不注意到他身上的衣衫，那种恭敬的态度，一点没有折减。倒惹得茶房们暗暗诧异：想洪老先生今天可是发了疯，怎么毕恭毕敬地迎接一个落魄书生进去，倘给旁人知道，可要笑掉大牙咧！

洪远伯既把一云迎到会客室中，就开口说道："梅先生的大才，兄弟委实佩服得很。敝杂志自从出了那《我之回顾》的题目，登出征文广告以后，投寄来的稿件不下一二千篇，但总没有大作那么有声有色、可泣可歌，大概把先生的心和灵魂都装入行间字里去了。当代不少小说名家，对于先生都得敛手却步呢！"

一云忙道："言重言重！在下做小说，却还是破题儿第一遭咧。"

洪远伯道："那更难得了。第一遭就做得好小说，怕是天才吧。但我疑这篇小说中的事实，不知道真的是先生自己的历史不是？"

一云低头向那竹布长衫上一个破洞瞧着，红着脸说道："先生，这当真是我自己的事。我原曾在玄妙观中做过测字的。"

洪远伯口中"哦"了几声，又道："如此，那书中的女角色也实有其人了？但你结束得过于悲惨，怎的把你自己送了命？我很希望你们后来相逢，重圆那乐昌破镜呢。"

一云怅叹道："唉，没有这希望了。我自永永沦落，哪里还能做她家的娇婿？况且登门被逐，去信不答，他们早就拒我在千里之外了。他们先前虽曾有许我的话，我可也没有凭据和他们交涉去。就我自己，也不愿见金枝玉叶的好女子，嫁我这个穷断脊梁的梅一云啊。"

洪远伯拍他的肩道："你这人真好极了！我总得尽力助你。这里的一千块钱请你收了。"说时取出签票簿，签了一张一千块钱的支票交与一云。接着又道："第二件事，我还要请你做一篇五六千字的短篇小说，题目叫作《春之夜》，须把黄浦江上的夜景细细描写，做开首的点缀。往后我这里要添一位副主笔，助理一切，怕要有屈先生了。"

一云答应着，真个喜心翻倒。

洪远伯又道："这一篇《春之夜》我待用很急，你最好赶快动笔。今夜半夜时分，不妨先到对面的江岸一带看看夜景，助你笔上的渲染呢。"

一云连答了几个"是"字，待要告别出来，洪远伯忽道："先生请恕我唐突，我斗胆要问你那意中人的姓名，可肯见告么？因为我是个生性好奇的人，不论什么事都要打听底细。"

一云迟疑了一下子，才吞吐着说道："她——她姓魏，名儿叫作碧影。贵杂志最近一期中，也有魏碧影的著作，不知道是不是她？"

洪远伯点头道："哦哦，或者是她。"说完，也没有旁的话，竟把一云送了出去。

一云只得出来，先到银行中把支票兑了现银，尽着半日中到上海各部分逛了一遍。身边有了钱，虽然不肯浪用，胆儿到底大了许多。挨到晚上，上馆子吃了一顿晚饭，半夜时分便到黄浦滩来，在江岸往来散步，看那夜景。只见半天星月倒影水心，水微动，星月也微动，一晃一晃的，好像碎金一般。沿岸小船无数，都泊着不动，静悄悄地寂无声响。远处的大船中，还有一星星的火，也印在水中，似和星月争地位。偶有一二头水鸥飞来，翅尖掠过水面，把那星影月影灯影水影一起都搅乱了。

一云手扶着铁栏，正看得出神，猛听得咯噔咯噔一阵脚声，似是女子的蛮靴着地。一云回头一看，果然是个女子，月光恰照出脸痕，不是他意中人魏碧影是谁？于是呆了一呆，想避开去。

那女子倒也眼快，早已瞧见了一云面目，止不住娇声呖呖地呼道："你不是一云么？我们好久不见了！"

一云只索住了脚，冷然答道："我原是一云，只道你早已忘了我，怎么倒还认识我？"

碧影道："我哪曾忘过你来！怕是你忘了我了。自从那天我得了你家火烧的消息，就急得害病，病中很望你来瞧我，或是寄一封信来，哪知毫无音讯。病后要找你，既没处找寻，父亲又不许我出来，正使人难堪极咧！"

一云道："我曾到过你家，被门房拒绝了；又写了封信给你，却不见你的回信。一二月前见了你的小说，还有信寄上，奈何仍像石沉大海，总没有回信。到此我才知道说情说爱，原要在有钱时说的，一到穷途落魄的当儿，就没有这份儿了。"

碧影沉吟了半晌，点头说道："哦，是了。这一定是我父亲在那里捣鬼。怪道他从你家烧掉后，绝口不提你的名字，你的信也定是他从中捺去的。但你可不要怪我，我对于你始终如一，并没有改变初心。任你做了化子，也总有嫁你的一天，你放心吧！"

一云很感激地说道："你要是真能如此，我自然更要力图上进，重新造起我的家来，决不敢辱没你。但你怎么平白地到上海了？"

碧影道："因为小说杂志社中要出一本女杂志，请我做主笔，我父亲答应了，在一个月前伴我同到上海，目前正在筹备一切。今天小说杂志的洪远伯忽要求我做一篇《春之夜》短篇小说，唤我在夜半时分到这江岸来，看那江上夜景，写入小说。不道事有凑巧，竟遇见了你，这不是天意么？"

一云瞧着碧影娇脸，悄然答道："不是天意，是人意。"当下便把破家后起，到今天洪远伯唤他做《春之夜》的小说止，原原本本地和碧影说了。

碧影很快乐地说道："如此这明明是洪远伯他有心要撮合我们，所以借这《春之夜》来使我们喜相逢呢！"

一云道："正是，我们应当感激洪远伯。"接着两人便并倚在铁栏杆上，说了好多情话。那时对街一座洋房的窗子开了，有一个人立在那里，对着这边月下双影点头微笑。这人便是小说杂志社的主笔洪远伯。

瘦鹃道：近来我得了广州一位先生的信，说他向来爱看我小说的，只是哀情太多，使他伤心极了，要求我别做。又有一位朋友，说我做哀情小说大非卫生之道，还是少做些罢。前天在一品香，遇见老同学徐叔理君，他也是这么说。我一想不好，他们要是仿照英日同盟般结了同盟，以后不看我的小说，我难道自己做了给自己看么？因此这一回连忙破涕为笑，做这一篇极圆满的小说，正不让"私订终身后花园，落难公子中状元"的老套呢。我第一要问，徐叔理君读过了这篇，可开胃不开胃？

名旦王蕊英

  王家三小姐，生性是很活泼的，一天到晚兀自纵纵跳跳的，淘气打顽，没有安定的时候。倘要她坐定一点钟半点钟，那可比登天还难咧。有时门外有什么婚丧的仪仗走过，军乐队的鼓和喇叭一响，她就直跳地跳起来，赶到门口去瞧。其余江北人的西洋镜咧，猴子戏咧，木人头戏咧，她都爱看的。倘逢着邻舍人家相骂，或是里中小孩子们相打，三小姐更是兴高采烈，挤在人堆里瞧热闹。凡是邻里人家有什么事故发生，三小姐也打听得最明白，口讲指画地说给她母亲和两个姊姊听。因此上，她那两个姊姊都唤她做"包打听阿三"，她听了只是一笑，并不着恼。

  但她母亲见她太活泼了，常常说道："女孩儿家怎能如此不安定？邻里中有什么事情，都要你插身去打听？就是人家有婚丧的仪仗走过，难得看看原也没有什么使不得，但你可不必处处有份啊！你的岁数一年年大了，将来总有出嫁的一天，倘给人家批评你一声，很不好听，以后快安安分分地留在家里，不要常到外面去，举止也放稳重些，才像一个女孩儿家。瞧你两个姊姊，可就和你不同了！"三小姐听了这些话，虽总要做半天的嘴脸，只是背过了母亲，又在那里纵纵跳跳地顽皮了。

  三小姐的父亲王清儒先生是中华中学校的国文教员，为人很古板的，一举一动都是方方正正，连笑都不敢笑，和三小姐比较时，恰成了个绝对相反的反比例。清儒先生膝下并无子息，单有这三颗掌珠。最活泼的是三小姐，最美丽也是这三小姐。一双眼睛水汪汪的，十分妙，玫瑰花似的娇脸又艳又嫩，真好似吹弹得破的。还有一头秀发，又长又细又黑又光润，十分可爱，不知道把什么话形容它才对。这真是缚住男子心坎的情丝咧！清儒先生本来也最爱这个女儿，平日亲自教她读书，一直教到十五岁，因为每月的收入不多，生活艰窘，老怀中常感不快，因此也没有心绪教她读书了。

然而三小姐很聪明，读了这几年书，笔下已很来得，写伙食账看报看小说，都是毫不费力的。她见父亲回来时，总是愁眉不展，便柔声安慰他道："阿爷，你不用担心。女儿只要等到了机会，也能出去挣钱的。任是有十块钱八块钱到手，也能分阿爷一小半的劳呢。"他父亲听了，虽明知这事未必能做到，但是听了女儿这样安慰的话，心中也略略一宽。

三小姐今年已十七岁了，淘气打顽的脾气仍没有改，虽然家况很窘，不变她的乐天主义，布衣粗服，也知足得很。有一天她又淘气了，原来她家隔壁有一个姑娘，是个新派的女学生，顺着剪发的潮流，把发髻剪去了。三小姐莫名其妙，只以为没了发髻，像男子般留了西洋头，怪好玩的，因便赶到自己房中取起一把剪刀，把她那头又长又细又黑又光润的青丝发也一口气都剪了下来。到得她母亲和姊姊们知道，已没法挽救。大家和她闹了一场，她却只是嬉皮涎脸地笑，没有旁的话说。

回头给她父亲看见了，又大大地责备一顿，说弄成这么僧不僧、尼不尼似的，还像个什么样儿！三小姐却笑着答道："管他呢，剪去了长头发省事多咧。每天既不用梳头，抛去一二点钟的工夫，况且我没有首饰，不梳发髻，以后也可不必办了，岂不又省了阿爹的钱？"她父亲奈何她不得，只索对之一笑，末后还是拗不过她两位姊姊，逼着她重新留长起来。不到一年，早又云发委地了。

王清儒先生究竟是个五十多岁的人，平日间又多愁多病，不上几时就到地下修文去了。他们一家都是女流，哭声就分外地响。内中喉咙最响的，要算是这位三小姐，直哭得死去活来，分外地悲痛。邻家的老太太听了，竟为她流下泪来。

母女几个好容易把清儒先生的后事料理清楚了，亲戚们都在背地里担忧，说王先生既死了，一家中没有挣钱的人，三个女儿长得这么大，都还没有许配人家，看王太太如何得了？三小姐隐隐听得了这话，便跳起来道："男子会挣钱，女子难道不会挣钱么？等到阿爹五七过后，我也去挣几个钱给你们看看。我们一家，未必就会饿死呢！"

五七过后，亲戚们都得了一个消息，吓了一跳。原来三小姐已投身在一家女班子的新声新剧场中，串新剧去了。因她出落得好，生性又活泼，一张嘴又伶俐，说东话西，死的能说成活的，因此剧场主人开头就给她五十块钱一个月的包银，专串旦角。她给自己题了个名字，叫作蕊英，于是王蕊英从此在舞台上露脸了。

王蕊英玉笑珠啼，娇嗔巧语，色色①都来得。做起戏来，能够设身处地，像在真的境界中一样，因此上她的戏白也做一样像一样，和旁的人不同。这样不上半年，已得了看客们盛大的欢迎，新声新剧场中便仗着她做台柱子，号召一时。报纸上的广告写着挺大的字道："新剧中第一名旦王蕊英。"

蕊英既然色艺都全，夜夜在红氍毹上搬演出来，那种吸引男子的魔力，谁也及不上她。一时自然有好多裤绿少年为她颠倒，一见她登台，便拼命地来捧场，手掌拍肿，喉咙喊哑。有几个会掉文的，便孜孜兀兀地做捧场文章，设法登到大小报纸上去，赞得天花乱坠，直把个王蕊英捧到了三十三天以上。蕊英心中虽觉欢喜，却也不大在意。内中有几个轻薄子要和她相见，她都拒绝了。

在那许多捧场客中，最热心最有魄力的，却是一个前任司法总长的儿子，

---

① 色色，即样样。

姓翁单名一个湘字，原籍杭州，却在上海做寓公。这翁湘从美国大学毕业回来，长于文学，闲着没事做，便吟风弄月，分外地逍遥自在。蕊英最初登台的第一个月，名还没有显，却就给翁湘赏识了，特地办了一张小报，着力鼓吹。又就着她的艺术上作确当的评论，宗旨在促她发奋进步，没一句肉麻的话，也毫无非分的举动，除了常看她的戏外，没有什么见面的请求。蕊英天天看他的报，自问自己有不到的地方都依着他话改正，对于翁湘身上，不知不觉起了一丝感激之心。如今已成名了，包银也加上十多倍了，自更感激翁湘，但仍藏在心坎中，绝不流露到外面来。

转是那新声剧场的主人因为那翁湘报纸的鼓吹，营业日见发达，便托人介绍和翁湘认识了。彼此很谈得来，末后又因剧场主人的介绍，蕊英才和翁湘见面。可是少年男女一经相见，就像磁石和铁针一般，最容易吸在一起。不上一二个月，彼此便发生很热的爱情了。

一天晚上，同赴剧场主人的宴会，散席后一块儿在园中散步，翁湘瞧着天上一轮明月，月下一个花朵儿似的美人，鼻子里又闻着那园中一阵阵玫瑰花的媚香，一时便忍俊不禁，竟开口向蕊英求婚了。蕊英心想，自己是个贫女，如今又做着女伶；他是一个官家子弟，前途很远大的，如何能娶个女伶回去做夫人？他的父母不消说，决不承认，或竟决裂起来，叫他怎样立身？我爱他，肯忍心害他么？当下便敷衍了他一阵，说改日再谈，匆匆地分手了。

翁湘对于蕊英颠倒既深，怎能摆脱？就一天天来催着蕊英以身相许。在蕊英母亲和两个姊姊意中，都一百二十个赞成，心想得了这么一家富贵的亲戚，将来总能沾润些儿。然而蕊英从大处着想，总不以为可。自己虽也一心爱着翁湘，却不得不忍痛割断情丝。

过了几天，蕊英受着各方面的逼迫，很觉难堪，恰见扬州地方新开了一家女子新剧场，她就立下决心，收拾了些衣服悄悄地溜往扬州去了。她想隐去一二个月，或能使翁湘渐渐忘怀，一面也不致听家中那种不入耳的劝告。临行只写一封信给新声剧场主人，请了两个月的病假。到扬州后，便隐姓埋名，投身在那女子新剧场中，做个不相干的配角，借此自遣。

这样过了半个月，心中虽记挂着母姊和翁湘，也用力忍耐着。一天她偶翻上海的报纸，猛见封面上登着两个大广告：一个是新声剧场主人出面，劝她回去；一个是她两个姊姊出面，有母病在床、日夜渴想、倘不回来、母病难愈等话，说得很是恳切。蕊英又勉强挨了三天，才长叹一声，依旧回上海去。

新声剧场主人见她回来，自然喜之不胜，因为她二十天不登台，已受了很大的损失。她母亲并不害病，故意这样说，骗她回来。一见了她，就"心儿肝儿"地乱叫，说以后决不再逼她嫁翁公子了。蕊英意态落落的，不说什么话，她从剧场主人口中，探知翁湘已为她病倒，进医院去了。

她心中很过意不去，第二天就上医院去探望。彼此哭一回笑一回，依依不舍。出医院时，经过后边花园，却瞥见一个美貌的看护妇，立在一株松树下和两个华服少年鬼鬼祟祟地讲话。她生性好事，便在近边树荫中躲住了，侧耳听去，听了一会，才知道他们两个都是拆白党员，正在设计勾引翁湘。借着那看护妇的美色做香饵，要钩他上钩，结了婚便能骗取他的财产。据说目下翁湘和看护妇的感情很好，不等到病愈出院，就能订婚了。

蕊英听到这里，一吓一个回旋，回去后细细地想了一夜，决计要搭救翁湘。第二天再上医院去时，竟毅然决然地以身相许咧。

半个月后，翁湘病愈出院，拆白党的计划失败，却成全了这一对多情儿女。翁湘的父母爱子心切，倒也并不反对，今年的桂子香里，王蕊英便须出闺成大礼了。

辑二 ◎ 恨

旧　恨

西湖上僧寺尼庵是很多的。梵贝声声，常腾在湖面清波之上，和那些轻舟荡桨声互相唱和。单表涌金门内，有一座尼庵，叫作正觉庵，庵中住持是一个老尼，叫作慧圆，今年已七十岁了。拜佛念经，已消磨了她五十个年头，湖上众尼庵中要算她资格最老，大家也知道她是个笃志的佛弟子，对于佛事是再虔诚不过的。

这一天是三月中暖和的日子，慧圆师太做了日常的功课，在院子里晒太阳，手拈佛珠，口中不住地念着"阿弥陀佛"，接连也不知道念了几千遍。末后那太阳已在西天沉下去，一道道黄金色的光线照在院中几株白桃花树上，把那白桃花的瓣儿也染了黄色，仿佛在那里微微地笑。小鸟啾唧上下，啄那落下的花瓣，有时互相争啄，啾唧声便闹成一片。经堂上时有磬声，镗的一响仿佛打到慧圆师太的心坎上，使她忘却一切尘世的烦恼，就这一个院子，此时也像变作天堂的一角了。

但在半点钟前，慧圆师太却听得了一段很凄惨的话，所以她这时口头虽念着"阿弥陀佛"，心中却酸溜溜的，老大地不得劲儿。

原来前天庵中来了一个新披剃的小师太，拜她为师，法名叫作小慧。这小慧出落得花容月貌，年纪不过二十三四，本来是城中黄公馆里的小姐，嫁与一家姓沈的，真个郎才女貌，再美满没有了。哪知天妒良缘，结婚不到一个月，她丈夫忽地害病死了，她心碎肠断，万念皆灰，抛下了锦绣衣裳、珠钻首饰，剪去了青丝，换上了袈裟，竟在这尼庵中留下了。任是她老子娘和翁姑们苦苦拦阻，全都没用。可怜这一枝艳生生的好花，从此就在蒲团经卷间讨生活了。

慧圆师太就听得了这么一段惨史，心中不知怎的，竟有些难受起来。这当儿她耳听着鸟声啾唧，眼瞧着斜阳渲染的白桃花，禁不住把前尘影事一起勾摄了起来。虽然隔了五十年，她心上还是清清楚楚的。可是五十年前，她也是一个红颜绿鬓的姑娘，活泼泼地享受那妙年时代应得的幸福，到得她情窦既开、识得情爱时，她也就蹈进情场去了。

她的意中人姓刘名唤凤来，那时刚经高等学堂中毕业出来，两下里只经得两度会面，就发生了情爱。他们的处境很好，情海中一帆风顺，毫无波澜，又经了两家父母的同意，彼此订婚了。他们都是苏州人，生长苏州，订婚后，凤来想，闲居在家可不是事，就挟了一张高等学堂的毕业文凭，到上海去谋事情做。

谁知上海地方竟像是青年的陷阱，心志不坚的，往往要堕落下去。凤来本是心志不坚的，到上海后，结交了几个无赖朋友，整日价狂嫖滥赌，不但不找事做，反常常寄信到家中去要钱。他父亲先还汇了几回钱去，末后知道他在外荒唐，也就置之不理了，他母亲托人到上海去找他回来，他却避走了。手头既没有钱，可就为非作恶，鼠窃狗偷。一天上海报纸的本埠新闻中忽登着一节新闻，说有苏州少年刘凤来流落在沪，前天因取了一家银行中的空白支单，向十多家商店中冒取货物，给包探查到，捉将官里去，判了西牢一年的监禁。

那时慧圆的父亲在茶馆中看见了这报纸，吓了一跳，回去便含着两包子的眼泪向女儿说，一边向刘家去退婚。慧圆一得这消息，伤心已极，就晕过去了，接着病了好久，病中兀是记挂着凤来，心想自己一生所爱的，除了父母以外，就是这一个刘凤来，一生希望也全在凤来身上，不料他竟堕落到这般田地。父亲虽向他家退婚，但我既专爱这人，更有何心再去嫁旁的人，于是打定主意，削发空门。那时她正在预备嫁时衣，便一起剪破了，病愈后竟趁着她老子娘不在家里时，一个人往杭州去，投身在这正觉庵中，剪下了万缕青丝发，寄回家去。她老子娘拗不过她，只索听她，不过时常来探望探望罢了。

从此以后，她就借着这尼庵四堵高墙，和那繁华世界隔绝，寂寂寞寞，过着无聊的岁月，把她的心儿魂儿全都贯注在经卷上，竭力忘怀她那件刻骨伤心的事。她既然自愿来做尼姑，要借这尼庵做个埋愁之地，对于拜佛念经这些事，自然比旁的尼姑勤恳得多，因此庵中住持最器重她，百事都得和她商量，末后住持死了，临终时就把这庵交给她。她进了庵十年，老尼姑都死了，刘家也早已割绝，没有什么消息，刘凤来更不知道哪里去了。

如今她在庵中已做了三十年的住持，仗着那些信佛的奶奶、太太往来得勤，香火十分旺盛，她吃饱着暖，倒也无忧无虑地过去，她的那颗心也变了个古井不波，再也不想起刘凤来了。只为今天听了小慧的一段惨史，不觉连带着想起自己的事来，心头起了一种说不出的奇怪感觉，一时推排不出，当下便悄悄地自语道："唉！小慧！还是你有幸，一抔黄土掩住了你丈夫的骸骨，那一缕幽魂可已到西方极乐世界去。可怜我做了大半世的人，还不知道那人的下落咧！"说着，老眼中润润的，几乎滴下泪珠儿来。

正在这当儿，她忽地记起，前天妙灵庵中的住持来说，今天有一位法名静因的普陀山高僧到来，顺便参谒各庵，大约傍晚六七点钟要到这里来。眼看着斜阳将尽、暮烟欲燃，似乎正是这时候了。当下便立了起来，撑着拐杖向外边经堂走去，走不到几步路，却见那小慧匆匆赶来，说那普陀山的静因和尚已来了，先在经堂中礼佛，再来拜见师父。慧圆不敢怠慢，即忙到经堂中去，果然见一个白须、白发的和尚，正跪在当中一个蒲团喃喃念经。

听了那声音，慧圆的心中顿时一动，想这声音怎么很熟？十停中倒有六停，像那五十年前的刘凤来，不要我今天偶然想起了，耳朵便来作弄我么？
到得那高僧念罢了经，起身回头时，四个眼睛忽在长明灯下碰了个正着，面貌虽有变动，这眼睛是变不了的。

那高僧低低地说了声："咦？"退下了一步，似乎打颤起来。

这边慧圆却微微一笑，念了声"阿弥陀佛"，扑倒在面前一个蒲团上。

小慧即忙赶上去瞧时，见她师父已圆寂了。

空　墓

　　那十字形的墓碑上攀满着常春藤，柔条在风中微微摇曳，似乎要向人申诉哀情的一般。碑石上苔藓斑驳，常现着新碧之色。中央隐隐有几个字道：呜呼英雄安芙林之墓。教人瞧了，便可知道这所在是个英雄埋骨之地。他的一缕英魂，却早已归依上帝去了；后人不能忘他，就立了这一块十字碑，一年年朝对朝阳、夜对夜月，默默地替长眠人表功。

　　墓地的近边，种着几丛玫瑰花，却不知道是哪一年下的种，也不知道是谁手植的。瞧它在这凄凉寂寞的所在无言自芳，香气倒分外浓烈。一年一度开花，从不间断，好似笑着坟墓中的死人不中用，不能像它那么年年复活呢。那相去最近、消受玫瑰花香最多的，是一座老礼拜堂。正面顶楼上的时钟已没有了，由一个日晷仪充作代表，也不能尽职。堂中还有一只老钟，是专供报丧用的。邻近人家只一听得这老礼拜堂中的老钟放出沉郁低咽的声浪来时，便知道那坟场中又有新住户了。

　　这坟场中除了那英雄安芙林的坟墓外，还有好几十个坟。有的没有什么标记，有的都竖着石碑。长的，矮的，尖的，斜削的，十字形的，什么都有。碑上的姓名，受了风雨霜雪的剥蚀，一大半早已模糊。只是在伊文老人的心坎中，却仍刻得很清楚。别说他能记着许多姓名，就是那些死人的生年死日，他也记得起来。

这伊文老人是谁？原来是坟场中的看守人，还兼着掘坟穴的职务，挣几个苦钱。仗着人家死人，倒保全了他一条老命。他的住宅，就是那座老礼拜堂，还有一个老妻，伴他的寂寞。他这样与鬼为邻，已足足有好几十年了。眼瞧着死亡的事，好像一日三餐，并不稀罕。世界中不论什么事，用他的眼光看去，都是一个棺材的影子，所以完全都看透了。

暮春时节，花事渐渐阑珊了。玫瑰花含着余芳，把一张苦笑的脸送春光归去。那坟场中的玫瑰花仍像常年一样，傍着死人乱开，红得可怜。常春藤也依旧绿了。一天早上，在下忽地抱着伤春的玩感，推排不去，就信步踱到坟场里头。想就那许多坟墓的中间寻春光去，借此摩挲碑碣，追念逝者，好排去我一腔玩感。

进坟场后，走了不多路，就遇见那个看守人伊文老人。他老人家从老礼拜堂的背后转将出来，背曲了，像一只弓。一头白发被阳光照着，比银丝还白。一双黑眼和一张皱皮的面庞，满现着慈和之色。

在下先前曾和他见面几回的，当下就立住了，带笑说道："老人，多久不见，你身体可硬朗？今天可不做工么？"

老人答道："正是，倘能给我少做些工，也是好的。可是瞧人死，替人掘坟，究竟也不是一件好玩的事。至于老朽的身子，已一年不如一年。到底年纪老了，就不中用。俗话说，人老珠黄不值钱。这话是很不错的。咦，算了，横竖多早晚总是土馒头的馅子，过一天算一天吧。"

我微叹道："人世间的事，原像泡影空花。凭你做了一世的好汉，骂人打人，占尽便宜，临了也总不免一死。"

老人点头道："怎么不是！大家想透了，可就没有事咧。寿长的活不到二百岁，寿短的不到一二岁便死了，就像这里许多坟墓中，正不少红颜绿鬓的青年男女，也早被死神收拾去咧。"说时导着我向坟墓中间走去，一路指点，说这是谁家的少爷，死时不过二十岁，出落得面目如画的；那是谁家的小姐，死时还只十八岁，一张鹅蛋脸好似滴粉搓酥，不知道现在怎么样了。说到这里，老眼中微微有了泪痕。

末后我们已走到了那个攀着常春藤的十字形墓碑前面。我一眼望见了那苔藓中的字，便读着道，"呜呼英雄安芙林之墓"。

伊文老人忽地说道："这一个坟我不曾掘过，里头也并没有死人。"

我诧异道："怎说没有死人？如此坟中葬的什么？"

老人道："葬着一段哀艳壮烈的故事。至于那个尸身，早被天上群仙葬在那碧海之底。他是为了情人死的。"

我道："如此这是一个空墓，里头没有死人，然而又是谁给他造的呢？"

老人把头向坟场外西面一座挺大的爵邸点了一点，回过来向我说道："这是爵邸中哀兰爵夫人的主意，花了不少钱，给那死的造这一个空墓，不时还来凭吊。"说着忽又凑近了我，低声说道："这哀兰爵夫人就是那死人的情人。"

我道："原来如此。死的叫作安芙林——英雄安芙林。这一段故事，你可能说与我听么？"

老人顿了一顿，在近边一块矮碣上坐了，慢吞吞地说道："这是一段断肠哀史，说来很能勾人眼泪的。如今虽过了好多年，我还时时记起亨利·安芙林那张孩子气的面庞，总是对人笑的。刚才有一个花朵似的女孩子到这里来玩，就使我记起一切事来。唉，先生，我还记得那银钟似的笑声，就是那哀兰姑娘的笑声。那时节她也和亨利·安芙林同来玩的。"说时，他把声音压得很低，似乎怕被地下幽魂听得了，要怪他泄露秘密的一般。

接着又道："那时两小无猜，无忧无虑，直好似天上的仙童仙女。他们两家本是多年世交，彼此很密切的。大家也以为，这两个小友总有结成为鸳偶的一天。村人们每见他们俩携手同行，往往点头微笑。他们却自得其乐，一块儿在欢笑中过这黄金的光阴。然而光阴容易，一转眼男的成丁，女的已知道情爱，他们依旧常在一起，依旧谈笑，但已成了情人，不再做那小孩子的恶戏了。一年上镇中倒闭了一家大银行，那两家的厄运也降临了。因为他们所有的钱都存在这银行里，于是两家都受了极大的打击。安芙林家更支撑不住，亨利便航海谋生去咧，抛下了哀兰姑娘，再也谈不到结婚的事。但是心心相印，都愿厮守到将来。两下里哭一回，叹一回，就分手而去。不上几时，那老安芙林死了，据说是为了忧郁过度、心碎死的。他就长眠在那边礼拜堂的墙阴中，还是我葬他的呢。"说时叹了口气，把大拇指向礼拜堂那面指了一指。

停了一会，他才又接下去说道："自从亨利先生远行后，哀兰姑娘粉颊上的玫瑰娇红就渐渐淡下去，真个是为郎憔悴了。幸而亨利先生常有信来，安慰她的心。只是一年年过去，总不见亨利回来。哀兰姑娘的脸色也一年白似一年，连笑容也没有了。一般人诧异着：为什么只见信来，不见人回来？末后我们才明白了，亨利先生是个心志高傲的青年，他定要在外边挣下了一份产业，方肯回来成家，此刻正在刻苦中呢。那时节安芙林家的屋产地产都已卖给人家，换了别姓。买主欧林森是个很有钱的人，就做了村中的首富。同时哀兰姑娘家却也步了安芙林家的后尘，快要破产了。"

伊文老人说到这里，分明很激动似的，声音打颤着。末后他又说道："于是欧林森忽向哀兰姑娘求婚了。哀兰的芳心深处，因为有亨利·安芙林在着，立时回绝了他。欧林森先还苦苦地软求，临了竟恫吓起来。哀兰到此才知道，父亲欠着他一大笔债款，自己已在他掌握之中。支撑到末后，又受了她父亲的逼迫，只索含悲忍泪，勉强答应下来。结婚后，就出去做蜜月旅行。哀兰姑娘想借着一路的明山媚水，忘她刻骨的痛苦，然而触景生情，又哪能忘怀？

"事有凑巧，忽又在地中海的一艘轮船上撞见了亨利·安芙林，亨利正做着副船长，声音笑貌都不曾改变。这一回的会面，可真难堪极了！亨利强笑道喜，不说什么话。哀兰愧对旧欢，只索吞着眼泪，顿觉这一片地中海，化作了苦海咧。

"唉，先生，你料我怎么知道这件事的？委实和你说，这全是哀兰姑娘亲口告诉我的话。她从小儿就认识我，所以肯对我直说，并不隐瞒。她还说到那可怕的一夜，轮船触礁沉下去了，满船的人有一小半已搭了救生艇逃命，亨利·安芙林急忙放下了一张自造的小筏。这筏又小又轻，只能容得下两人，便同她坐了，打桨划去。她暗暗欢喜，心想天从人愿，好同着爱人双双远去咧。

　　"不道划了不多路，猛听得沉船的甲板上起了哭声。亨利回头一瞧，见是她丈夫欧林森，当下想了一想，现出一种沉毅果敢的神情，立时把小筏划回去。自己跳到沉船上，唤欧林森下小筏去。她只觉得樱唇上热溜溜的，被亨利亲了一亲，到得神定再瞧时，却见小筏已被她丈夫划到海心。那轮船早已载着英雄安芙林，沉下海底去了。

　　"她怀着一颗碎心，回到故乡就唤丈夫取出一笔钱来，给安芙林造了一个空墓，又立上了一块碑。这事至今已好多年了，但她仍时时带了鲜花到这里来，挥泪凭吊。几年来她也总穿着黑衣，分明是为安芙林服丧唉。可怜的哀兰姑娘，可永永不能忘却亨利·安芙林咧！"

　　伊文老人说完，眼望着远处，眼中已水汪汪地有了泪花，一会儿又道："哀兰姑娘对她丈夫，始终没有爱情。她的心简直已埋在这里空墓中，完全交给了安芙林。不上三年，她丈夫也渐渐堕落，在赌场中花去了一大半的家产。一天和人打架，受重伤死了。从此以后，哀兰就成了寡妇，其实她从安芙林殉身海中后，早做了未亡人咧！"

　　在下听了伊文老人这一段哀艳的故事，回肠荡气，感动得什么似的。正在低徊不语，墓地里听得小径上起了一阵细碎的脚声。伊文老人抬眼一瞧，就扯我避到一棵大树后面，就着我的耳低语道："这便是哀兰姑娘，又来吊那空墓了。"我回头瞧时，见一个黑衣服的少妇已到了那十字碑前，手中握着一大束鲜花，盈盈地跪在地上，把花儿散将开来，口中一边祷告，泪珠儿扑簌簌地掉下来，好似散珠满地。那时碑上的常春藤仍在风中摇曳，玫瑰花仍是无言自芳，落地里散着浓香。

这一篇小说，原意是圆满的：说亨利·安芙林沉在海中后，怎么得救，以后怎么回来，仍和哀兰姑娘结为夫妇。我想情节上果然圆满，但我这小说可给它作践了，于是急忙咬一咬牙齿，一刀两断，不再说下去。看满月不如看碎月，圆圆的一轮，像胖子的脸一般，又有什么好看？看它个残缺不全，倒觉得别有韵味呢。

看官们，我本来喜欢说哀情的，请你们恕我杀风景吧。

之子于归

那团花簇锦的大厅上密密地张挂着许多缎幛绸幛，一色都是猩红，好像涂着血的一般，幛上除了一个挺大的"喜"字外，大半是"之子于归"字样。这四个金字默默地向人，被阳光照着，一晃一晃地放出光来。也不知道它是得意是不得意，大概是无聊罢了。

汤撷君的女儿咏絮今天出阁了，但是并不出于咏絮的自愿；因为从小儿就由她父亲做主，许配了人家，夫家姓应，是一个商人之家。在丝业中挣下了几个钱，蚕儿辛苦吐丝，作茧自缚，倒助人发财，于它们自己毫没利益，然而蚕的自身又哪里知道？应家所生一子名叫铁荃，生得倒还活泼。只为是富家子，读书就不大用功。这大概是世界的通例，书卷和金钱实是天然的避面尹邢，断不能容在一起，也不但是应铁荃一人如此呢。

汤家本来也是世家，书香门第，可又和应家不同。那位撷君先生在社会中很有些声誉，对于公益事业都肯尽力去办。不过多读了旧书，中毒太深，思想未免旧些，性质也固执，佢打定了主意，可就不许人家违拗了。单生一个女儿，就是咏絮。从小冰雪聪明，和寻常女孩子不同。貌既出落得花娇玉艳，凡是小说书中形容美人儿的名词，她都当之无愧，论到一个才字，更像一部百科全书，包括着好多门类："琴""棋""书""算"色色精明；说起女红，更样样来得，从帽子做起，做到袜子，又绣得一手好花。并千句为一句，她就合着龚定公"艺是针神貌洛神"七个字。汤、应两家相去很近，早年上就往来走动，像亲戚一样。

咏絮还不上十岁，常到他家去玩，梳着一个丫角儿，配上两张鲜艳的苹果颊，何等地娇小可爱。可怜她只为了出落得太好，就把她一生的厄运暗中注定了。应家见了这么一个小姑娘，自然合意，就要求汤家配给他家的儿子。撷君先生见应家门第不恶，孩子虽小也还过得去，竟不给女儿将来打算一下，轻描淡写地答应下来，不上几时就送茶文定了。咏絮不懂得害羞不答羞，还对着喜果憨笑，取了红绿胡桃、红绿花生玩着，却料不到自己一辈子的幸福已断送在这上边，永没有恢复的日子咧。

咏絮一年年长大起来，才貌也一年胜似一年，仿佛和光阴先生在那里赛跑，光阴先生赶前一步，她的才貌也赶前一步，不但如此，并且还追过头咧。那应铁荃却偏偏做了个反比例。虽也上学读书，从初等小学起达到中学。但他只眼瞧着光阴先生在那里飞跑，自己的进步却好像蜗牛走壁一般。学堂中成绩不好，校长写信报告他家里，他父亲却还偏袒自己儿子，特地上学堂去。见校长说，师长们本领小，不能教育他的儿子。没有毕业就在中途退学了。以后连换了好多学堂，仍是没有进步。譬如一块不大不小的木料，既不能做栋梁，又不能雕细工，恰合着一个僵字。

那时他已二十岁，心也放了，渐渐儿有不正当的行为。听说在窑子里狂嫖滥赌，亏空了二三千块钱，一时不下得台。他父亲怒极，给他还清了钱，就狠狠地打了他一顿，关闭在家里，不许出大门一步。铁荃神经上多半受了震动，从此便有些呆头呆脑的样子。

那边汤咏絮也十八岁了，已从女中学堂毕业出来，中西文都是一等一的，加着那一张宜喜宜嗔的春风面，在全堂中要算是第一个才貌双全的人物。她听得了应铁荃的消息，芳心中自然一百二十个不愿意，常在她母亲跟前表示意思，说愿意不嫁，索性用功读书，将来也能自立。然而她的父亲却不答应，说她已配给了应家，就是应家的人，不能再有什么反悔。"为了保全我名誉和体面起见，定须嫁过去。"她母亲不敢说什么话。她也向来怕她父亲，不敢说什么话，于是腔子里贮满了辛酸眼泪，委屈出嫁。决意为了保全她父亲的名誉和体面起见，牺牲她后来的幸福了。

今天就是汤咏絮出嫁的日子，汤家是个世家，自然加意铺张，里外都花花绿绿，扎满了灯彩，一班清音和军乐队也吹吹打打，分外地热闹。

但这杂乱的乐声由咏絮听去，都是很凄凉的音调，仿佛奏着送葬曲似的。她又想军乐本是战场上作战时厎的，今天为什么也用它啊？从今天起我便须和那不幸的运命作战，也正和敌军死战一样，只怕我此去不久阵亡咧。咏絮想到这里，暗暗慨叹，就着窗罅儿张望时，见那花花绿绿的灯彩都现着伤心之色，一点儿没有快乐的气象。那些亲戚朋友却还一声声向她道喜，一般年纪老些的太太们都还说着，咏姑娘好福气，咏姑娘好福气！咏絮兀是诧异着，想怎么叫作气，福气又是什么东西，如何我不觉得人家倒觉得呢？

咏絮心中既老大地不高兴，又听了那种不入耳的话，好生难受。想人家说我好福气，也无非是为的虚荣，羡慕我嫁一个富家儿罢了。其实我家也有饭吃，也有衣穿，也有屋子住，就是我自问也有自立的能力，为什么定要去依赖人家？至于珠翠钻石，任是堆得山一般高，我可也不稀罕。难道为了这些劳什子的就卖掉我的一身么？我宁可一辈子不嫁，就是嫁时也得嫁一个称心如意的丈夫，任他一个钱没有，同去过牛衣对泣的光阴，我也愿意呢！如今委屈着出嫁，完全没了自由，往后的日子只索在涕泪中过去。唉！我还能算得是个人么？想到这里，泪珠儿扑簌簌地掉下来，把她身穿着的一件粉红绣花袄子湿透了一大块。

这一副眼泪开了场，直好似自来水旋开机括，再也按捺不住，心中兀是酸，眼泪兀是滚，索性扑倒在桌子上，呜咽了好久，连湿几块帕子，好像从水中捞起来的一般。亏她母亲和几个知己的同学姊妹们好言相劝，才把她劝住了。

日中时候，客人们来得更多了，清音军乐闹得更厉害，道喜的话时时刺入咏絮的耳朵，倒像带着讥笑的口气。咏絮经了这么一闹，头脑直痛得要破裂开来。想前思后，觉得自己并没犯过什么罪恶，为什么要受这刑罚？又想父母既生了我，平日间似乎很疼我的，为什么抚育到了二十岁就要撵我出去，可是吝惜着衣食住，不愿再供给我么？如此尽听我自己设法去，为什么定要把我半送半卖地让给人家啊？咏絮翻来覆去把这几件事问着自己，总也回答不出来。

　　于是她又向自己说道："我平日自负不是寻常的女孩子，我的好友也说我不是寻常的女孩子，如此我为什么像寻常女孩子一样，做这可笑的把戏，我难道没有自主力么？我难道没有自由权么？父亲的名誉和体面要紧，我一辈子的幸福倒不要紧么？"

　　咏絮又把这几件事翻来覆去地问着自己，也仍找不到一句回话。

　　门外军乐一阵子响，又加上一阵子金锣的声音，直送到咏絮耳中，像快刀般戳在心上，何等地难受。楼上许多女客都很兴奋似的说道："花轿来了，花轿来了！"

　　咏絮心中焦急，哭得更苦，一时不知道怎样才好，只牙痒痒地恨着造物之主，为什么使她踏进这个世界，给她心脑和知觉挨受这种种说不出的苦痛。

　　一会子神经好似麻木了，任着喜娘们给她打扮换衣服，她都没有觉得。又不知怎么一来，已到了楼下的厅事中。微微地抬眼望时，但见四面挂满着"之子于归"的缎幛，芳心中瑟地一动，向着自己道："归……归、归到哪里去，可是归到泉下去么？如此再好没有，一归之后宁可投生做一头牛做一头马去，决不再到这世界中来做女子了。"接着又吹吹打打地闹了一阵，自己被喜娘们摆布着，不知道做了些什么事，亲戚朋友和四邻的男女小孩子们都挤满了一堂，瞧着自己像罪人枪毙，或是上断头台去。原也有好多人挤着瞧热闹的，他们好忍心，还瞧了快乐么？不多一会，觉得自己已关闭在一个小小地方了，虚悬着在那里走，好像腾云驾雾一样。前后的军乐声，金锣声又闹得沸反盈天。

她停了停神，张眼瞧时，原来已坐在花轿里面，一步步地离开家门了。咏絮心中痛极，倒反而没有眼泪，隐约听得轿外有人议论着。听去是东邻一个李老太太，她说汤家小姐今天嫁好丈夫去，满怀快乐，所以连这俗例的哭也哭不出来了。咏絮受了这一激，心头又是一痛，倒止不住落了两滴眼泪，一路咀嚼着那"嫁好丈夫去满怀快乐"的一句话，胸中好像打翻了个五味瓶儿，尝那甜酸苦辣的滋味，样样都觉消受不下。

军乐洋洋中那花轿已去远了。咏絮坐在轿中一路前去，倒没有什么思想，只是研究着这顶花轿，想它虽是披着绸缎，扎着花朵，其实一样是长方形的，和棺儿有什么不同？不过一个直抬一个横扛罢了。要是半路上遇见什么仙人，使一使法术，把这花轿变作了棺儿，如此异着我一个死人送到他们应家去，倒是一件绝好的牺牲物，好叫天下做父母的看看，既然爱着女儿，可不要趁着女儿未解人事的时候，先就胡乱定下了买主；也不要单顾着空的名誉和体面，就不顾女儿实在的幸福。况且赶早觉悟，矫正那已铸下的大错，可也算不得不名誉不体面啊！

不幸人的好希望，断不能达到的，唯有失意的事，往往抢着送将上来。咏絮所希望的仙人没有遇到，却已到了应家咧。近三年来应家早已迁开，和咏絮家相离约莫十里光景，路上费了好些时候，方始赶到。咏絮坐在轿中，闷得什么似的，她几乎要发疯，从里边跳将出来，找上天拼命，问它要自由去。然而她一向是个很拘谨的人，哪里敢轻举妄动，无论气闷苦痛，只索忍耐下去。到了应家，轿儿停将下来，咏絮猛觉得身体向下一沉，似乎已陷到了十八层地狱的底里去，跳不起来，当下里神经已完全麻木了，竟不知道以下怎么样，简直是做着傀儡戏，自己成了个木人头，任人牵扯着。到得她头脑清醒时，已是结婚后的第二天了。

咏絮本来是个很乐观的女子，到此却变作了个悲观的哲学家。什么事都看了个透，打了个破，把自己当作是旁的人，只是冷眼瞧着。新婚十日，觉得她丈夫常在左右，做出种种的丑态，把她玩弄。咏絮到此才明白，父母生了自己一个身子，原来是造一件大玩具，专供人家弄着玩的，自问哪里是什么不同寻常的女子，不过是一件玩具罢了。从此三年、五年、十年、二十年，永远是做人玩具的时代。

堂上的翁姑得了这么一个十全十美的媳妇，自然张开了嘴笑，但那多情的爱神，因为没了用武之地，就抛开它的短弓金箭，抱着一颗碎心呜呜地哭。像这种专制派买卖式的婚姻，倘能担保人家快乐，维持人家一辈子的幸福，也未始不好；奈何像买彩票一般，命运好，才能得头彩。三四万号中单有一号，岂是容易得的？汤咏絮是什么人，能指望得头彩么？

她丈夫把她玩弄了几个月，似乎已厌了，常像没笼头的马在外边乱跑，把她抛撇在脑后。在家里时，又时时露出神经病的形迹来，说话行动都很乖僻，和常人不同。咏絮本来爱好天然，从头到脚总是齐齐整整的。她丈夫恰恰相反，对于修饰上完全不讲究。鞋破了，袜子破了，不知道换一双新的，脖子里积了垢，也不知洗浴。咏絮瞧在眼中自然难堪，要她事事过问可又管不了许多。他不做事，不读书，只是把日子混将过去。

咏絮瞧不过，便时常回母家去住，动不动总是十天二十天。她见了父母，往往掉下泪珠来。母亲最知道女儿的，自然好好安慰她。

她父亲是个固执的人，他可不管。

问她，衣、食、住三件，件件称心么？

她噙着泪回说，件件称心。

他父亲便道，好了，衣、食、住三件大事已件件称心，你还想什么？

咏絮不敢多说什么，把眼泪咽了下去。停一天，也就回夫家去了。然而她总觉人生的需要，不止衣、食、住三件事，还有一件更重要的东西，有了这东西，即使衣、食、住欠缺一些，倒也不妨。然而她旁的不缺，偏偏缺了这个。这东西是什么？便是夫妇间的真爱情。

一连三年，咏絮只是落落寞寞地过着日子，同学、姐妹们也不大往来。

因为一不高兴，就什么都不高兴了。她读书时代所抱的大志都已烟消火灭，不再想起；也不想再把她的芳名传布到社会上去，打算永远在愁城恨海中埋没下去了。夫妇间既没了爱情，什么事也就没有商量。她丈夫有了一个很好的内助放在家里，并不知道宝贵，只是在外边胡闹。一年上不知怎的，竟犯了欺诈取财的罪案，捉将官里去。新闻纸上连篇累牍地记着，把他的姓名也大书特书地记了出来。

凡是认识她的人，都知道她丈夫犯了事。她的好友们都替她惋惜，想象她那么一个天上安琪儿，如何有这样一个丈夫，他虽不惜自己，也得替她想想呢！有一般人都说，这种事要是发生在外国，早就提出离婚，然而中国的女子是派定了挨苦痛的。第一件义务，要给她父亲保全名誉和体面，任是怎样总默默地忍受过去。然而她冰清玉洁的姓名上边可也连带着沾上污点咧！咏絮遇了这一回事，不消说芳心寸碎，整日价关闭在房中，不住地落泪。她本是个很高傲的女子，好像天上凤凰，飞向最高处去，经了这打击，直把她的翅膀打折了。

世界中有了钱可就什么都不怕。她丈夫仗着父亲手头有钱，便把罪案打消，把自由赎回来了。回来后很觉无聊，又见不得人，悄悄地到远方做买卖去。临去也不曾和咏絮相见，一溜烟地走了。撷君先生到此也悔悟，只已来不及。

咏絮什么都不管，抱了个做一天和尚撞一天钟的宗旨，在混沌中度日。她已打定主意，总算牺牲了自己的肉体，对不住了上天，然而她高洁的心和灵魂总没有断送，着在一个极高洁的所在。她没事时，只学弄音乐，借着消遣，把乐声压下她心中呼痛之声，把乐谱遮住她眼中辛酸的泪痕。那千叠山的愁思恨绪，倒也撇去了一二。平日间同着家人们打牌、看戏、逛逛戏场，装得像一个快乐的人一样。不过在那种热闹去处，见人家夫妇并肩携手、同去同来，总觉得有些心痛。

金刚钻的光任是怎样明亮，可不能把一颗暗淡沉郁的心照得明亮起来；

咏絮虽有金刚钻的种种首饰，做着富人家的媳妇，然而她总是一百个不快。一年三百六十五天，不时有病，身体越淘得虚弱，那张花朵儿似的面庞也消瘦多咧。然而人家依旧说着道，好福气，好福气！

那当年挂在大厅上的绸幛缎幛，还搁在咏絮母家的高阁上，一色都是猩红，没有褪色。那"之子于归"的金字，仰着天，堆在一起，被阳光照着，依旧一晃一晃地放出光来。

惜分钗

花信来时，恨无人似花依旧，又成春瘦，折断门前柳。

天与多情，不与长相守，分飞后，泪痕和酒，占了双罗袖。

——晏几道 《少年游》

这一角小红楼，是他四年来情丝缭绕之地。云窗雾阁，玉镜珠帘，哪一样不是天天见面，哪一样不是深印在心坎上的？他操劳了一天之后，身心都觉得有些疲乏了，便兴匆匆地赶到这所在来坐拥如花，消磨他五六小时甜蜜的光阴。他几个知己的朋友知道这回事的，都说他享尽了人世艳福。这小小红楼，可算得一座雏型的天堂，也正合着西方人所说的"情巢爱窝"(Lovenest)。

四年以前，他因业务上的应酬，常入灯红酒绿之场，便在枇杷门巷中得了一个恋人。她性情孤高，言笑不苟，和寻常的娼女不同，也不知道是缘呢还是孽，他只叫了她一个堂差，两下里就像触了电气似的，发生了一片火热的情感。也不过是口头轻轻一诺，便同居一起了。

他特地为她造了这红楼一角，钿床镜台，以至一碗一盂，都照着她的意思置办起来。他不惜黄金千镒，只要使他的恋人安乐，一点儿没有不满意处。他虽是使君有妇，不能夜夜伴她，但仍设法腾出空闲的时间来，常和她厮守一处，享受那情天爱天中的无限乐趣。无论歌台舞榭之中、明山媚水之间，总有他们两口子的一双情影。

但这最近的一年中，她的性情突然变了，仿佛是一头雏鸽，变作了一头鹰。她常从无事中寻出事来和他争吵，一个月中总有这么好几次。他虽给她买珠钻，制罗绮，也仍不能博她的欢心。他的精神上便不知不觉地感受了苦痛，而当着朋友跟前，仍强为欢笑，遮掩得没一丝破绽。谁也不知道他们两人中间，却已有了一条裂痕，似是一只完美的白瓷碗，破了相了。他说挨着这精神上的苦痛，便觉得这一座雏型的天堂渐渐地和地狱接近，而所谓"情巢爱窝"也快要变作愁城苦海了。

昨夜她又为了一点小事和他大闹一场，竟扭将起来。他的手腕上被咬了一口。他心中很痛，便不再理会她。由她哭着闹着，自己匆匆地走了。他回到家里，夫人见他面色不快，殷殷慰问，他勉强敷衍过去了，想借着睡梦忘他的痛苦。可是转侧通宵，兀自不能合眼。

第二天他草草干完了半天业务，就提早去瞧他的恋人，心想过了一夜，她的怒火总已平下，也许能言归于好了。谁知刚踏进门口，那老妈子便迎着他颤声说道："少爷，奶奶已在早上带着婢子走了。我拉也拉她不住。"

他大吃一惊，也不暇细问，三脚两步奔到楼上，一声声唤着她的小名道："玉玉！"然而哪里还有答应的声音？他一会儿走到后房，一会儿走到前房，只见瓶花姹娅，盈盈欲笑，哪里还见他恋人的亭亭情影？

他一时没了主意，兀自在前房后房中往来奔走，好像发了疯似的，也不知道怎样才好。他的头脑中心坎中，只辗转咀嚼着"走了，走了！"四个字的意味，不能想旁的念头。接着对那粉壁上她的小影呆瞧了好久，神渐渐定了，便想起她日常走动的小姊妹家来。她目前不会到别处去，总是在哪一个小姊妹家。她的小姊妹很多，而他所知道的约有一半。要是一家家找去，总能找得到。他想到这里，心中一喜，倒像他那恋人早已在他身旁了。

他东奔西走，好像失了魂似的，连到了好几家她的小姊妹家。踏进门去，便忙着说道："对不起，我家的玉可曾来过么？"谁知她们似是合了伙儿，一齐回说没有来过，又都把诧异而奚落他的脸色向着他，他好生难受；只得垂头丧气地踅了出来。

末后他到了一家，又很恳切地忙着说道："对不起，我家的玉可曾来过么？"那家的主妇冷冷地瞧了他一眼，回说："来是来过了，一会儿就走，也不知她到哪里去的。"当下却又噜噜苏苏地教训了他一顿，他既不愿承认自己的不是，又不肯编派她的不是，便随口敷衍了几句，忙不迭地逃回来。

那老妈子颤巍巍地开门迎着他，急道："少爷，奶奶回来么？"他摇摇头，没精打采地踅到客堂中，绕圈儿踅着。这一间小小客堂，是他每晚和她同用晚餐的所在。平日间华灯如雪，笑语声喧，如今那一桌一椅黯然相对，也似乎现着无限伤心之色。东壁挂着她的两帧小影，是当年游西湖时所摄，特地放大的，瞧去还带着甜媚的笑容。如今她既绝裾而去，不知道可能无恙归来，把甜媚的笑容相向么？

他呆呆地出了一会子神，痴心妄想的，还希望她自动地回来，因便屏息侧耳，静听叩门之声。每听得门声一响，便当作是她回来了，好几次开出门去，哪里见她的影儿？这样守过了半夜，时钟已报两下，他又苦痛，又寂寞，又想起家里的母亲正在守候他回去，于是长叹一声，一步黏不开两步地踅出后门，回他的老家去了。

这是她出走以后的第十天了，他仗着一二好友的安慰，从无可排遣中寻出排遣法来。吃吃馆子啊，看看影戏啊，上上跳舞场啊，借着物质上千百种快乐，忘却精神上一二分的痛苦，幸而没有忧伤憔悴而死。

但他每到一处，总生出一种感触。上一家馆子时，他总得想起最近的某月某日，曾和她同在这里吃饭；喝的什么酒，点的什么菜。她爱吃的是炒青蟹，爱喝的是竹叶青。如今不能再和她一块儿吃喝，不知她又在哪里。想到这里，就觉得难于下箸了。跳舞场中的清歌妙舞、鬓影衣香，似乎很可使他怡情悦性了。谁知怅触更甚，更觉无聊。原来这舞场中的明灯千障，也曾照过他和她的舞态，两下里依着音乐，台上玎玎琮琮的乐声，翩翩跹跹地合舞着。狐步舞啊，磨旋舞啊，——都来得。那时节软玉温香抱满怀，真个是欲仙欲死，如今却眼瞧着别人家花花对舞、燕燕交飞，可没有他的分儿了。

他除了为好友所嬲作无聊的排遣外，仍天天到他过去的情巢爱窝中去。每去时，那老妈子总是迎着问道："少爷，奶奶回来么？"他回不出话来，眼泪向肚子里咽，只重托了老妈子好好看守屋子，自己就逃也似的退了出来。

这一夜是他恋人出走后的第二十夜了，他本是不喝酒的，可算得涓滴不饮，近来却听信了昔人借酒浇愁的话，居然也喝几口酒。这夜他在酒楼中喝了半杯白兰地，微有醉意，仍是照常去瞧瞧他的情巢爱窝。

他叩了门，老妈子把门开了，仍照常地问道："少爷，奶奶回来么？"

他忽地很高兴地答道："她今夜要回来了。"

老妈子那张皱纹叠叠的脸上立时现出喜色来，忙又问道："什么时候回来？"

他信口答道："一会儿就回来。"一边说，一边很高兴地趸上楼梯去。梯顶的粉壁上也挂着她的小影，仿佛代表她平日间那么迎着他，娇声呖呖地问道："我望了你好久了，你夜饭吃过了没有？"

他不知怎的，很相信她今夜要回来了。想到卧房中去整理一下，因便掏出钥匙，把房门上的弹簧锁开了。他入到房中，旋明了那盏珠珞四垂的电灯。眼见那广漆地板上，已薄薄地积了一重尘埃，连半个脚印儿都没有。要是在二十天以前，屋中的地板上哪一处不是她双趺经行之地？那镂空花面的小蛮靴子，还踏得咯噔咯噔作响咧。他趸到窗前，见那八扇玻璃窗上蒙着浅红色的茜纱，窗外半垂着帘子，因又使他想到平日间黄昏庭院、微月帘栊，他和她总是并坐一起，喁喁情话。这浅红茜纱之上，正不知印过他们俩几次的并头双影咧。

窗下一架留声机，机盖上铺着一条织花的纱，还是她亲手铺上的。上面供着一个红底蓝花的瓷瓶，十分鲜艳，瓶中插着几枝晚香玉，残花狼藉，半已枯萎。走近去时，却还闻着一阵微香，这晚香玉不也是她亲手养在瓶中的么？当下他把瓶花移开了，开了机盖，从下面安放唱片的柜中，取出一张《潇湘琴怨》来，唱片辘辘地转了，那幽婉的乐韵歌声直打到他心坎上。这一支《潇湘琴怨》如泣如诉，不也是她平日所最爱听的么？唉，歌声依旧，而爱听的人已不知哪里去了。

那靠窗斜放着的是一只大理石面的盥洗台，那方瓶圆瓶扁瓶的香水啊，扇形瓶的生发水啊，白底蓝花的皂缸牙刷缸啊，牙膏瓶啊，雪花粉缸啊，漱口杯啊，一件件都在原处。那只黄花白底的面盆中，还留着半盆洗过脸的水，水面上堆着白白的皂沫，余香犹在。这定是她临去时洗过脸的，而那块雪白的手巾还搭在这盥洗台的一角上，一小半下垂着，地下还有滴水的痕迹。想见她去时匆促得很，连这手巾也没有绞干啊！唉，他瞧到这里又想起她平日梳洗时的状态咧。他每礼拜不过宿在这里一二夜，而第二天早上起来，总喜欢瞧她当窗梳洗，领略那水晶帘下看梳头的意味。他还往往立在她背后，向镜中做鬼脸，逗着她笑。有时伸手到她腋下去，呵她作痒，惹起她的娇嗔来。如今一一回想，都觉得津津有味的。

那脚挺大的玻璃橱下面有两只大抽屉，是她日常放衣服的所在，除了几套衬衫裤和新制的三四件秋衣已被她携去外，其余春夏的衣服仍还放在那里。开出橱门来瞧时，里面挂着两件斗篷和一条玄色印度绸的裙子。他瞧了那斗篷和裙子的长度，便又想到她亭亭玉立，在橱门前照镜的模样。一衣一裙，细细拂拭，有时他还和她并着肩在那长镜中相视而笑，如今眼见这镜中一片空明，照着自己孤单的影子，却照不到她亭亭玉立的倩影了。

留声机的右面放着一座五斗柜，柜面上放着几件玲珑小巧的银玩具，什么灯啊，船啊，小车啊，都是她日常摩挲的。如今闲闲地列在那里，可不能再亲近她的纤纤玉指了。旁边一个花架，供着一盆黄菊花，是她出走的前三天买的。一朵朵的花又圆又大，直好似绣球一样，如今因没人观赏，没人灌溉，一半儿垂着头，也奄奄欲死了。这盆菊之旁，是一座妆台，两面放着两个银镜架，一面是他的半身小影，一面是她的半身小影。双方的面庞，恰恰相对，眉目之间都带着微笑，如今鸾凤分巢，重合不知何日，便觉得微笑中也含着悲凉了。

这一个小小圆桌，放在中心的，是她日常小坐之处，桌上也供着一瓶菊花，一样的憔悴可怜。小烟盘中有半支至尊牌纸烟，是她所吸剩的，烟梢上似乎还留着她的香唾余痕咧。旁边放着二十天以前的《新闻报》，一张《快活林》还展开着，这是她天天要看一遍的。这报纸的旁边又留着半包麻酥糖，糖屑还狼藉些在那挑花的白桌衣上，想见她当日吃糖阅报的情景，是何等地安闲啊。

他一处处地看，一处处地发怔。末后他便仰天长叹了一声，倒在那铜床之上，却见一旁还摊着她那天临走时换下的衣服。他便搂在怀中，闭了两眼，当作是搂着她苗条的玉体一般。他扑到枕上，却见双枕相并，一样是十字布织成的花鸟枕衣，花是连理，鸟是比翼，使他瞧了又是怅触百端，不由得掉下泪来。泪珠儿掉在枕上，忽又发现了两丝长长的头发，这不是她的云发么？这黑如鸦羽的云发，正是他平日所心爱的。如今却只留下这两丝来，像情丝般络住他的心坎，给他作永久的纪念。

他伏在枕上呜咽了一会，才抬起身来，下了床，趑到后房中去。这后房比前房略小，是他们冬天所用的房间。所有温椅钿床、壁镜窗衣，都一一如旧。去年的火炉，也仍在原处。床底下还有三双八分新的绣鞋，是她日常替换着的。一双鹅黄，一双墨绿，一双浅紫，都露出一个鞋头在外，似乎竟媚斗妍地等主妇来看。哪知主妇竟去如黄鹤了。当下他拾了一只，呆看了半晌，便忘其所以地揣在怀中。他心中忽又想到去年的冬间，和她在这里围炉取暖，笑语生春。夜深留宿，还和她同在枕上翻看《红楼梦》，讨论贾宝玉林潇湘的恋爱问题咧。唉，前尘影事，渺若烟云。而此刻追想起来，还很有意味，抚今思昔，真的是不堪回首啊！

他在前房后房中往来踱了一夜，眼瞧着凤去楼空，心碎肠断。一时怨极恨极，渐渐陷入了发疯的状态。他觉得留着这一座空楼，来供他天天凭吊陈迹，那未免太没意味了？当下里便泼风价赶下楼去，掏出几张钞票，送与老妈子，把她攥出门外。一边将灶上一盏煤油灯向柴堆上一抛，便也长笑出门而去。

那一角小红楼，都葬在熊熊烈火之中。四面是园子，并没近邻，园中的几树梧桐都被火光烘得红了。到得消防队赶来救火时，已变成一片瓦砾之场。

第二天晚上，月黑星稀，他又像鬼影似的溜到这里来，对着那灰烬，悄然掩泣道："情爱呀，情爱！我把你和这情巢爱窝一同火葬了，从此生生世世，恕我不再作有情之物。"

诉衷情

当时月下分飞处，依旧凄凉，也会思量，不道孤眠夜更长。

泪痕揾遍鸳鸯枕，重绕回廊，月上东窗，长到如今欲断肠。

——晏几道 《采桑子》

他和她分离以后，忽忽已两个月了。坐想行思，总有她憧憧心头，忘怀不得。每天早上八点钟起身，他不由得想起她当日睡在他身旁时，这当儿正还在黑甜深处，做着甜美的晓梦。那嫩碧色的丝绵锦被，盖了大半身，一条莹白如玉的藕臂，往往伸出在被外，一只翡翠的手钏，映着冰肌是何等的鲜艳啊。但他怕她受了冷，总得轻轻地给她放进被内去。他只为很爱看她的睡容，便坐在床沿悄没声儿地瞧着，见她侧着头躺在那挑织鸳鸯的十字布枕上，鬓云松松地堆满了半枕，一张脸晕着红云，嫣然带笑，正不知做着什么好梦咧！

唉，如今鸾凤分巢，孤眠夜夜，夜中入梦时，或者还能遇见她，欢笑如故，情深如故，到得一枕梦回，便又形单影只，更哪里去看她娇艳的睡容啊！

昨夜他又入梦了，他见她仍在当时的旧妆楼中，口脂眉黛，颊痕眼波，都一一如旧，那妆楼中的云窗雾阁、玉镜珠帘也一一如旧。便是那窗外的天光，映在窗纱上的月色，也一一如旧。那时她正侧卧在钿床之上，左臂支着枕，托着粉腮，右手中执着一本《七侠五义》，正就在枕畔的银灯下闲闲看着，灯光如雪，映出那玫瑰似的娇脸，觉得娇滴滴越显红白。一别两月，似乎没一点儿憔悴的容光啊。他走上前去，做着笑脸，低唤了一声"玉"，便斜着身体，在那床沿上坐了下来。她听得了声息，只没精打采地抬了抬眼，仍又注在那本《七侠五义》上，他却忍不住开口说道："玉，我们分手以来，不知不觉已两个月了。当初你在气头上，把我恨得什么似的，竟毅然决然绝裾而去，如今时隔两月，你的气可已平了么？至于我，倒并不生气，只觉得伤心无限。可是我当年从娼门中把你拯拔出来，辛苦四年，要把你造就成一个好女子，使你读书识字，居然能做得短文，能看得《红楼梦》《七侠五义》，走在人前，谁会知道你是娼门中的人物？我的几个知己朋友也都看得起你，没一个小觑你的。平日我那么待你，也可说百依百顺。你要衣服，便是衣服；你要首饰，便是首饰；除却天上的月儿，没法摘下来给你，此外凡是我能力中所办得到的，没有不依。我扪心自问，对你已仁至义尽了。谁知多情却是总无情，如今竟落了这样结果，免不得使旁人说一声，娼门中人，毕竟是没有恒性的，毕竟是不能安分的。爱你如我，哪得不心痛呢？"

他说到这里，声音中夹着眼泪，略略有些嘶哑了。她却一声儿不响，只冷冷地瞧了他一眼，仍是看她的《七侠五义》。

他又很恳切地说道："这两个月来，不知你过着怎样的生活，我原知道你生性高傲，又经了我四年的陶炼，一时未必会堕落。但这两月来孤零零的，没一个知心着意的人儿和你陪伴，你总也像我一样地感受着寂寞之苦吧！你的那些小姊妹，我以为对于你有损无益，始终不敢信任。就是你这回悍然不顾地绝裾而去，怕也是这班小姊妹从中撺掇之功么？唉，事到如今，这也不用说了。我所记挂着的，你那头痛怎样，两月来可曾发过么？我还记得今年初春，有一夜夜半春寒料峭，天又下着雨，你忽然头痛起来，捧着两个太阳穴不住地哼哼唧唧。我好生着急，便冒雨出门，远远迢迢地去请了那位黎医博士来给你诊治，又冒着雨上药房去配药。如今你倘再头痛，怕未必再有这样热心的延医配药人吧？唉，我要劝你，你对于起居饮食，都须格外留心，不可大意。每天早起早眠，多吸些清新的空气，身体也得给它多动动，不要牢守着床铺爱睡。要知你的病大半是从缺少运动而来的。烟酒也以少亲近为妙，如能戒绝更好。黎博士曾给你照过爱克司光镜，不是说你的胃已变成了葫芦式么？平日间有我在身旁，可以常常劝告你。如今劳燕分飞，还有谁顾惜你的身体，你自己要千万珍重啊！"

他一边说，一边眼睁睁地直注在她的脸上，很希望她回一句话，但她只微唱了一声，仍是看着她的《七侠五义》。

他默然不语了半晌，觉得坐对着这哑美人，无聊得很，便把手指轻轻地弹着床沿，心中咀嚼着旧剧中"提起当年泪不干"的词句，回首前尘，也真有提起当年泪不干之感咧！少停，他才又说道："自你突然去后，我的忧闷和失望真是不可言喻。每天虽仍出去办事，却神志不属地呆坐在写字台旁，胡乱地把白天消磨过去。到了晚上，更好似一头失巢之鸟，这身体不知道安放在哪里才好，我虽是有家，也好像无家的一般。于是有一二位知己的朋友，怜我孤单，每夜总拉着我吃馆子去。可是上海的馆子很多，不论哪里都可吃喝，而他们偏爱上味雅和小有天去。这两处不是我们俩平日所常去的么？我踏进门去，总觉得前尘历历，都在眼前。味雅的鱿鱼、蚝油牛肉和红烧闽鲍，都是你爱好之品。还有那蒸饭和青梅酒，也是你所爱吃爱喝的。你可还记得我们对坐在那小房中浅斟细酌时的情景么？我不能喝酒，你却翠袖殷勤捧玉盂，兀自劝着我喝。你又说房间不嫌小，越小彼此越觉得亲密。唉，我哪得一辈子和你厮守在这小房中啊！我又想起那小有天来了，你不记得那楼梯顶上的大镜子么？我们每次去时，你总得在这镜中照照衣裳，掠掠鬓发，顺便还睐着我含娇一笑。如今我上楼去时，见这大镜依然，而你的亭亭倩影却已不在我身旁，使我哪得不怅触百端呢？"

他说完，低垂了头，把那涌塞到咽喉上来的眼泪竭力咽了下去，勉强地装出笑来，对着她瞧；她却把托着粉腮的左手放下去了，索性对灯侧卧着，仍是看她的《七侠五义》。

他见她不理，很觉刺促不安，便把手匀着她锦被上的皱纹，又搭讪着说道："玉，上礼拜日，我因没有去处，便到法兰西公园去走遭。这所在不是你日常游散之地么？记得今夏池荷作花时，曾和你在那里盘桓了好半天。还给你拍了好几张照咧，那外面的小池中开满着紫色的大蝴蝶花，花朵儿临风招展，写影入水，十分可爱。你立在那花池之旁，啧啧赞美，我便给你摄入影箱中。人面花容，彼此衬映得越发美丽了。我和你一路在草地上缓缓踱去，看那里面大池子里的荷花，绿叶摇风，亭亭如盖。那红荷花已开了一半，蝴蝶恋着花，翩翩跹跹地飞来飞去。我笑着对你说，你是荷花，我是蝴蝶。我们两口子便来凑一个词牌名儿《蝶恋花》吧。你含笑不答，只眼望着水中，瞧我们俩的并头双影，比着谁长谁短，竟立住了脚不想走咧。接着又到小阁上去听人造的瀑布声，到那兽苑旁，逗引那一双小鹿往来奔跑，末后转到那俄罗斯人的饮冰处去喝了一杯冰桔水，方始携手归去。我最近去时，却已在初冬时分了，梧桐叶早枯黄了，落满了一地，满园子现着一片萧瑟的气象，正和我的心中一样凄凉啊！然而光阴容易，冬去春来，春残夏至，那池子里的荷花、紫蝴蝶花，仍能开得烂烂漫漫，但是花虽开了，我们俩却未必再去同看吧。"

他说到这里，声音中又带些哽咽了。她似乎不耐烦，蓦地把那《七侠五义》摔在地上，双手扶头，直挺挺地仰卧着，两眼注在帐顶，一动都不动。这默默无言的哑美人，倒像又变作了意大利的石美人了。

他这时被感情冲动到极点，觉得满肚子都是话，不能不说。因此他又开口说道："玉，去年耶稣圣诞节的前一晚，我不是曾和你同到卡尔登去跳舞的么？那汽球啊，纸帽啊，满场飞掷的彩条啊，和那如醉如痴的乐声舞态啊，至今都深印在我的心中脑中。而我更忘不了你那夜夜半和我同舞时娇喘细细、香汗淫淫的情态。这狂欢的一夜，真使你疲乏极了。今年的圣诞前一夜，我本不愿意再上卡尔登去，多一重感触。奈何为两位好友所怂，不得不去。但是舞场中的热闹，虽不减去年，而我终鼓不起兴致来，只独坐在那里衔了一个纸管子，闷唉着冰桔水。冰水一口口泻下去，简直把我的心肝五脏全都冰住了。那两位好友见我百无聊赖，便介绍了一位舞伴给我，和我同舞。我虽有曾经沧海难为水、除却巫山不是云的意志，但因苦闷已极，也就很勉强地逢场作戏了。我一边搂住那舞伴舞着，一边闭上了眼睛，幻想中只把她当作是你，于是去年今夜你那种娇喘细细、香汗淫淫的情态，又不由得兜上心来。睁开眼睛一看，却见并不是你，心中便大失所望，只舞了两次，也就不舞了。没到夜半，就急急地逃出卡尔登。唉，影事陈陈，真令人不堪回首啊！"

这时那床上仰卧着的她，忽地翻了个身，侧过去向着里床睡了，仍是不瞅不睬，不则一声。只见那本《七侠五义》翻开着躺在地上，似乎正向着他冷笑。

他还是恋着不肯走，又接下去说道："玉，这两个月来，你可曾看过影戏么？大约不带了我这翻译同去，很有些不便吧？最近我在爱普庐却看到一张好片子，名叫《重吻》，西名唤作 *Kiss Me Again*，是著名导演家德人刘别谦所导演的，内中情节是说一个少妇嫁了个很温和、很忠实的丈夫，却嫌生活太单调，没有趣味，便爱上了个音乐师，在琴上弹着《重吻》一曲，借此调情。不幸给她丈夫发现了，悲愤交集。但他并不去请离婚，只把他的衣物移往旅馆中去，将住宅让给她和那音乐师居住。她和音乐师同居以后，换了一个生活，却又渐渐地觉得不满意了。有一晚在餐馆中，见她前夫正和一个少妇同餐同舞，不由得妒火中烧，反觉她前夫的大可亲爱。末后便赶到她丈夫旅馆中去，求他恕罪，彼此重合。于是那先前和音乐师调情时的《重吻》一曲，竟做了他们的佳谶，吻与吻重又相接了。此片字幕有许多妙语，可以做我们俩的教训，而有许多穿插也和我们的情形相合，所不同的是彼此都并没有别一个人罢了。唉，以前种种，譬如昨日死；以后种种，譬如今日生。重吻重吻，不知我们两可也有重吻的一天么？"

他一面说着，一面想探过头去瞧她，谁知她恰恰回过眼来，瞅了他一下，双手把那锦被向上一拉，紧紧地蒙住了头，再也不理会他了。

他待要伸手过去拉那锦被时，猛听得砰的一声，顿时把他的梦境打破。睁眼瞧时，原来他家的一头花白猫跳到窗前的小桌子上去，把一瓶蜡梅花撞倒了，而黄金色的阳光，也已偷偷地溜到了床前。

燕归梁

对景还消瘦，被个人、把人调戏，我也心儿有。忆我又唤我，见我瞋我，天甚教人怎生受？

看承幸厮勾，又是尊前眉峰皱。是人惊怪，冤我忒撋就。拼了又舍了，定是这回休了，及至相逢又依旧。

——黄庭坚 《归田乐引》

他自那夜孤枕凄清、荒唐一梦以后，更把她想念得切了。

每天早上醒来，听着屋顶上鸟声啁啾，就想到当初宿在她那里的当儿。一听得鸟声，便霍地醒了，揭开罗帐来，看那妆台上的一座粉红云石钟已是什么时刻。倘若未到八点，就得恋着那温暖如春的绣被，靠在枕上对身旁睡着的她细细地瞧，瞧了她那种娇媚可爱的睡态，不由得出神。

只见她两道细秀的翠眉长入鬓里，眼帘紧闭着，那长长的睫毛很匀净地掩在眼皮上；头上一头云发，很蓬乱地散了半枕，一阵阵的玫瑰花香从发中吹送出来；两边的嫩颊上似乎带着一丝极微极微的笑容，口角边微有香唾之痕，有一小抹沾在枕角，正不知她此时做着什么好梦咧。

他瞧到这里，情不自禁总得凑过嘴去，在她鲜艳红润的樱唇上亲了一下。

有时亲得太重了些，将她惊醒。她睁开那惺松倦眼来，含娇一笑，便把两条藕臂勾住了他的脖子不放，总要他讨了饶才罢。有时她仍还不醒，那么他悄悄地先自起身，轻手轻脚地溜下床来，不敢惊醒了她，而檀口上的香泽，却已给他偷尝了。

唉，自她去后，更哪有这样的细腻风光啊？

他朝也想，暮也想，醒时也想，梦中也想，直想得神魂颠倒，几乎要发疯了。他虽觉她性情执拗，难图久长，然而不知怎的，总觉有柔丝万丈，像铁链般紧紧缚住了他，不许他摆脱。他当着朋友们跟前，还满口子说着解脱的话，其实他心中耿耿，兀自盼望她回来相就，言归于好。一个"情巢爱窝"毁灭了，又何妨像那阳春归燕一般，重造起一个新巢新窝来呢？

然而他这边盼望得眼也穿了，那方面还是芳躅沉沉，无消无息。有一天他正在苦想，却不道一封书天外飞来，使他吃了一吓。原来是一个外国律师写来的信，代表他的玉说他有虐待她的事，不愿再和他同居，要求赔偿身体上的损失和日后的赡养费。这一封信当夜直送到他营业的店中，那时他恰恰出去了。店中人莫名其妙，即忙派人到他家里，说有外国律师来信，不知为了怎么一回事，请快快到店中来。他一读这信，气得发昏想，她倘不愿回来，要几个钱也不妨托我一二知己的朋友，从中做说客，何必要去请律师？这不是明明抓破了脸皮，和我过不去么？她既请律师写信来，那我也不能不请律师写回信。于是发一个狠，委托一位少年律师去书驳斥。

回来却不知怎的，给老母知道了，悄悄地安慰了他一番，说她外面有人，早就得知，只为儿子既爱着她人，那她人定有她人的长处，为母的不忍从中破坏。如今她既自动地求去，这是再好没有的事。从此收束风华，别求慰情之道吧。他唯唯答应着，第二天他的一个同事也知道了这回事，说了好一番劝他割爱的话。他听在耳中，都以为不错，一面觉得自己对她的余恋，也因了那律师的一封书而渐渐地灰冷了。

唉，苦痛的回忆不时地兜上心来。他每看手表，总得瞧见腕上被她那天咬伤的所在，齿痕隐隐，至今还没有退去。唉，想起当年爱好的时节，低帏昵枕，诉尽柔情。这手腕上不是常常枕着她头、偎着她脸的么？就这编贝似的玉齿，不是也往往在喁喁情话、回眸浅笑时，露给自己瞧的么？谁会料到她会忍心害理地咬这一口。唉，那玉齿咬下来时，直好似咬到了他的心头，手腕上的痛倒不觉得怎样，只是心痛得难受啊！

好了，到如今缘已满了，她托着外国律师来把他心房中深藏着的情爱全都赶去了。他从此不再爱她，不再恋她，唯有恨她、怨她的分儿，万丈情丝——化作了恨缕，永远烙在她的身上。

他自打定了这主意以后，倒反觉心中空空洞洞，一无牵挂。只把她当作一个瘤，便毫无怜惜地把来割掉了。天下本来无不散的筵席，分手就分手好了，又何必自讨苦吃呢？他这么一想，更觉得大彻大悟。一到晚上，总得约着几个知己吃馆子，看影戏，上跳舞场，分外地高兴。他本来不吸烟不喝酒的，如今也能吸一支吕宋烟、喝一杯"白玫瑰"了。他本是富有美术思想、审美眼光，而喜欢品评妇女美丑的。现在他一见妇人，却好似见了毒蛇猛兽，连正眼都不敢瞧了。

有一晚，他在一家影戏院中看一部美国影片，叫作《妇人之仇敌》，便受了一种极大的感触，夜半回去，嚼齿自语道："从此以后，我也做妇人的仇敌了。那影中人末了都变节，终于堕入妇人的彀中，我却须铁打心肠、誓不变节呢！"这夜他入睡后，便得了个奇梦，梦见自己擎着一柄明晃晃的大刀，走遍天涯地角，见一个妇人杀一个，把全世界的妇人全都杀完了。五大洲上，一处处积尸成山，五大洋中的水，也泛做了桃花之色。他抹抹刀子回来，立在昆仑山的最高峰上，横刀一笑，心中真痛快极了。

第二天他忽发奇想，在一家大酒楼中设了盛宴，把他亲戚朋友全都邀了来，即席演说，预备组织一个大规模的会社，专和妇女为仇，会名就叫作"仇女会"。凡有人失意情场，见弃于妇女，或不能容于家庭，为妻妾所困，总之凡是爱妇女而吃过妇女苦楚的人，都可入会。

他这话一说，当下便有一大半人拍手赞成，都说妇人是没有心肝，不知所谓情爱的，我们非得结一个大团体，和她们为仇不可。试看古今来才人杰士，为情所累而死于妇女之手的，不知有多少。我们倘不急起直追，仇视妇女，那么妇女们更要猖獗咧。

当下他便又说道："可不是么，即如我四年来爱了一个妇人。对于这妇人，可算得一往情深、体贴入微了。我曾冷淡了家里贤德的夫人，伴着她游山玩水，享受种种清福。我曾靡费了好多血汗挣来的钱，制罗绮，买珍饰，博她的欢心。她喜我也喜，她忧我也忧，真把她爱得无可比拟。倘有人将我一半儿爱她之情去爱他的父母，那人就是个孝子了。然而我虽是这般爱她，她却还说我虐待，说我打伤了她。要我赔偿她身体上的损失。像这样的妇人，可还有心肝么？我虐待她，打伤她，并没有证据；而她的无情无义，却有证据在这里。列位请看，看我这手腕上的齿痕。"说完捋起衣袖，露出那腕上紫中带黑被她咬伤的痕迹来。

众人瞧了，止不住打了个寒噤。

他又继续说道："如今我们组织这'仇女会'，就把齿痕做会中的标记。大家一见这齿痕，便可作当头棒喝，从此不敢亲近妇女，而誓作妇女的仇敌了。大家请想一想，我们平日间不是为了爱妇女之故，往往节衣缩食，把汗血钱多买衣饰，贡献于妇女之前么？她们高兴时，冷冷地说一声'还好'，倘不高兴时，就把你这东西瞧得一钱不值，捺在地下。以后我们可不再受这种气了。我们自己挣来的钱，为什么不给自己受用？与其买了首饰送给她们，何不买金刚钻约指给自己戴，亮晶晶的像明星一般。难道不好看么？便是衣服一项，一年间耗费在她们身上的，更不知多少。什么纱啊，罗啊，软缎啊，巴黎缎啊，印度绸啊，团锦绸啊，只要她们中意，便不问几块钱一尺，都得由她买回去，配上五块十块钱一码的花边，毫不在意。斗篷、大衣、旗袍、马甲，多多益善。不知道金钱的来处不易。如今我们可不再做冤大头了，我们自己挣来的钱，给自己制好衣服穿，绸缎绫罗，从心所欲。即使打扮得像花蝴蝶一样，难道有人来干涉么？倘有人实在不能脱离妇女的，那也不妨和她们虚与委蛇，假意地言情说爱，使她们颠颠倒倒，吃尽苦辛，或竟为我们牺牲性命。这倒也好算得是我们的大复仇啊！"

他说到这里，大家都拍手喊好，这一个"仇女会"就在席上成立了。

灰色的冬季早过去了，一阵子轻暖轻寒又偷偷地把春光送来咧。他一面往来奔走进行组织"仇女会"的事，一面常到那委托的少年律师处去，探听对方的消息。

对方的律师办事似乎很慢，每一封信去总要挨过这么半个月或二十天方有回信来。这一回第三封信去后，已过了二十多天，却还是没有回信。

他正在诧异，不想蓦地里飞来一个电话。原来是她所谓小姊妹中的一位姊姊打来的。这姊姊说，双方请了律师，相持不下，事情越弄越僵了。好在她近来常到我这儿来，你也不妨来走走。彼此当了面谈判一切，不是容易解决么？他本来不愿意去，但又深怕律师闹翻了，闹到官里去，于自己很多不便。当面谈判，也许是容易解决些。于是硬着头皮，竟上那姊姊的门了。

事有凑巧，第一回前去，就撞见了她。他们两口儿分手以来，忽忽三月。她经了这变故，玉容也清减多了。那时他呆立在一旁，不知道说什么话才好。毕竟妇人是天生的优伶，善于做作的。她见了他，却做出非常客气的样子，立起身来让座，并且和颜悦色的，和他寒暄了几句。当下又仗着那位姊姊在中间牵合，两下里才开起谈判来。这第一次的谈判，并没结果就匆匆别去。

过了一天，又开始第二次的谈判。双方渐渐接近，她要求那天带去的衣饰完全归她。倘能给她一笔钱，自是最好，要是没有钱给她，那么她方面的律师费须归他担任。他言念旧情，抱着宁人负我、我毋负人的宗旨，一一应允了。两下同坐了一辆汽车，到他方面的那位少年律师处，去做了一张分离的证书。请律师做证，彼此签字。那一支寻常的钢笔，便硬生生地打散鸳鸯两离分了。

唉，天下妇人之心，不知是什么做的。合在一起常多不满，一分了手却又深怜痛惜起来。一礼拜中她总有二三次打电话给他，说我们虽已分离，但朋友仍是朋友，我如今孤寂已极，你也总得来瞧瞧我啊。当下又把新地址告知了他。他原是个富于情感的人，不能便忘却了往事前欢，因此也常到她那里去走动。她很说了许多自怨自艾的话，又说明当初请律师写信，全是为了给小姊妹们挟制之故，从此以后总得设法把那执拗的性情改变过来。像这样柔丝重重，一天天来络住他的心，他便又不由自主地软化了。公余多暇，仍是到她那里去，黄昏庭院，微月帘栊，仍容他享受那甜蜜的艳福。因为天下男子终于少不得妇人，又怎能硬起心肠来和她们相仇呢？

阳春三月，燕子归来。那新"情巢爱窝"又落成了。

凤孤飞

陈春波是个富于情感的青年，一张极挺秀而极诚恳的脸上常流露着一种无可寄托的情绪。要是由心理学家的眼光看去，便可以从外表上测度到他的心理，他正在如饥如渴地求一个寄情之点。

春波自中学堂毕业以后，挟着一张毕业文凭作投入社会谋生的证书。奈何上海是个人才荟萃之地。国内外大学堂毕业的博士、硕士、学士真个是车载斗量，可以抓一把来拣拣。只为谋生不易之故，往往有大材小用、屈居人下的。像他那么一个中学毕业生，姓名上光秃秃的，没一个"达克透"或"爱姆爱""皮爱"的头衔，可真是起码极了。因此他辗转托人或投函自荐，直忙了这么半年之久，方始在一家进出口洋行中得到了个写字的位置。每月有三十块钱的薪水，他已喜出望外。因为勉强可以养活自己和年老不能谋生的老父了。

但他时运不济，做不到三个月，那洋行大班宣告破产，暗中卷了一大笔钱，回他的故国故乡去咧。春波突然失业之后，心中着实焦急。又过了三个月，方始在一家大商店中得了个书记之职。然而不知怎的，他所做的事情总也不能长久。以后又当小学教员，当银行司事，当报馆校对，当汽车行推销员，倒活像一个十起行的马浪荡①了。

这样悠悠忽忽地过了五年，他已二十五岁。每月所入从没有超过五十元以外。在这生活程度日高一日的时光，不欠债已算万幸，哪有什么积蓄？而他那个老鳏的父亲，见儿子已上了年纪，应当娶一房媳妇。况且自老妻去世以来，家中没有妇女，也觉得寂寞得很。娶了媳妇来，那总能热闹些了。

在他那个富于情感的心中也未尝没有此想，只是手头没有整笔的钱，说不上娶妻二字。禁不得老父时时絮聒，也就觉得自己有娶妻的必要，但是娶妻之先，非设法多挣几个钱不可。他就为了要多挣钱之故，才毅然决然地投身电影界中。

上海自电影事业勃兴以来，人人都当银幕上有着金矿似的，一个个把影片公司开将起来，东挂一块招牌，西挂一块招牌。几乎到处都是影片公司，甚至摄影机未办、摄影场尚未找到，先就高高地挂起招牌，大书特书地揭出某某影片公司来了。

就在这汹涌万丈的电影潮中，有一家影片公司叫作金星公司的，摄制一种言情影片，名《月下花前》，恰缺少一个面貌挺秀、态度潇洒而又性情诚恳的生角。物色了好久，总也没一个相当人才。公司中那位导演先生不免抱了才难之叹，于是发一个狠，在各大报上登了个招请生角的大广告。一日之间，早来了三四十人。虽有勉强可以中选的，而总觉不甚满意。到得一见了陈春波，那导演先生便欢喜不迭地嚷着道："有了，有了。铁尺磨成针，有志者事竟成。我终于找到这个人了。"

当下他们又将春波考验了一下，做了几个坐立走跑的姿势，扮了几个喜怒哀乐的面孔。他们认为十停中已有七八停入选的资格了。问起他的技能，也不算坏。除了开汽车不曾学过外，其余跑马、游水、打拳、踢球，却样样来得，原来都是在中学堂中练成的。却不道中学堂的一张毕业文凭，换不到

---

① 方言。游手好闲。亦指游手好闲的人。

多少钱；而在中学堂中所练成的这些拳脚本领，倒值起钱来。当下公司中便许他一百块钱的月薪，和他订了一年期的合同。

春波由每月五十块钱而达到一百块钱，由呆板乏味的职务，变成了活泼愉快的职务，那真是说不出的踌躇满志，也可算得大丈夫得意之秋了。

《月下花前》的剧本，是描写三角恋爱的。两个女子同时争爱一个男子。那男子是个潇洒而诚恳的青年，深知怯爱的真诠，而不肯滥用其情的。那两个女子，一个是幽娴贞静，一个是浮浪不羁。那导演者放开慧眼，就许多女演员中披沙拣金似的拣出两个人才来。请那平日很静默而不大和人说笑的张淑姝女士，担任幽娴贞静的一角；而请那平日会说会笑、媚骨天生的华倩倩女士，做那剧中的浮浪女子。这新入公司的陈春波，居然就派充了男主角，在剧中不劳而获地消受那两个女子的爱情。虽说做戏是做戏、事实是事实，但他那个寂寞的心坎上多少也得了些安慰。

天下男女之情，是很神秘而不可思议的。要是双方的心没有一种互相吸引之力，任是两下里同居一百年，也不会发生爱情。要是有这吸引力的，那么只须见一见面，就会倾心相爱。说也奇怪，那静默而不大和人说笑的张淑姝，忽地在举止言笑之间，对他有情爱的表示。虽是不甚显露，而眉目间的含情脉脉，已足使他十分明白她的意思。他正在如饥如渴地求一个寄情之点，对于张淑姝的用情，当然表示容纳了。

不道有了张淑姝，忽又加上了个华倩倩。华倩倩的用情，可就和张淑姝不同。她是显豁呈露的。她的两道修眉、一双妙目，常流露出极热烈的情感来。握手联臂，算不得一回事。有时竟扭股糖儿似的扭在他身上，无论人前人后，总是"春波、春波"地叫得震天价响，好像夫妇一般。春波因她太不避人，往往窘不堪言。加着他又不是一个滥于用情的人，见了她那种浮浪的样子，实在有些厌恶，更绝对说不上一个爱情，于是他的心更不知不觉地倾向于张淑姝了。

这描写三角恋爱的《月下花前》还没有摄制成功，而三个男女主角却已打成了三角恋爱的局面。爱河情海中，波涛万丈。陈春波泊浮在内，过着胡天胡地的生活。

华倩倩在金星公司女演员中本是个领袖人物。她的月俸最高，服饰也最为富丽。论她的面貌，虽当不上"美而艳"三字，而冶荡之态，却没有人比得她上。本来上海地面上，女子原以冶荡为贵，只要善作巧笑、善飞媚眼，能勾摄男子们的心儿魂儿，便一辈子吃着不尽了。华倩倩的一生本领，也就在巧笑媚眼上边，所以她一上银幕，就享了大名。男朋友之多，一时无两。好在电影明星原常和男子接触，人家也不以为意的。

至于张淑姝呢，她还是一颗未发光的明星，以前虽也在华倩倩主演的影片中做过几次配角，因为地位并不重要，所以没有人注意于她。她善颦善哭，很有些《红楼梦》中林黛玉的脾气。和华倩倩恰恰相反，她如今虽在暗中爱上了陈春波，但因华倩倩也爱着陈春波之故，自己总是步步退让，不敢和她对垒。有时眼见得倩倩挟着春波上餐馆上影戏院去，心中虽不能无妒，也只是微微一叹罢了。

然而世间能对人退让的人，并不是完全吃亏的。因为陈春波对于华倩倩，实在是实逼处此、虚与委蛇，并无爱情可言。而对于张淑姝，却是情深一往，掬着他心坎中从没爱过旁的女子的一片至情，很诚恳地灌注在她的身上。见她越是退让，爱她的心越是深切。淑姝的面貌原比倩倩美丽得多，一张雪白粉嫩的脸蛋儿，连一点儿斑点都没有，而慧目流波，盈盈善睐，也从没有一丝一毫的荡意。她的装束又淡雅非常，和倩倩的浓装艳裹完全相反，正好似一朵出污泥而不染的白莲花，不但使人爱，还使人敬咧。淑姝虽是入了电影界，常和男子们接触，又常和男子们配戏，一块儿言情说爱，但她一离了摄影场，就放出一张正经面孔，从没有和人开玩笑的事。因此一般男演员背地给她题了个绰号，叫作冰箱。谁知这冰箱一遇了陈春波，却渐渐地热起来了。

春波除了敷衍华倩倩外，往往捉空儿伴着淑姝出去吃馆子，看影戏，或是上法国公园去散步清谈，吸受那新鲜的空气。有一天晚上，他们在月下花荫之旁走着，入到一角小亭中去。大抵明月和美人相共，最足以给少年人造成一片销魂之境，撩拨起心中潜伏着的情绪来。

春波一时情不自禁，就向淑姝吐露了胸臆。他很恳切地说道："淑姝，我今年已是二十五岁的人了。这二十五年间，除了爱我那亡故的母亲不算外，委实从没有爱过旁的女子。如今我就把这纯洁的深情完个儿用在你身上了。但不知你对于我的情感当真如何，还是拒绝我的爱呢，还是容纳我的爱？"

淑姝低头瞧着月光中满地花影，含娇不语了半晌，然后嘤咛说道："春波，我不愿瞒过你，我自最初见了你以后，就起了一种特殊的情感，只因有倩倩在着，我不愿和她竞争，自甘退让。如今你既对我吐露相爱的诚意，那我当然是容纳的。"

春波立时握住她的手道："谢谢你，我那没有归宿的一片爱，如今可就有了归宿了。"

淑姝嫣然微笑，眼中满含着情光，仰注在春波睑上，娇怯怯地说道："不过婚姻问题，暂时不许提出，非等我们俩在银幕上得了大成功，月薪超过二百元不可。"

春波微笑点头。当下他们俩又相偎相依地讲了一会儿情话，两颗心都像浸在醇醪中陶醉了。到得夜将过午，方始踏碎了满地的月影花影，携手同去。

经了三个月的辛劳，那《月下花前》已大功告成了。在大中国影戏院开映的一天，轰动了上海一市。人人争说此片的伟大。而陈春波、张淑姝、华倩倩三主角的艺术高妙，更备受观众和舆论界的好评。

三人之中，张淑姝被推为第一，说她的表演全是真情流露，没有一丝矫揉造作，中国自有电影明星以来，从没见过这样超群绝伦的人才。大小报上一致有这种赞美的论调，那是何等有力！便使多数上海人的心中脑中，都牢牢嵌着"张淑姝"三字，更有一般游手好闲之徒，组织了一个"淑社"，到处地鼓吹揄扬，推她为东方的玛瑙泰曼、中国的丽琳甘许。

可是那班主持影戏公司的人，原也是以耳为目的。听说大家都很热烈地赞美张淑姝，也就认定张淑姝是电影界了不得的人才，生怕别家公司来挖，即忙和她订了五年的长期合同，每月八十块钱的月薪竟飞跃到三百块钱。张淑姝一红会红到如此，自己连做梦也没有做到，这一来她可得意极了。

上海本是一个专给富人横行的世界，也是专给富人行乐的场所。他们有的是黄澄澄的金子、亮晶晶的钻石、花花绿绿的钞票。声色犬马之好，当然是予取予求，不算一回事。加着他们好奇心重，好色之心更重，听得有什么著名的女伶或是什么交际之花，都得见识见识。多花几个钱在她们身上，心中一百二十个情愿。倘能量珠聘去，藏之金屋，那更快慰平生了。

这时张淑姝电影明星的大名，既轰传一时，报纸上和照相馆中都有张淑姝的小影，明眸皓齿，如玉如花。于是有许多富家子弟都想和张淑姝结识，钻洞觅缝地想方设法，从此交际场中便常有张淑姝的亭亭倩影。日日汽车，夜夜宴会，什么跳舞会啊，音乐会啊，也以张淑姝在座为莫大荣幸。张淑姝以为既做了电影明星，生受多数人的爱慕崇拜，自也应当注重交际。因此凡有男子们请她吃饭看戏或跳舞等事，她总是来者不拒。这么一来，可就把那陈春波渐渐冷淡了。

女子美色的魔力，真像磁石吸铁一般，有吸引黄金之力。不上两三个月，张淑姝的身上已缀满了亮晶晶的钻石；张淑姝的手袋中，已装满了花花绿绿的钞票，而张淑姝十八年白璧无瑕的身体，也已生生地被玷污了。

陈春波眼瞧着他爱人一天天堕落下去，心痛如割。他曾哭着劝告淑姝，说："你不要因一时的虚荣，糟蹋了你宝贵的身体。要知金钱虽好，不如名誉的可贵。名誉一毁，世界中便无立足之地。况且女子的美色，也像琉璃一样脆薄，一朝损坏，可就不值一钱，再也没有人要了。我先前的爱你，端为你幽娴贞静之故。不过成名之后，你却好似蓦地变了一人，怎不使我伤心啊？"

淑姝听了这番话，很轻蔑似的耸了耸香肩，眼望着天花板，懒洋洋地说道："我早已想穿了。人生在世，共有多少年？若不及时行乐，死了岂不冤枉。先前我实在太呆，才和你言情说爱，讲了许多可笑的迂话。如今我抱定宗旨，一意地寻乐。你们男子爱玩女子，我却反过来玩男子。男子玩女子要花钱，我玩男子却还用男子的钱。这真是再便宜没有的事。玩腻了一个，另换一个。好在上海地面上男子很多，尽由我挑选。几百个几千个都是现成的，末后我要是玩得实在腻烦了，也许再回过来爱你。你倘愿意等我，就耐心儿等着吧。"说完似笑非笑地伸出一只雪白的手来，和春波握了一握，便袅袅婷婷地走开去了。

可怜的陈春波，到此已绝望了。他怀着一颗粉碎的心，仍是佯为欢笑，过他银幕上的生活。要求编剧人编了一出悲剧，作极忠实的表演。他虽仍和张淑姝一块儿配戏，实在是痛心疾首，老大地不愿意。又加着旁的男演员背地里常有嘲笑他的论调，使他听了甚是痛苦。所可以自慰的，那华倩倩却依旧和他很亲热，看影戏吃馆子，仍是拉他同去。

陈春波本来不愿再和女子周旋，转念想，张淑姝既负我，我又何妨向华倩倩表示亲爱，给张淑姝瞧了，也许能挑起了她的嫉妒之心，回复当时的旧爱，正未可知。谁知试验了这么一二个月，并无效验。张淑姝除了配戏时不得不和他敷衍外，一下摄影场就不再理会他，自管坐着恋人们派来相接的汽车，扬长而去。

春波眼见得已无可转圜，便横一横心，索性爱上华倩倩了。他想，倩倩本来也没有什么不好。先前因为瞧不上她那种浮浪的模样，才倾向于幽娴贞静的张淑姝，然而现在的张淑姝怎么样，不是比华倩倩更浮浪十倍二十倍么？他这么一想，便觉得先前太对不起倩倩，如今该好好地补过，用真心去爱她了。

一天晚上，他同着她在一家餐馆中晚餐，花香酒冽，心中甚是高兴，多喝了一杯白兰地，已微有醉意。倩倩也连喝了三杯葡萄酒，一时星眸微饧，眉黛间逗上了一片春色。

这夜不知如何，他们俩都没有回家，却撞到了一家大旅馆中去，锦衾角枕，过了个销魂之夜。第二天日高三丈，方始醒回来。两下梳洗完毕，用过早膳，想起今天早上就须拍戏，预备分头回公司去。陈春波扪心自问，很懊悔有昨夜这么一回事，更多了一番牵惹，结了一重孽缘。只是转念一想，华倩倩根性不坏，也可以宜家宜室，我又不是个始乱终弃的人，过几天向她提出婚姻问题，倒是个绝好的补过之法。想到这里心便安了，于是掬着笑容向倩倩说道："倩倩，我如今才死心塌地地爱你了。你既以身相许，我决不肯辜负你。过几天我们谈谈婚事，好么？"

那时倩倩正在妆台上大圆镜中横一照、竖一照地掠着头发，听了这话，便嗤的一声笑将出来道："傻子，傻子！你又认起真来了么？我不过和你玩玩罢了。谁要和你攀什么亲眷？先前你只是恋着张淑姝，满眼瞧不上我，到如今张淑姝不要你了，你才来和我讲爱情。哈哈，有了昨夜这一夜，我已完全占了胜利。只要这么一来，我便已玩过了你，从此你再敢瞧不上我吗？古特排爱，买爱大林。①"说完，吸着一支茄力克纸烟，一摇一摆地走出去了。

陈春波呆坐在一张沙发上，听着那小蛮靴声咯噔咯噔地渐渐远去，他只跟个木人头似的一动都不动。他的心中好似打翻了个五味瓶儿，也不知是甜是酸是苦是辣。这样过了好久好久，他方始立起身来，唤仆欧算清了账，便踉踉跄跄地走出旅馆大门。沿着一条空旷的马路，不住地走去走去走去……

他的心中兀自喃喃自语道："女子，女子。你们是毒蛇，是猛兽，我不愿再见你们。我不愿再见你们。"可怜这一个机械人似的陈春波，仍是不住地走去走去走去……不知他要走到哪里去……

---

① 英语"Good-Bye, my darling"音译，即为：再见，亲爱的。

归去难

列位倘走进华达储蓄银行那两扇柚木紫铜包角的大门，向左过去三四十步，见那长柜台上挂着一块厚玻璃红字镶金边的小小横招牌，标明"储蓄处"三字。这横招牌下面，便是一带圆梗的铜栏杆，在一半儿太阳一半儿电灯的光线下霍霍地发亮，仿佛代表银行主人展着笑脸、欢迎顾客一般。列位要是前去储蓄什么活期或定期的款项时，总得望见铜栏杆的小门内有一张团团浑圆的面庞，满堆着和蔼的笑容，连那一副阔玳瑁边大眼镜后面一双近视眼中，也会一闪闪地露出笑来，而嘴边疏疏落落的几根须子，也大有笑意了。

这浑圆面庞的主人是谁？银行中上、中、下三级都知道他是行中第一老资格的储蓄部职员，名唤刘致祥。他为人既和气，又名致祥，因此就将"和气致祥"四个字，做他一辈子立身处世的格言。

大抵银行中的行员，他们高坐铜栏杆柜台之内，天天成千累万的钱钞在他们手中经过；而对外所处的地位，又似乎是人求自己，并不是自己求人，因此之故，往往养成一种倨傲的习性，而在态度上表现出来；但瞧那些捧着银子来存入或持着折子来提取的人，任是赔着笑脸一味柔声下气地向铜栏杆中说话，而他们行员老爷却扬着脖子，爱理不理，把冷气去接待人家的热气。

唯有这位刘致祥刘老先生，却比众不同。他虽吃了二十年的银行饭，并没有银行中人的习气。人家见他和气，便都喜欢和他接洽，任是一块钱、两块钱的小储蓄，也要烦劳他老人家。因此大家只见他在铜栏杆内，像织梭似的比旁的人分外忙碌，而他却不以为苦，每天八点钟时早又在铜栏杆内把笑脸向人了。

刘致祥正像燕子般辛苦营巢，二十年兢兢业业，才好容易造成一个家庭，使他的爱妻娇女都饱暖了。他年已五十，天天还是那么刻苦。一年三百六十五日，除了星期日例假以外，从不曾告一天假，因为告假要扣去薪水之故。他自己身上也从不肯穿一件新衣服。十多年前的一件玫瑰紫宁绸袍子，还是穿着出门。至于银行中同事有什么饮宴应酬等事，他总是画出范围，绝对不肯参加的。

有人向他说，你已是半百年纪的人了，未必再有五十年活在世上，何必节衣缩食，如此看不破、想不穿？刘致祥笑道："我并不是想不穿、看不破，无非为的爱妻、娇女罢了。她们俩都是欢喜阔绰的，惭愧我做这银行中普通的行员，虽说薪水特别比别人高，然而连花红也不过一百多块钱。我要顾全了她们，自己可就不得不刻苦些了。"

旁的人听了都没有话说，不过背地里给他起了个绰号，叫作"老牛"。可怜的老牛，他一辈子被妻女鞭策着啊！

刘致祥口中所说的爱妻娇女，便是上海妇女社会中崇拜虚荣的一派。她们天天打扮得跟孔雀似的，提着手袋，出入于绸缎庄、洋货店之门。晚上除了打牌不出去外，平日总是在餐馆、戏园子里的时候多了。

刘夫人今年四十岁，却是徐娘半老，风韵犹存，借着脂粉和衣服掩去了不少光阴摧残的痕迹。刘先生虽没有几克拉大的金刚钻贡献于她，而普通的首饰却已应有尽有。好在现代的妇女只注重衣服的时髦，并不注重首饰上面，所以刘夫人偶然戴些假金刚钻，已很可混过去。人家因她身上穿得好，也不当它是假的了。

刘先生的年纪和夫人相差十年，对于这花朵似的爱妻，当然也纵容一些，不能过于严紧。所以刘先生自己虽是很讲道德，而家教两字却不能施于闺闱以内。况且他平日间最爱他的女儿阿桃，真的是百依百顺，直把女儿的话当作圣旨一般，不敢不听的。

阿桃今年二十岁了，凡是认识她的人，都说她风骚。所有古人所谓"媚骨天生""其媚在骨""烟视媚行""回头一笑百媚生"等成语和诗句，她都可当得上的。她生着一双漆黑的眼珠，像棋盘中的黑棋子模样，而活泼伶俐，两眼简直能和人说话。那雪白粉嫩的面颊，时时晕桃花之色，更妙在两个深深的酒窝，随着巧笑不时波动，真有一种摄人魂魄的魔力。一头漆黑像鸦羽似的云发，本来长可委地的，如今也跟着时髦的风气，付之并州快剪刀了。

刘先生因为只有这一个女儿，又生得娇媚可爱，所以分外地疼爱，真个风吹怕肉痛、含在嘴里又怕融化似的。至于他夫人方面，更不必说，恨不得时时刻刻把这颗夜明珠擎在掌上了。

我和刘先生是多年的老友，又是邻居，彼此很为投契，我没事时总得到刘家去走动。那娇小玲珑的阿桃，总是跳跳纵纵地迎着我，没口子叫"伯伯"的。我因她对我很亲热，每次去时往往买些水果或糖食送给她吃，她很为快乐，"伯伯"便叫得益发勤益发响了。

记得那年是阿桃的十岁吧，刘家嫂子很高兴地告诉我说："吾家阿囡好聪明，学会了《十八摸》《十送郎》《四季相思》等好几支小调，已唱得上口了。"

我摇头道："不妥。这一类淫靡的小调，不是孩子们所该唱的。"

刘嫂子道："管它呢，只要好听就是了。"

刘先生不发一言，只是站在一旁傻笑。

有一个夏夜，十二点钟已过了。我因为天热不能入睡，便踱到刘家去，恰值夫妇俩同在露台上纳凉，我也就加入了。刘嫂子带笑说道："你要是早来半点钟，还可听吾家阿囡的小调咧。"

我道："怎么说你家孩子到十一点半钟才睡么？小孩子不该如此，须得早睡才是。"

刘嫂子道："说也奇怪，吾家阿囡是迟眠迟起惯了的，不到夜半，万万不能入睡。此刻你可要听她唱么？"

我道："要听便怎样，难道去唤醒了她，从床上拉她起来不成？"

刘嫂子道："不打紧，她是喜欢唱的，况且这样的大热天，起来怕什么？"说完离了露台，兴兴头头地赶去了。不多一会，便拉了阿桃同来。

刘嫂子会拉胡琴，咿咿呀呀地拉着，阿桃提高了珠喉，先唱了一支《四季相思》倒还委婉可听，接着又换了花样，唱起《十八摸》来，才唱了"两个伸手……摸到，摸到姐姐……"

我觉得很可厌，即忙截住了她，抚着她的苹果小颊，带笑说道："好孩子，你唱得好，伯伯明天买可可糖给你吃。"

刘嫂子拍手赞美她，而刘先生也从他夫人头上拔了两朵半蔫的白兰花，向着阿桃身上抛去。阿桃便像名伶般鞠了鞠躬，退入后台去了。

刘嫂子自身并不是姨太太，而偏喜和一班浮花浪蕊式的姨太太们结交，看戏、打牌、吃馆子，总在一起。"姊姊妹妹"的，叫得十分亲热。这班姨太太大半是窑子里姑娘出身，打情骂俏是她们的本能。

阿桃白天在学校里念书，晚上跟着母亲进这打情骂俏的学校，受那荡妇浪女的教育。而这种教育潜移默化的能力，更强于学校教育十倍。所以阿桃不过十五岁小小年纪，而目成眉语，样样来得，已变成个狐媚子模样了。因了这班姨太太的领导，又常到游戏场所走走。凡是什么提倡男女不正当爱情的苏滩、本滩、新剧、弹词，以及粗俗不堪的四明戏、扬州戏等，她都喜欢涉猎一二。课余之暇，连自己也能哼得上口。而她素所擅长的小调，也加多了不少，连《打牙牌》《和尚采花》也学会了。

刘致祥虽不以为然，但因爱女儿过甚，竟不忍说什么话。那些日常往来的姨太太又一致捧场，天花乱坠地说刘小姐如何聪明、如何伶俐，顿使阿桃傲然自大起来，以为比在学校中大考得第一名更荣幸啊！

刘致祥年已半百，只有这一颗掌上明珠，也难怪他要溺爱些。有一晚阿桃打扮得花团锦簇，跟着她母亲上女总会去了。刘致祥目送母女俩出门，微喟着对我说道："唉，这一次中秋节的节关又难过咧。现在还在六月中旬，去年中秋足有两个月，昨夜我背地翻看她们的缎绸账洋货账，一共已三百多元；加着旁的账，非五六百元不办。不用说又要负债了。"

我道："老友，你自己再节俭也没有了，但你何不劝劝嫂夫人和令爱略略撙节些呢？"

他摇头道："不行，她们俩都是受不得一句话的，我语气只须说得重一些，她们就要生气。哭的哭，绝食的绝食，使我万分难受，因此我只得做个哑子吃黄连，说不出的苦，再也不敢向她们说话了。"

我道："但你未免太苦。"

他道："这有什么法儿想？实在也因我平日爱她们过甚，才纵容到这般地步。人家唤我'老牛'，一点儿不错。我正像牛一般为她们做着苦工啊！"说时满脸现出很感慨的样子，但是一转眼望到了壁上一张母女俩合拍的小影上面，那愁眉苦脸上却又堆上笑来了。

一天，刘致祥正在银行中忙着办事，直忙得头昏眼花，蓦听得耳边一声"爸爸"，早见他女儿阿桃已花枝招展似的走了过来。他即忙把手头填写着的储蓄折子交给了一个副手，赶出柜台来问："是什么事？"

阿桃装模作样地说道："爸爸你不要吓，我又是来向你要钱的。只为学堂中下月初要开一个游艺大会，他们派我做仙女，须得做一身仙女的衣服。妈给了我五十块不够，还要五十块钱。"

刘致祥皱眉道："我今天身边恰没有钱，你为什么不取了绸缎庄洋货庄的折子去呢？"

阿桃道："不是的。这衣服是在外国裁缝店里做的，衣料也由他们包办，还是上礼拜定下，今天要去取了。"

刘致祥没奈何，只得回进柜台去，向一位高级同事告借了五十块钱，出来交与阿桃。阿桃才嫣然一笑，向他老人家做了个眉眼，泼风价去了。

阿桃自做过了游艺大会中的仙女以后，报纸中都登着她的小影，大吹大擂地赞美她的色艺，称她是天上安琪儿，是中国司艺术之神。禁不得这样一捧，可就引起了社会的注意，更引起了多数青年的注意。小小一个刘桃女士，竟变作了一时代的雄狮。投函要和她订交的，不知有多少人，由同学们的介绍，便结识了好几个很漂亮的青年。内中有富家子，有大学生，真的是一时之选。他们如狂如醉，紧随着阿桃，差不多有跬步不离之势，大家伴着她玩，送她礼物，尽力博她的欢心。有时夜半归来，总把汽车送她到家里。

于是，她家东邻一位老先生，一辈子主张男女授受不亲学说的，忙着来问我道："你近来可瞧见刘家女孩子么？"

我道："可是说桃小姐，她近来怎么样？"

老先生道："结交男子啊。"

我道："这不算一回事，现在新派女子提倡社交，尽可结交男朋友的。"

老先生道："但她的男朋友未免太多了。前天我还看见她同着四五个小滑头从一家西餐馆中出来，谑浪笑傲的，都似乎有了醉意。十五岁的女孩子，使得么？"

我道："你老人家眼睛靠不住，没的看错了人。"

老先生道："我敢对天立誓，对神明立誓，决不看错。我且还听说，她近来虽说上学堂去，其实并不在学堂中咧。"

我听了这些话，半晌不做声，接着便婉劝那老先生，不要在外多说，损坏了我老友刘致祥清白的名誉。

可是那老先生是个热心而喜管闲事的人，他悄悄地寄了封信到华达银行去，将这事报与刘致祥知道。致祥最爱重的是名誉，读了此信先还不信，一边却暗暗准备留意他女儿的行动。

有一天他从银行中公毕回家去，走过一家新开的大旅馆，蓦见一对男女从那旅馆中出来，肩并肩走着，模样儿十分亲热。刘致祥心中一动，忙赶上一步瞧时，那女的不是他女儿阿桃是谁？

他大发雷霆，大声问道："你为什么不上学堂去，却在这个所在？"

这时那男的见不是路，早脚里明白，捉空儿溜走了。

刘致祥又叱问阿桃道："快说，你为什么到这儿来？"

阿桃涨红了脸，嗫嚅着答道："在这儿望朋友。"

刘致祥道："该死，该死！你还要扯谎么？快快跟我回去，我再问你。"

阿桃便一声儿不响，跟着她父亲走了。回到家里，刘致祥气愤已极，便也不管他夫人的哭劝，将阿桃关闭在一间小房中，对她说道："女孩子如此荒唐，我们一家的门风被你倒尽了。今夜关你在这里，好教你闭门思过。你倘悔过了，才放你出来。"

阿桃这时也恼羞成怒起来，勃然道："任你关死了我，我也决不说一句悔过的话。结交男朋友，那是我们女学生应享的权利。做父亲的不能干涉。"

刘致祥无话可说，咬紧了牙齿，把阿桃锁在小房中。阿桃一点儿不以为意，写情书，唱小调，挨过了半夜。而刘致祥夫妇俩却足足闹了一夜，没有安睡。第二天早上，阿桃被她母亲放走了。

唉，女孩子的贞操，原好像极精细的瓷器，倘能始终爱护，才成完璧，要是一有裂痕，便终于破碎咧！阿桃自经了这回事以后，也就明目张胆，索性不顾廉耻了。每天非深夜不归，有时竟宿在外边。而所谓男朋友之多，更着实可惊，逐一在那里尝试同居之爱。一个月中，连换了好几个人，简直像更换衣服一般。

第二年的冬季，阿桃一个小小肚子竟膨脝起来。十六岁的女孩子，居然取得了为母的资格。刘致祥虽是气个半死，但又不能不出来收拾这不了之局。于是捉住了那个犯罪的青年陈一飞，强迫他和女儿结婚，勉强保住了他家的家声。不用说，婚礼很草率。刘致祥垂头丧气，活像是送丧的样子。新娘、新郎也都不快意，因为他们所欢喜的是完全浪漫的生活，一结了婚，可就缚手缚脚地不自由了。

那陈一飞的家是在苏州的，结婚以后两口儿便往苏州去。一时风平浪静，使刘致祥心中得到一种安慰。阿桃也有信给她母亲，说他们俩很快乐，只是他的父母不肯承认他们的婚事。这也无可奈何。目前是另外租了屋子，组织了一个小家庭，横竖一飞很能爱她，也不怕什么了。信中并没有一字提起父亲。刘致祥也置之不理。

过了几月，阿桃生下一个女儿来，产后香桃骨损，憔悴不堪。一飞看着，渐觉厌恶，而手头的钱也使完了，家里又不肯接济，末了便向北京一溜，将妻女轻轻抛弃了。

阿桃生性高傲，不肯向一飞父母去吵闹，自管带着女儿回到上海。但想这女儿太累赘，足以障碍自己以后的行动，于是向她母亲那里一送，从此不负责任。到得身体完全复元、容光重又焕发时，便嫁了个富人做小老婆，很享受些起居饮食上的幸福。但她野性难驯，忽又爱上了个拆白党，被丈夫觉察逐出；而那拆白党见无利可图，也就和她断绝了。她为了维持个人的生活起见，便投身进电影界去，仗着她的美貌和媚态，居然成了个电影明星，名震一时。有一个大学生瞧上了她，正式娶她做夫人。半年以后，她便和银幕告别了。谁知江山好改，本性难移。这一枝轻薄桃花，终于不能宜室宜家，挨过了一年便又宣告离婚。

光阴流水一般流去，不能长驻。美人的颜色，也何曾能长驻呢？阿桃胡混了好多年，竟沦落在私娼队中，过那种抱衾与裯的生活，先还很可过去，但因一年年斫丧过甚，色也衰得快了。而一般人因她阅人过多，身中积毒，再也不敢和她接近。于是可怜的阿桃竟陷到了穷途末路，衣、食、住都支持不来。

有人劝她回家去，但她既没有面目去见老父，而老父也早已登报驱逐，万不能再容她回去。加着她母亲和她所生的女儿又都死了，毫无转圜的余地，因此便年年飘泊，筋疲力尽地和生活奋斗着。最后无可奈何，只索借着歌唱为生，好在她肚里有无数的小调在着，差可换碗饭吃。每夜街头巷口，总有人听得一派凄咽的歌唱声，和着一张嘶哑的弦索，似乎在弦线上弹出许多眼泪来，而最最动听的却是她自编的一支悲曲，叫作《归去难》。

一丛花

"玉软香清，珠圆样小，此花丰格谁同？猛记她人，翠鬟云影双笼，银丝绾就团圞样，绕钗梁艳雪蒙蒙。最相宜，人也娉婷，花也玲珑……"这半阕《茉莉花》词，是他夏夜无事时常在口头哼着的，也像他们爱唱戏的人，常哼着"八月十五月光明……"一样。可是他生平爱花，更爱着茉莉花，却不道那小小的一丛茉莉花，也就判定了他的终身大事。

他半年来坐想行思，梦绕魂缠，兀自记挂着他的未婚妻。这回从北京学校中暑假回来，提着皮包，走出火车站，劈头第一个就去瞧他的未婚妻；任是家中有倚闾而望的老母，也不放在心上。

那霞飞路口一角小楼，可不是他未婚妻的家么？他见后门正开着，婢子阿宝正在后天井里洗衣服，雪白的肥皂沫把两条臂儿都掩盖住了。阿宝一见他，唤了声"少爷"。他即忙丢个眼色，不许她声张，自管蹑手蹑脚地溜上楼梯去，直闯到他未婚妻的绣阁中，脱口喊道："哈罗，买爱大灵。"

那时他未婚妻正在镜台前梳掠着一头乌油油的短发，一听得呼声，便直竖地竖了起来，娇嗔道："你这人好没道理，一死到上海就跑来吓人。"

他涎着脸连赔了好几个不是，方始回嗔作喜起来。两下并坐在镜台前，有一搭没一搭地诉说别后相思之苦。衣架上挂着的小竹丝笼中，有一只叫哥哥没命地叫着，也似乎表示它的高兴。

他回来了一个礼拜了，因为被几个至亲好友绊住了身，不是给他洗尘，便是约他打麻雀，竟腾不出工夫来和他未婚妻好好地畅叙一次。今天他才打定了主意，揣了二十块钱在怀中，要去请请未婚妻了。

他的秩序单上共有三个节目：一、吃夜饭，西餐或中菜，唯玉人之命是从；二、夜游法国公园；三、上跳舞场跳舞，大华、卡尔登，亦唯玉人之命是从。他欢天喜地地把这秩序单呈报了未婚太太。谁知却不曾完全批准，说一二两项可以照办，时间以九点半钟为限。第三项因小姊妹有约在先，恕不奉陪。他虽不很满意，但也不能不勉允下来。

这一天天气热极了，寒暑表升在一百度以上。骄阳在天，加足了热度，火辣辣地射将下来，把那柏油浇铺的街道烘得软软的，像面衣饼一样。所有大街小巷的屋子都似乎抬着头，向天叫苦，喘不过气来。路中行人都像面包般在炉子上烘着，没一个不是汗流浃背、耳赤面红，满口子喊着"热、热"。连那些狗也一一伸出了个血红的长舌子，似乎在那里喊热不已。路旁的树好似老僧入定一般，枝叶静定着，文风不动。这样的大热天，连那辈年高德劭的老先生，也说是一辈子难得遇到的了。

然而他热中了情爱，对于这天热如火倒不大觉得。一到五点多钟，火热的太阳还没有下去，就急急地赶到他未婚妻家中，伺候她梳头打扮起来。而更使他欢喜的，便是那一个用银丝穿成碗儿般大的茉莉花球，刚由卖花娘子送来，先在鹅黄瓷碟子里养了一会子，然后簪上她的衣襟，一阵阵妙香披拂，搀和着她身上的衣香直熏得他心儿醉了。

西餐馆楼上一间精致的餐室中，双影并头，喁喁软语，正在商量点些什么菜。他笑逐颜开地说道："我们两口子对吃，正好像吃暖房夜饭一样，总得尽兴儿饱餐一顿。"

她信手拈起一张公司菜单来看了一眼，忙撂下道："天热，多也吃不下，点几样清爽些的吧。"

他把纸笔取在手里，满眼带笑地睃着她道："我做你的点菜书记，请一样样地报下来，我等着下笔咧。"

她喝了口柠檬茶，想了一想，便说："鸡绒鲍鱼汤、白汁桂鱼、生菜虾仁、通心粉雀肉杯……"

他忙问道："添一个什么饭，什么点心？"

她摇头道："我的肚皮不通海，来一个樱桃梨算了。"

他从头看了一遍，又凑趣道："呵呵，你所点的菜恰也是我所要点的，我们俩正可算得心心相印了。"

她笑了一笑，弄着刀叉不答白。

大抵天下未婚的夫妇，有权利而没有义务，风味总比夫妇好。未婚时好似一杯纯粹的牛乳又加了雪白的糖，已婚之后那就好似和了咖啡在内，甜味中不免带些儿苦了。

这一顿夜饭吃得很快，八点钟就吃完了。出餐馆时他为了博未婚妻的欢心起见，特地唤了一辆汽车，坐着上法国公园去。

一路晚风拂面，有女同车，他真快乐得有飘飘欲仙之概。到了公园门前，两下里携手而入，一样的夏夜，在这水木明瑟的园子里看去，便觉分外地美丽。一轮明月挂在空中，似是一面新磨的玉镜，照得满园子通明无障。这边是花，那边是树，这边是茅亭，那边是池子。月光水汪汪地似乎滴出水来，把这园子和园中游人洗了一下。那一带大树千章，枝叶儿交纠在一起，搭成了个油碧之幄。月光随意在枝叶的罅儿中泻下来，地上便像铺了一条绣花的毯子。白天里的风姨娇贵非常，不知躲在什么深闺绣阁里，此刻也把那温柔可爱的好风徐徐送来了。诗人李青莲所谓"清风朗月不用一钱买"。这时满园子夜游的女士，都很便宜地兼而有之了。

他和未婚妻携着手，在那天津地毯般软厚的草地上缓步走去，两人对着那一片美丽的夜景，一时都愉快得说不出话来。暗中香风微拂，常见一对对情侣肩并肩地走过，低低地在那里讲着情话，带出轻婉的甜笑声来。有时香风中送来一阵腋气，那就见西方美人袅袅婷婷地走过了。一班外国小孩子玩了一天，还没有回去，在树下或草地上奔跑打滚，时时有尖锐的笑声送将过来。他们的 am ah（俱系中国中年或老年之佣妇，称为阿妈，专以照顾此辈西孩者，亦唯有钱之家雇用之），操着洋泾浜西语，放出劈毛竹似的声音，喝止他们。然而较小的孩子都已回去，所留着玩的也不多了。

他们俩绕了个圈儿，便想坐一会子休息。

他说："到山亭上去坐地，好么？下面有人造的瀑布，听听水声也好。"

她道："亭子上一定早有人占据着了，我们跑上去看人家接吻不成？"

他笑了一声，把她纤手紧握了一下，接着问道："那么我们到哪里去坐呢？"

她道："池子边不好么？池中荷花都开了，趁此闻闻荷花的香味，岂不有趣？"

他又把情眼睃了她一下道："我不爱荷花，却爱你衣襟上的茉莉花球。茉莉花本来香，上了你的身却益发香得可爱了。"

她似嗔非嗔地叱道："死人，算你会说。"

一会儿两人已到了池边，却见有一张两人坐的椅子空在那里，他便掏出手帕子铺在上边，一块儿坐下了。满池的荷花都已开放，真所谓抱月生香、凌波弄影。在夜中看去，别有一种幽致，而晚风吹着荷叶，槭槭作响，也仿佛在那里说情话一般。两人看着荷花，默然了半晌，飞萤点点在椅旁一闪一闪地掠过了。她见了，立时把那小团扇扑去。

他笑着道："好一个轻罗小扇扑流萤。"

她扑到了一个，回过来说道："书呆子，又掉文了。我不欢喜这个，以后可不许掉文。"

他忙道："我知道，我知道，你的话胜似皇帝的上谕，我是不敢不遵的。且慢，我有一件事要和你商量，也得请你恩准才是。"

她道："做张做致的，又有什么大不了的事？快快给我说来。"

他嗫嚅着道："可不是么？我们订婚以来，也有两个年头了。我的年纪虽算不得怎么大，可也虚度了二十五年。我的母亲急着要抱孙子，曾屡次唤我探听你的意思。今年里可能过门？要是说来得及的，那么就由她请瞎子先生拣定吉日，再正式前来报日……"

她听到这里，不由得皱了皱眉头道："不行不行，今年里无论如何一定是来不及的。况且我究竟愿意不愿意嫁给你，还得作最后的考虑。免得结婚以后，又要办离婚手续，太麻烦了。"

他白瞪着眼对她瞧，很诧异地说道："你这话很奇怪，可是什么意思？"

她看了看腕表道："咦，九点半钟到了，我就得上小姊妹家去。这问题明天再细细地谈，好在我的心总是向你的，你不用发急吧。"说着嫣然一笑，挽着他的臂儿一同立起来。

他知道她有意逗着他玩的，也就恢复了本来的态度，昵声说道："我们一块儿在这里，真好似在天堂中一样，怎么一会儿就去了？"

她道："我有我的事，你难道不能原谅我么？"

他便不说什么，伴着她向园外走去。到了门口，他忽地停住了脚说道："亲爱的，你可能把那茉莉花球送给我，那我回到家里，好闻着花香想会子你，当你仍在我身边一样。"

她扑嗤一笑道："你又要发痴了，不给你，你回去一定睡不着，就给了你吧。"当下便从襟上卸下那茉莉花球来，直送到他鼻子前。他快乐得什么似的，忙将双手接住了，于是道一声"明天会"，彼此分手而去。

他回到家里，向母亲敷衍了几句，就入到自己卧房中，把茉莉花球扣在自己衣襟上，坐在椅中歇息，闭着眼又哼起那"……最相宜，人也娉婷，花也玲珑"的半阕《茉莉花》词来。一阵阵浓烈的花香直冲到他鼻中口中，把他的心儿胃儿脾儿都像沉浸在茉莉花酒中，浸得醉了。

他坐了一会子，觉得没有事做，想还是睡吧。因便换了睡衣，躺在床上，把那茉莉花球放在枕边。一阵阵的浓香又来了，他忽又想起前人有一首诗是咏茉莉的，只记得"枕边都是助情花"一句，旁的三句却兀自记不起来，又不记得是谁的诗。

他本来睡不着，便起来向书橱中翻书，东一本，西一本，撂了满地，把半橱的书都翻了个身，才好容易从一本诗话中检出这首诗来，叫作"酒阑娇惰抱琵琶，茉莉新堆两鬓鸦，消受香风在凉夜，枕边都是助情花"。是一位诗人唤作徐燮的手笔。他很为欢喜，重又躺上床去，枕边茉莉花的浓香又来了。便细细咀嚼着"助情花"三字，因而连带想起他那簪这茉莉花球的未婚妻来。娇媚的眼，柔嫩的颊，白净的臂，纤软的手，以及丰满的酥胸，和其余一切使人动心的部分，都是美的、可爱的，他想着……他想着……茉莉花的浓香又来了。……他越是想越是睡不着，心中烦躁已极，便从床上跳下来，在屋子里往来踱步。踱了一会子，仍是烦躁；坐下来，烦躁依然。

他觉得今夜无论如何，一个人决不能再挨下去了，便不知不觉地走出门去，不知不觉地想起三年前一位白相朋友带他去过的一个所在，一条狭狭的弄口挂着一盏方灯，灯上不着一字，只有血红的两个号码，是66。进门即是楼梯，楼上即是房间。据说这小小一间房中，便是个销魂荡魄之地。他鼻子里闻着茉莉花香，一颗心突突地乱跳，如有鬼使神差似的，竟不知不觉地到了这个所在。

他脱去了外衣，在床边坐下了，没口子地嚷道："唤一个好的来，人要时髦，价钱贵些不妨事。"

一个胖胖的佣妇答应着去了，他独坐着很乏味，便把四下里打量了一遍，口头又哼着那半阕《茉莉花》词。心中的烦躁已略略平了，这样不知过了多少时候，忽见那胖胖的佣妇走进来，低低地说："来了，来了。"

他聚精会神把两眼射在门口，门帘缓缓地揭开了，现出一个亭亭倩影。他两眼刚看到那脸上，不由得大叫了一声，扑地跳起身来。那人也惊呼一声，忙不迭要退将出去。但已来不及了，早被他一把拖入室中。她见跑不掉，也就立住了。

他神思昏昏地挣扎了半晌，方始怔愣愣地迸出一句话来道："该死，该死！你怎么到这地方来了？"

她低头不语了半晌，才勃然答道："我果然该死，但你怎么到这地方来了？"

他顿了一顿，冷冷地说道："我们男子到这地方来是逢场作戏，偶然消遣。女子一踏进这门口，可就坏了名节，堕落了人格。"

她冷笑着道："哼哼，谁给你这特权把男子、女子分得这般清楚的？男子干得的事，女子为什么干不得？"

他跺脚道："但你是我的未婚妻呀，太对不起我了。"

她接口道："但你是我的未婚夫呀，也怎么对得起我？"

他这时气得冷了半身，有气没力地说道："罢罢罢，你走你的路，我走我的路。"说完，丢了两块钱在桌子上，飞一般跑出房间，跑下楼梯去了。

他神经上受了这绝大刺激，再也不能恢复他的常度。自己也不知道上哪里去好，走不多路，忽有人走上来说道："少爷，要兜风么？车儿是新漆的。"他应了一声好，便跟着那人跳上汽车，又道："任便哪里去绕个大圈儿就得了。"一路风驰电掣，由热闹场而渐入清凉之境，他被凉风一吹，定了定神，头脑中也清凉多了，心中的气也平下去了，自己安慰自己道，天下多美妇人，何必是……

车儿驶过一家跳舞场，门前的电灯招牌霍霍地耀入眼帘，隐隐还听得嘉士班（Jazz band）的繁弦急管之声。那汽车夫略略开慢了些，回头问道："少爷，要到里面去坐坐么？"

他又应了一声"好"，起身跳下车来，踱进门去，入到舞场中坐下。唤仆欧做一杯冰桔露来，含了一根细纸管儿嗳着。隔座有女客簪着茉莉花球，时时随风送过香来，使他心中说不出地难受，即忙换了个座子。

那时交际舞恰完毕，灯光大明，一对对的舞侣纷纷归座。忽然有人招呼他道："咦，你怎么一个人在此，不带你的 Fiancee（未婚妻）来跳舞？"

他放了那杯冰桔露，抬头瞧时，却见是他的一个同学，正同着未婚妻在一起，于是站起身来和两人握了握手，嗳嗳着答道："是的……是的……她染了时疫了。"

他同学失惊道:"呀,怎么染了时疫?可曾送医院?"

他抹着额汗,连连点头道:"是的……是的,她已进了医院,很危险,很危险……"

他坐了一会子,看见人家花花对舞、燕燕交飞,很感觉到自己的苦闷与寂寞。舞台上俄罗斯皇家跳舞班的艺术舞虽很可观,也坐不住了。正想起身出去,猛可里却见舞场门口,一个穿着夜礼服的男子同一个身穿鹅黄纱旗衫而截发的女子,笑吟吟地走进来。

这女子是谁?不——不——不是他的未婚妻么?而刚才那招呼他的同学也瞧见了,似笑非笑地将两眼射将过来。

他这时如坐针毡,再也受不下了,便踉踉跄跄地立起身来,夺门而出,急急跳上汽车,直好似一个判定终身监禁的罪犯逃出了监狱咧。

他捧着那枕边的茉莉花球,哭着叹着道:"唉,茉莉茉莉,你是我的功臣。今夜助我揭开了一重丑恶的黑幕。然而我两年来期待着的毕生幸福,也从此一笔勾销了。"

花虽无言,却也似乎解语一般,在月明中微微含笑,加以亲切的安慰。

自　由

　　一抹粉霞色的朝阳，映在那大学休息室的玻璃窗中，扶着当窗一盆美人蕉的影儿，摇上那雪白的墙壁，这影儿微微晃动着，仿佛是一件活绣。那时中间一只长桌子旁边，却坐着一个眉目挺秀、神采英爽的少年，手中执着一卷纸儿，呆着不动，两个眼儿恰正注在那一墙美人蕉的影儿上，不知道在那里想些什么。这当儿大学中已行过了毕业式，大家得了文凭，都兴兴头头回家去了，所以四下里都寂静无声，但有窗外园子里虫吟鸟叫的声音，随着薄飔，时时逗将进来。

　　这位少年名儿唤作张俊才，也是毕业生中的一人，这回毕业大考，且还高高地中了第一。但他出身，却是个孤儿院里的孤儿，老子娘一个都没有了，从小儿就在善堂中抚育起来。仗着生性聪明，读书又勤谨，二十年来年年长进，从孤儿院升到高等小学，从高等小学升到中学，从中学直升到大学。如今年纪不过二十二岁，却已从大学毕业咧。

　　不过毕业之后，有一件事着实使他踌躇。因为他本来是个无家之人，二十年间，衣食住都由学堂供给，现在出了学堂，劈头就须打算这衣、食、住三事。只一时找不到事，可也没有法儿想。他也为了这一个难问题，因此光瞧着同学们都去了，自己还流连不去。

此时他呆坐在休息室中，正对着那张毕业文凭，筹措那投身社会的大计划呢。正想着，猛觉得后边有一双手，轻轻地来按在他肩上。回头一瞧，却见是总监督柯先生，当下即忙站起身来，恭恭敬敬地施了一礼。

这柯先生平日很器重俊才，说是他平生第一个得意门生，此刻便将着他一部漆黑的浓髯，含笑问道："俊才，你学生的生活至此已经终结，以后回去做什么事？"

俊才答道："柯先生，学生的行止，刻还未定。加着学生又是从小没有家的，一出学堂，简直不知去处。幸而杭州有个亲戚在着，目前想先投到他那边去，找到了事，再作计较。西子湖的风光，梦想了十年，到此倒能一偿夙愿咧。"

柯先生道："吾目前满拟介绍你一件事，不知道你可愿意不愿意？吾有一个好友，屏居西子湖畔，预备编一部中国的百科字典，特地写信来，托吾给他介绍一个学贯中西的青年，做他的助手。吾想，你倘能前去，再合宜没有的了。"

俊才道："敢问先生的贵友姓甚名谁，像学生这么一个后生小子，怕不当他的意么？"

柯先生道："他姓林，名唤伯琴，别号叫作湖隐居士。谅你多半已听得过这个名儿，他家世甚是富有，学问也卓绝一时，接物待人都温柔敦厚。前年续娶了个新夫人，便一块儿结庐孤山之下，过他们幽闲的岁月，湖山清福，委实被他们两人占尽咧。"

俊才听了这话，脸上还现着些迟疑不决的样子。

柯先生又掬着笑容，蔼然说道："俊才，这事为什么委决不下？横竖你正要到杭州去呢。与其依你的亲戚，何不去助吾那个朋友，他住着一所精舍，恰好给你避暑，况且那薪水也一定不薄的。将来那部百科字典告成之后，吾便拓着一个教席，等你回来咧。俊才，你可去么？你可去么？"

俊才微笑道："学生哪里有什么迟疑？去便去咧。"

柯先生听说俊才已答应他去，甚是得意，握着俊才的手，说道："你去时，吾那朋友定然欢迎你的，吾瞧你明天就动身吧。"

俊才忙答应了一声，柯先生便含笑而去。俊才依旧一个人坐在那里，沉沉地想着，心想二十年来，没有出上海一步，现在却要和它小别咧。一时过去的事儿，也都潮上心来，想起儿时的哀史，想起孤儿院中的生活，接着又想起高等小学和中学里头的许多好友。当时风雨一堂，天天聚首，现在却风流云散，相见难期。

他一想起了中学，便把一段历历伤心的影事，也勾引了起来。当下便有一个女郎的情影，从脑海中反照到眼帘，玉亭亭地现在他面前。真个巧黶笼烟、琼肌映月，活像是一支南非洲蛮荒绝艳的馥丽蕤花。俊才兀把两眼停注着这影儿，觉得她似乎已栩栩地变作了个活美人。

这女郎芳名叫作沈淑兰，便是他中学堂里一个同学沈静波的妹子，末后静波往德国留学去了，这一位淑兰女士也芳躅沉沉，不知道住什么所在。去年曾听得人家说起已嫁了个文学家，只是没有确实的消息。然而俊才听了，也着实郁郁不乐了好几天，因为他那勤劬好学的心里，早分了一半的地位，密密地藏着这位人天绝艳的美人儿。加着这美人儿不但是玉貌娇好罢咧，才调也很不凡，那时俊才时时被静波拉着到他家里去，所以也得时时和淑兰相见。俊才原是个绝顶聪明的人，见了这么一个十全十美的女郎，哪有心儿不动的道理？就是淑兰方面，不时听得她阿兄道着俊才的长处，那一寸芳心中也未必不印着张俊才三字。彼此常川相见，足足有一年光景。

静波忽地自费到德国留学去，他老子娘便也携着淑兰离上海去了。淑兰原很恋恋地舍不下上海，起初哪里肯去？奈何拗不过她老子娘那种专制的性儿，只得含着两眶子的眼泪，跟着他们走咧。

从此以后，俊才就不知道淑兰的消息，也不得淑兰半个字儿。悠悠地又过了一年，料想淑兰已不把自己放在心上了，但是他耿耿寸心，却永远系在淑兰身上，再也忘却不得。一方面专心向学，分外地勤恳，心想吾倘读成了书，立下了名，淑兰知道了，也一定快乐。因此上他总把淑兰勉励自己，发奋读书，果然不上三年，已从大学中第一名毕业了。

刚才他已依了柯先生的劝告，明天便须往杭州去，眼前但有一天还能在这黄歇浦畔温磨之地小作勾留，一到明天朝暾上时，就要和这二十年的老友诀别咧。于是那前尘影事，也不知不觉地兜上心来，只回头追溯，偏多悲痛感慨的材料，咀嚼了好一会，便叹了口气，站将起来，自到宿舍里收拾行装去了。

第二天早上，他便挟着柯先生的介绍书，动身往杭州去。一路在火车上，不知道为了什么，那颗心兀像小鹿似的在里头乱撞，好似前途伏着什么危机。到了杭州，他就雇了个向导，坐了船，照着柯先生信上的地址赶去。居然不甚费力，早找到了那湖隐居士林伯琴的别墅了。

俊才远远望去，只见一大丛老绿成帷的松林中，露出一角两角的蛎粉墙来。那个向导的指点着道："那边松林中的一所洋房，即是林家咧。"

俊才答应着，心中甚是快乐。等到船儿傍岸，便付了船家，打发了那向导的，很兴头地跳上岸去，走不上三四百步，已见那所洋房高高地矗立眼前。当下便三脚两步上去叩门，不一会早有个下人应声而出，俊才连忙把介绍书和名片掏出来，交给了他。那下人导着他，入到一间精美雅洁的会客室里头，返身自去。

去了约莫三分钟光景，猛听得外边起了一派小蛮靴着地之声，又隐隐带着罗裙淬综的声音。俊才听了，正诧异着，却有一阵玫瑰花香拥着个淡妆雅素的绝色美人，盈盈地微步而入。

俊才抬头一瞧，几乎要脱口惊呼起来。

那美人儿却掩着笑容，从檀口中低低地迸出两句话来道："好久不见了，你一向可好？"

俊才怔了好久，说不出什么话来，只颤着嘴唇说道："淑兰！林夫人，多谢你。"

淑兰花靥上起了两朵红云，仍笑着道："俊才君，这一会会得突兀，无怪你诧异唎。况且吾的事儿，当时也没有告知你。"说时那两朵红云益发加深了些，便低头不语了一会。

俊才定了定神，开口问道："林先生可在哪里，吾急着要一见呢。"

淑兰道："他刚才到一处诗社里去的，不久就回来唎。咦，这一回相见，可不是很奇怪么？"

俊才一声儿不响，只向淑兰瞧着。见她那副琼花璧月的玉貌并没大变，不过当时还好似玫瑰含葩，此刻已蒂开瓣放，正到了一生最美满的时代。那发儿唎，脸儿唎，都和从前一模一样，只那眼波眉黛之间，却似乎缩着一丝愁云。俊才瞧着她，不觉把过去的陈陈影事又一股脑儿幻摄了起来，一时荡气回肠，不知道怎么才好。就那淑兰也似乎起了一般的感觉，大有低回欲绝的样子。彼此又不言语了好久，只各自痴痴地望着那窗外一片湖光出神。

末后还是淑兰先回过脸来，搭讪着说道："你已从大学中毕业了，那是很可贺的事。便是你这回光降寒舍，吾们也竭诚欢迎呢。你一路赶来，总很劳顿了，可要休息一会儿么？"

俊才道："多谢，吾倒不甚乏力。"

淑兰道："如此吾们到后边去瞧瞧风景如何，谅他已在路上回来唎。"

俊才答应一声"很好"，淑兰便导着他经过了一所厅事几间静室，直到后边的花园里头。这当儿正在斜阳欲下未下的时候，湖面上艳生生的，荡漾着一大片玫瑰色的光，就这一所别墅，也好似笼在玫瑰色的光中，变作了天上仙乡唎。两人慢慢地踱到园子尽处，并肩立在那斜阳影里，彼此自管把眼儿注在湖上，不言不动。两颗心儿，也正像那水中斜阳，兀在那里荡漾呢。

这样过了一刻钟光景，俊才才像好梦初醒似的，回过眼来瞧淑兰。此时淑兰也恰好回过眼来瞧俊才，两双眼儿，不期然而然地碰了个正着。淑兰脸儿欻地一红，似笑非笑地低下绿云鬟去，俊才连忙把眼儿避了开去，依旧回到那湖面上，心中一边自语道："吾为什么好端端赶到这里来，吾可不能勾留在这里，寸寸捣碎吾的心呢。吾该立刻去才是，吾该立刻去才是。"然而他自己虽是这么说，无奈那万恶的造化小儿却在冥冥中袅了万丈柔丝，把他牢牢缚住。就是在下做书的笔尖儿，也正勾着他不放他去，因为他一去，吾下文就没有半个字儿，怕要变作一块没字碑咧。

闲话休絮，且说俊才正在自怨自艾，猛听得近边来了一阵脚步之声，知道有人来了，便立刻回过头去，却一眼望见一个雍容闲雅、四十岁左右的绅士，从一条小径中披花拂柳而来。

俊才正要开口请淑兰介绍，早见那绅士已满面春风地迎将过来，很亲热地和俊才握了握手，便带笑说道："足下可就是张俊才先生么？久仰久仰，在下往时曾屡次听得老友柯君道起足下，说是少年英俊，委实是社会上不可多得的人物。如今一见了足下，便觉吾老友的话着实不错呢。"

俊才初出学堂，还没有练过交际之道，听了那一派恭维的话头，顿觉局促不安起来。好容易敷衍了过去，又说了许多景仰的话。当下里淑兰也把当年在上海和俊才相识的事，直直截截和她丈夫说了，她丈夫益发兴头，搓着手儿不住地笑。

这夜特地开了个盛宴，请俊才饱餐了一顿。一连三天，又领着他出去闲逛，把西湖逛了个畅快。俊才见那伯琴如此优待，甚是感激，第四天上，便在书房中助着伯琴，开场编那百科字典了。

悠悠忽忽地过了一个月，宾主却也十分相得。俊才和淑兰却时时做避面尹邢，不大相见。有时俊才远远地瞧见了淑兰，就立刻避了开去。淑兰偶然见了俊才，也总躲避不迭。然而两下里相避的当儿，总长叹一声，这一声长叹，打入两人心坎，直把满肚子无可奈何的苦衷一起托了出来。有时当着伯琴，彼此方才相见，但那一言一语倒像是新相知的一般。这样又过了一个多月，中秋到了。

这中秋之夜，西湖上自然比平日间益发可爱，一湖明波，映着半天明月，波光月光融合在一起，简直是个销魂境界。

这夜伯琴可巧有些不舒服，不能出去游湖，便向他夫人和俊才说道："如此良宵，一年不过一回，你们俩何不坐了吾那汽船，一块儿到湖上去游一趟，没地轻轻辜负了这良宵啊。"

他夫人笑道："倘若俊才君有兴去游湖时，吾自然奉伴呢。"

俊才听说淑兰愿意伴着他去游湖，自己哪有不愿意的，即忙欢然答应了。伯琴吩咐下人去预备了汽船，两人便一同出发。

那船划着碧波，慢慢驶去，两人指点夜景，随意闲谈，过去的事却绝口不提。偶然提起了一句两句，便立刻把旁的话岔了开去。畅游了一会儿，转舵回来，上岸后，却又在岸边立了一立，各自有些舍不得那船儿的意思。那时两人肩并肩地立着，月光无赖，照着他们的影儿，倒在那滟潋碧波之中。两个头儿，恰也并在一起。

俊才见了，微微地叹了口气，却故意指着远处，颤声向淑兰道："今夜的湖光月色，好不可爱煞人，吾直好似在梦中呢。"

淑兰也微喟了一声，放低了珠喉说道："真好似在梦中呢，只不知道如此良宵，吾们可有几回消受啊。"说时那一缕似兰似麝的口脂香，被风儿挟着过来，宛宛地送入俊才鼻子。接着那一双似月似水的明眸，也微微向俊才斜睨了一眼。

俊才到此，心儿忽然勃勃地大动起来，又颤着声说道："吾们握手重逢以来，一转眼已两个多月了。吾受了你这秋波一睨，顿时记起那去如云烟的前尘影事来咧。唉，淑兰呀淑兰。"

淑兰听了这话，玫瑰双涡便立时泛做了白，喘着说道："过去的事儿，还记起它着甚？"

俊才道："吾怎能不记起它，怕吾骨化为尘，也不能忘怀的咧。淑兰，你须得知道吾的心。"

淑兰只是叹息着，一声儿也不言语，半晌却像鬼影般向绿荫中溜了进去，但有那叹息之声，还在俊才耳边荡漾了不住。俊才独立明月之下，心儿和魂儿似乎已在那里交战起来。痴立了好久，方始掩着脸回到屋中去了。

以后一连十多天，两人相避不见，有时俊才踅过淑兰的绣阁，总听得一派婉转低吟之声。那声音中似乎含着无限的悲端愁绪，使人不忍卒听。就她一切举动，也和往时有异。有几天俊才大清早起身，在窗中已望见淑兰一个人立在后园尽处，望着湖水一动都不动。更深夜半，大家都睡了，俊才有时不能入睡，起来吸些夜气，也总见淑兰绣阁的窗中灯火通明，似乎有通宵不寐的样子。

俊才明知她端的为了自己，只也没法去安慰她。一天到晚，但在书房中助着伯琴编辑，专心致志，分外勤劳。打算赶快把这百科字典编成了，就回他的上海去，免得逗留在这里，时时勾起淑兰的伤心。可是此心既爱着淑兰，自该使淑兰安乐呢。俊才既打定了主意，便日夜地忙着笔墨，伯琴虽劝他休息，他也兀是不听。只为用心过度，临了竟生起病来，一病十天，方始痊可。

病中却见淑兰常到病榻前来探望，问燠嘘寒，十分体贴。那几年来深种着的一点情根上，便又加上了十二分的感激之心。然而瞧那淑兰时，玉容已很憔悴，一头鸦羽似的云发中似乎也缀了几缕银丝，足见那芳心之中已不知道经了多少的折叠咧。

一天早上，俊才积病乍愈，恰从床上起来，预备到窗前去吸些清新空气。猛可里却听得一片呼声，仿佛是喊着救命。俊才甚是诧异，开了窗探头出去瞧时，却见那老园丁正在那里力竭声嘶地嚷着，当下就开口问道："老儿，你嚷些什么？"

那老园丁忒愣愣地说道："张先生，快快下来，快下来，夫人投河死咧，快些救她才是。"

俊才一听得"夫人"两字，分外刺耳，心中也大吃一惊，险些从窗口中栽将下去。一时也不管三七二十一，发了疯似的飞奔下楼，赶到后园岸边。他从前在大学中原曾学过游泳的，便立刻耸身跳入水中，觑正了一处起着泡沫的所在，拍着水游去。不多一会，果然已抱住了个又温又软的玉体，即忙游回岸来。

这时，伯琴和下人们都已聚在岸边，一见俊才抱了淑兰出水，大家都同声欢呼起来。刚在上岸的当儿，淑兰已苏醒了，忽地张开了那星眸，瞧了俊才一眼，两行清泪便也潜然而下，接着悄悄地说道："你也须知道吾的心儿。"说完，又晕了过去。俊才忙把她放在地上，去和伯琴接手。

那伯琴似乎已听得了他夫人那句刺心的话，双眉微微地蹙了一蹙，搭讪着向俊才道了谢，忙唤下人们请医生去。

过后那老园丁便把他刚才所见说将出来，说他刚刚披衣起身，到园子里来瞧一丛昨天新种的花，却一眼望见夫人呆呆地立在岸边。正要前去请个早安，却见夫人陡地耸身一跳，跳下水去。这一惊非同小可，连忙喊起救命来，亏得张先生在楼窗中听得了，立时下来搭救。阿弥陀佛，夫人一定有命咧。

伯琴听了，皱眉不语，只唤下人们舁着夫人，回到屋中去。一会儿医生到来，察验了一下子，说是不打紧的，只消静养几天，身体也就复原了。

谁知以后好几天，夫人却又生起热病来，整日价昏昏沉沉，再也没有清醒的时候。俊才急得什么似的，饮食都减，动笔也没有心绪。又为了那天救起淑兰来时，淑兰说了那句"你也该知道吾的心儿"的话，恰被伯琴听得，所以力避嫌疑，不敢到她绣阁中去探望，只从下人们口中探些消息。有时也向伯琴动问，但那伯琴一双眼总紧注在他眼中，使他很觉搁不住，恨不得立刻钻到地下去呢。

然而伯琴待他，仍像初来时一般亲热。那种诚恳之情，也并不冷淡一些。就对于夫人，也加上了一百倍的爱情，一天到晚，时时守在病榻旁边，比了病院里头的看护妇，更见得温存熨贴。

然而夫人的病势却一天重似一天，昏迷中往往喊着俊才的名，更断断续续说着他们往时的情愫，怎样的高尚，怎样的纯洁。伯琴听了，禁不住低头慨叹。夫人醒时，便瞧着伯琴，不住地下泪。见他老守在旁边，很过不去似的，总苦苦劝他去休息。有时含悲说道："郎君，吾已不中用的了，你该保重玉体，为国自爱，一片深恩，只能等来世报答你吧。"

伯琴说不出旁的话儿，只竭力地安慰她，并且提起俊才，使她快乐。然而夫人一听得俊才两字，又兀是掉头叹息，心中既多抑郁，那病势自然也不肯减轻下来。

伯琴眼瞧着这一枝好花，憔悴得不成样，一边着急，一边伤心。见杭州没有什么名医，就差人挟了重金，特地到上海去聘请。一共聘了三个西医，尽心施治，不到一礼拜，病势已减了许多，一个月后早渐渐复原了。

不过伯琴和俊才两个却已瘦了一壳，脸肉削去了一半，两个眸子也深深地陷了进去。两下里对坐在书房中编着字典，瞧去活像两个鬼影，多半是什么古时的文学家，在泉壤下把臂论文呢。

这样又过了两个月光景，这部百科字典已成了一大半。俊才天天急着要回去，伯琴却一百个不放，越发推心置腹地优待他，直把他当作自己的骨肉一般。俊才没奈何，也只得勉强留下，但是见了淑兰，总急着回避，心目中只把"大义"两字提醒自己。有时伯琴在着，彼此倒也不能回避，唯有装着假笑，假意周旋。

伯琴瞧了他们那种情景，背地里往往扼腕，又叹息着说道："唉，可怜这一对有情儿女，可怜这一对有情儿女。"接着自己便赶到后园中一处静僻的所在，掩面泣下。

一夜正是十二月的某夜，西湖上的雪景十分清俊，真个好似银装玉琢的样儿。伯琴推窗赏雪，忽地动了游湖之兴，吩咐下人预备了汽船，带了些酒菜，携着他夫人和俊才一块儿游湖去。那船儿被四下里的白雪映着，照得三人的面目都奕奕如画。伯琴狂饮大嚼，煞是兴头。那时便说了无数哲学家的名言，大有出世之想。游罢回来，似乎已有了些醉意。

三人舍舟上岸，一块儿上楼去。伯琴唤俊才和他夫人在前边走着，自己却趸在后边。不道刚走楼梯的顶上，俊才猛听得天崩地塌似的一响，回头瞧时，止不住和淑兰同声惊呼起来。原来见那伯琴已栽了下去，直僵僵地躺在楼梯脚下。

两人即忙赶到下边，跪在伯琴的身旁，只见他面色如土，满笼着一派死气。摸他心口，跳动已渐渐微了。两人瞧着，竟呜呜咽咽地哭了起来。

到此伯琴忽地笑了一笑，向俊才道："吾的小友，你助吾编着那部百科字典，足足已有半年了。大功告成，就在目前，吾很感激你。只吾此刻去死已近，不能瞧它出版，但求你替吾独力编成，付印行世。将来倘能在你大名之下，附着吾的贱名，吾已非常满足咧。至于吾这可怜的淑兰，还求你替吾好生保护，此刻吾就交给你，做吾们一个最大的纪念品。像你这么一个有才有貌的少年，自该配这么一个有才有貌的佳人。吾死后，但求你们结一对美满的鸳鸯，一辈子享那人世间无穷的幸福。如此吾在九泉之下，也须蹲蹲起舞咧。"说到这里，呼吸已加急了许多，闭着眼儿休息了一会，便颤颤地伸出两只手来，把了俊才和淑兰的手，又道："如今吾该求你们俩见恕，因为吾不该梗在你们中间，使你们暗中生受了那千万种无可告语的痛苦。想吾一死之后，或能打消吾一二重的罪恶。俊才，只你也该谅吾，因为当初吾和淑兰结婚的时候，委实并不知道你们早已心心相印呢。淑兰，你也该谅吾，当初吾们结婚的时候，都是令尊令堂从中作主，吾可并没有劫制你啊。唉，好了好了，死神已在吾头上了。这世界原是无谓的世界，此刻吾可要和它告别了，愿你们快乐，愿你们忘了吾林伯琴，愿你们……"说时声音低了，再也接不下去，两眼却明光灿灿地注在俊才和淑兰面上，那灰白的嘴唇旁边，还微微带些笑容。

这当儿那些下人都已赶来，俊才只打发了他们分头请医生去，自己依旧跪在伯琴身旁，哭着瞧着。那淑兰早哭倒在伯琴身上，变作了个泪人儿。这样过了五分钟，就有一个西医匆匆赶来，听了伯琴的心口，立刻说没用了，就匆匆而去。

伯琴这时忽地进着他最后的一丝气息，长笑了一声，便挣扎着把手指上一个金指环脱了下来，巍颤颤地授给淑兰，微声说道："亲爱的淑——淑兰，吾还——还你的自由。"说完眼儿向上一翻，气儿已绝了。

俊才和淑兰一同哭倒在地，再也仰不起来。

这当儿忽有一弯冷月，从厚厚的云幕中涌现出来，照在他们三人身上。只那明光的四边，却带着一丝丝的黑晕，似乎在那里凭吊林伯琴。

林伯琴死后三个月，那部大杰作百科字典已经出版，风行全国，口碑载道。那书上却单署着林伯琴的名，那西湖边林伯琴的别墅和旁的产业，都已捐给各处善堂，充作善举。上海的一所天主堂中，却多了个笃志的教士和一个高尚贞洁的女教士。整日价除了祈祷天主外，再没有旁的事。

两人身上，不久就穿了法服，佩上了银十字架。全堂的教士们，没一个不称道他们。每逢礼拜日，两人总一同到杭州去，买了无数的香花，堆在一个大理石的坟上。他们便也跪着祈祷，两三点钟后方始起身，叹息而去。

那天斜阳影中，人家往往见有两个黑衣人并肩向火车站趄去，寂寂寞寞的好似两个鬼影呢。

十年守寡

那阴气沉沉的客厅里，挂着白布的灵帏，也像那死人的脸色一样惨白。帏中放出一派幽咽低抑的哭声来，道："唉，天哪！你怎么如此忍心，生生地把我们鸳鸯拆散？算我们结婚以来，不过三个年头，难道就招了你的忌么？如今我丈夫死后，叫我怎么样？你倘是有些慈悲心的，快把我也带了去吧。"说到这里，一阵子抽咽，几乎回不过气来。接着又哭道："唉，我的亲丈夫啊！你怎地抛下我们去了。你上有父母，下有我和曼儿，都是掏了心儿、肝儿爱你的，你平日间也说爱我的，就不该撇了我去。以后的日子正长，叫我和曼儿怎样过去？亲丈夫啊！我的心已为你碎了，求你带着我同去吧。"说完，大哭一声，陡地晕了过去。

当下起了好多呼唤的声音，有唤姊姊的，唤妹妹的，一阵子忙乱。过了好一会，方始哭醒回来。这时庭中风扫落叶，似乎做着呜咽之声，伴着那箔灰衣灰一块儿打旋子。梁上燕子听得哭声，一时没了主意，只是呆坐着不敢呢喃。

王君荣出殡的那天，他夫人身穿麻衣，头套麻兜，颤巍巍一路哭送出门。那麻兜是用极粗、极稀的麻做的，梭子式的洞眼里露出那娇面的玉肌，只是哭狠了已泛作了红色，再也不像是羊脂白玉一般。然而旁人瞧了，都知道她是一个二十岁的青年寡妇，禁不住叹了口气道："可怜，可怜。怎么年纪轻轻就做了寡妇？"大家听了她的哭声，也没一个不心酸的。独有那三岁的女儿阿曼坐在一个女下人的身上，随在柩后，还不知道是怎么一回事，口中衔着小拳头，两个小眼睛骨碌碌地向四下里转。小孩子是穿红着绿惯的，穿了麻衣、着了麻鞋，就分外觉得可惨咧。

王君荣今年不过二十八岁，是个矿工程师。他从北京工业大学矿务专科毕业以后，就受了一家矿公司的聘，做正工程师。他平时很肯用功，成绩自然很好，每天除了正课以外，还买了好多西洋的矿务图书，用心研究。所以他毕业时，就高高地居了第一名，连那德国教授、工科博士施德先生也着实赞叹，说他的造诣正不止大学中一个工科学士，赏他一个博士学位，也不为过咧。他既做了那矿公司的工程师，每月有六百块钱薪水，谁不说他是中国工业界中一个有希望的青年？

这年上，他就结了婚，他夫人桑女士也是一个才貌双全的女子，结婚三年，夫妇间的爱情比了火还热，真实做了小说书中"美满鸳鸯"四个字。第二年生了个女儿，出落得玉雪可念，面目如画，取名叫作"阿曼"，红闺笑语声中便又多了一种小儿啼笑之声，分外热闹。

却不道他们的幸福，单有这三年的寿命。这一年四月中，君荣在湖北开采一个铁矿，用炸药时偶不经心，就把他炸伤了要害，医治无效，竟送了性命。一时新闻纸中，都有极恳切的悼词。他的亲戚朋友和一般不认识他的人，都掉头叹息，说这么一个年轻有为的英俊少年，正挑着一副振兴中国工业的重担，前程万里，可没有限量。哪知轰然一声，竟把他轰去了，中国的工业还有希望么？

王君荣遗骸送到上海故乡，王夫人自然哭得死去活来，他父母也分外伤心。仗着家中有钱，矿公司中也送了一笔很厚的抚恤金，把他从丰殡殓了。湖北方面的同事们就把那铁矿所在的村庄改了个名，叫作"王君荣村"，作为永久的纪念。

王夫人自从她丈夫死后，悲伤得什么似的。她十七岁出阁，到今年二十岁，不过三年，原想天长地久，永远厮守在一起，加着得了这么一个好夫婿，芳心中自然也得意万分。哪知平地一声雷，把她的丈夫夺去了。三年中生了个女儿，又没生儿子，女儿终是要嫁人的，身后没有嗣，岂不可叹？自分此身，自然要一辈子埋在泪花中，给他守寡，也不枉他三年来的相爱。只是以后的悠悠岁月，待怎样消磨过去啊？她本想一死殉节，然而不知怎的，却舍不得那三岁的女儿阿曼。她屡次把金约指纳在樱口中，只一想起女儿，就哇地吐了出来，慢慢地把死志打消了。

可怜这一个二十岁的青年寡妇，天天过着断肠日子，真个对花洒泪、见月伤心。这一个偌大的缺陷，再也不能弥补的咧。她本来是喜欢玩的，从此却死心塌地戏也不看了、牌也不打了、游戏场也不逛了，往往独坐空房，饮恨弹泪。对着亡夫的遗物，自不免有人亡物在之感，见了丈夫一本书，就下一回泪，瞧了丈夫一个墨水壶，就哭一回，索性把这壶子盛她的眼泪了。这样过了一年，她简直拗断了柔肠，捣碎了芳心，一个躯壳似乎已有半个伴着她丈夫同埋地下咧。

中国几千年的老例，是男子死了一个妻，不妨再娶十个八个妻的；女子死了夫，却绝对不许再嫁，再嫁时就不免被人议论，受人嘲笑，以后就好似在额上烙了"再醮妇"三个大字，再也不能出去见人。这社会中一种无形的潜势力，直是打成了一张钢罗铁网，把女子们牢牢缚着，倘敢摆脱时，那就算不得是个好女子咧。这当儿，倘有人可怜见这二十岁的青年寡妇，劝她再嫁，她在悲极怨极时未始不能咬咬牙齿，去找一个人做终身之托，好忘她心中痛苦。然而没有人敢出口劝她，她也不敢跳出铁网去，只落得亲戚、邻人们啧啧称赞，道："好一个节妇，好一个节妇。难得，难得！"除了这一句不相干的话外，再也没有什么足以慰藉她了。

她翁姑见她留在家里，随时随处都生感触，家中人又少，没法使她快乐，就劝她常在母家走动走动。因为她家有好几个兄弟姊妹，彼此都很合得来的。

她在百无聊赖中摆布不得，便也常往母家去。好在母家人人都爱她。父母更不用说了，妯娌和姊妹们瞧她可怜，千方百计地逗她快乐，不是打牌，便是看戏、上馆子，要使她没有片刻空闲的时候想起亡夫来。

然而这样深悲极痛是刻在骨上的，哪能忘怀？有时见什么悲剧，挑起心头隐恨，往往红着眼眶回去。眼瞧着兄弟姊妹都是对对鸳鸯，十分亲热，就在反目的时候闹得惊天动地，在她眼中瞧去，也总觉得有幸福，比了一个孤零身子，要反目都不能，可不是强多么？

然而她虽羡慕夫妇之福，自己却并没有再嫁的意思，人家娶媳妇嫁女儿，她总不愿去瞧一瞧，生怕见了难堪。这样一连十年，真个姜心如古井了。

王夫人长住在母家，不再到夫家去。翁姑们瞧她十年守寡，不落人家说一句话，也自点头慨叹，说："他们王家祖上积德，后代才有这么一个小节妇，真是难得呢。"于是送了一个存款的折子过来，给她取钱零用，又暗中嘱咐她父母，不时同她出去散散心。王夫人好生感激，除了合家出去玩时凑凑热闹外，常日总是守在家里，教女儿读书、学绣，委实安分得很，十年一日，不曾改变她的节操。左邻右舍，哪一个不说她好，恨不得给她造起节妇的牌坊来，做普天下女子的师表呢。

王夫人守寡第十一年的那年上，邻人们蓦地不见了她，大家都以为回夫家去咧，倒也不以为怪。到得第十二年的阳春三月，邻人们不由得吓了一跳，原来王夫人又出现了，还多了一个小娃娃。中国的社会是最喜欢管闲事的，简直连邻猫生子也要与闻与闻。如今就把猜疑的眼光，集在王夫人身上，大家都想问问，这小孩子是哪里来的？然而王夫人一见他们走近时，早就讪讪地避开去了。于是大家益发猜疑，把心中的节妇坊打倒了一半。

这疑团怀了一个多月，才由王夫人母家的一个女下人传出消息来，说那小娃娃实是王夫人去年生的。她十年守寡，原早已死了心，却不道孽缘来了，偏偏有一个亲戚家的男子常来走动，目挑心招，给她已死的心吃了回生剂，竟复活了，不知怎的，在外边生了关系。父母没有法儿想，只索听她。后来他们俩就一同租了屋子，早去夜来，合伙儿过日子。据说那男子家中早有了妻子，手头也没有钱，然而王夫人像有神驱鬼使似的，竟愿偷偷摸摸地和他混在一起，去过那清苦的生活。她未尝不想起自己这么一来，未免对不起那为公而死的王君荣，奈何她那一颗芳心没有化成她丈夫坟上的石碑，也不曾伴着她丈夫同埋地下。苦守了十年，到底战不过情天欲海，只索向情天欲海竖了降幡，追波逐浪地飘去了。不上一年，就生下个小娃娃来，先还不敢出来，知道要惹人笑话，然而母家又不能不走，隐瞒是不能久的，也就硬着头皮索性露面了。她的心中未始不含着苦痛，然而又有什么法儿想？世界是用情造成的，胸窝中有这一颗心在着，可能逃过这个情字么？

王夫人做了失节之妇，不久就传遍远近了。翁姑都长叹一声，说："年轻妇人毕竟是靠不住的。"懊悔当年不曾出口唤她改嫁，倒落得清白干净。父母也生了气，虽还体谅她青年守节，本来难受，只是待她也不如从前了。兄弟姊妹和妯娌们也另用一副眼光瞧她，虽仍同她亲热，只是谈笑之间都含着些假意了。连她十三岁的女儿阿曼也和她渐渐疏远，整日价埋头在书卷女红中，装作个不见不闻。

她回顾一身，真乏味得很，和她亲爱的，不过是一个没有名义的丈夫和一个没有名义的小娃娃。就她自己也没有名义，既不能算那人的妻，又不能算那人的妾，只听得社会中众口同声地说道："一个失节妇！一个失节妇！"

王夫人的失节，可是王夫人的罪么？我说不是王夫人的罪，是旧社会喜欢管闲事的罪，是旧格言"一女不事二夫"的罪。王夫人给那钢罗铁网缚着，偶然被情线牵惹，就把她牵出来了。

我可怜见王夫人，便蘸着眼泪做这一篇可怜文字。然而吹绉一池春水，干卿底事？我又免不了要受管闲事的罪名呢！

两度火车中

黄芝生一生的命运，就在两度火车中定了。第一度在火车中，火车失事，他失了记忆力，又失了意中人。第二度在火车中，却又见意中人同着旁人度蜜月去，他就失了心志，变作了疯人。

可怜的黄芝生，你为什么两度上那火车？

芝生留学美国已三年了，那一年诗家谷火车失事，他受了伤，不知怎样，昏昏沉沉地走了开去。第二天早上，却躺在市梢一家后园的铁门外边，失了知觉。园主人是个美国少年画家，名唤佛恩，为人很有义侠气。一见芝生负着伤，不敢怠慢，立时扶将进去，一边请医生替他疗伤。过了好半天，方始醒回来，奈何记忆力完全失掉了，什么都记不起来。一连过了三个多月，只是住在佛恩家。佛恩和他很投契，待遇极好。自己作画，唤芝生坐在旁边瞧，借着解闷。

这一天他们俩同在后园中，并肩坐着谈笑，各把头仰着天，看浮云来去，好似有许多鸟兽，在那里飞的飞、跑的跑一般。

一会儿，佛恩忽然问道："你可觉得身中硬朗些么？"

芝生道："这几天硬朗得多了，但要回想过去的事，兀地想不起来。想狠了，几乎发疯。"

佛恩道："医生说，你不久总有回复记忆力的一天，目前不必多想，想坏了脑筋，可不是玩的。"

芝生道："但我老住在这里，靠着你过活，也不是事。"

佛恩柔声说道："朋友，这是小事，你说它则甚？我从一支毛笔上扫出来的，尽够养你这么大的孩子一二打呢。你别恼，好好儿伴着我玩。天气已热了，我要到海边避暑去，明天早上便须动身，你和我一同去换换空气，或者就在路上把你的记忆力召将回来。"

芝生道："多谢你的厚意，我可一辈子忘不了的。不想你待一个异国之人竟能如此热心。我除了感激涕零外，可也说不出旁的话来道谢。"

佛恩笑道："算了，说什么感激和道谢。有力量救患难中人，真是做人一辈子最快意的事，只恨不能常有人给我救罢了。"

芝生便也不说什么，从旁边草地上取起一张新闻纸来瞧，翻到了一处，猛可里像触电一般，脸色立时变了。原来那新闻栏中登着一条新闻道："那中国女留学生中有名的美人卫碧兰女士，昨天和侨居纽约的南洋糖王谢子坚公子小坚君结婚。女士在四个月前曾在诗家谷失事的火车中脱险，艳生生的花容，丝毫没有受损。如今才有这一段美满姻缘，委实是上帝玉成的呢。"

芝生看罢，那新闻纸突从手中掉下去，呆了好一会，那脑中却唰地一动，把记忆力恢复了。

他记得这卫碧兰是他的意中人，两下里志同道合，十分亲爱的。那一天是礼拜日，他们一同从纽约搭火车来游诗家谷。不想火车在诗家谷出轨，他受了伤，还从覆车下救出碧兰，载将开去。他自己却像醉人一般，颠颠顿顿地走开了。后来碧兰经车站中人送往医院，芝生就倒在画师佛恩的后园门外。自从在覆车下救出碧兰起，他心中便像一片白纸，不知道是怎么一回事。伤愈以后，竟连前事也记不起来。如今猛见意中人芳名，才拨动心弦，恢复了记忆力，只是以下的几句话，可也尽够把他的心捣碎了。

他呆坐在那里，两眼停注着掉下去的那张新闻纸，一动都不动。

佛恩瞧了这模样，很诧异地问道："朋友，为了什么事，你竟呆过去了。"

芝生拾了新闻纸，指着那节新闻答道："如今我已明白咧，以前种种只算是一场梦。索性使我不再记得，倒也很好。如今一记得，痛苦就来了。"当下他就把先前的事一起告诉了佛恩，末后又道："这一下子，我的一生已毁，可没有希望了。但我还须去瞧她一次，教她知道我没有死，或者再问她到底爱我不爱。她要是说不爱，我可也死了心咧。"

佛恩忙道："很好，我不妨伴你同去寻她，瞧她见了旧爱，可要追悔自己不该急急地另寻新欢呢。"

芝生想了一想，忽又说道："不行不行，我既爱她，不该再去打扰她，索性由她去伴着新欢，过那黄金的光阴吧。"说完咬了咬嘴唇，眼中湿湿的，似乎已有了泪痕咧。

第二天早上，佛恩拉着芝生同往海边去。不道在诗家谷火车中，偏偏撞见了卫碧兰，正同着她丈夫度蜜月去，瞧他们依依不舍，真好似双飞双宿的蛱蝶一般。碧兰虽见芝生，却似乎不认识了。芝生呆坐在座中，只是向他们呆瞧，到得下火车时，可怜他已变作了个疯子。

一二天后，佛恩便到疯人院中去探望他了。

不实行的离婚

　　张先生和李女士结婚以来，不过一年零五个月，今天却是第一百零一次拍案跺脚地闹离婚了。据张先生的介弟小张先生对人说，他暗下里曾做着统计，计哥嫂俩同床共枕地结为夫妇，一共是五百又十五天，平均每五天总要闹一次离婚。然而离婚两字，虽叫得震天价响，他们却始终没有离婚。

　　张先生是一个高等学堂的教授，是专教化学一科的。十年前曾到美国去留学，很用过一番苦功。回国后一连好几年，连主几个学堂的化学讲席，整日地和学生们弄着玻璃管、曲颈瓶，心脑中充满着硫酸、碳酸和许多缠夹不清的化学名词，倒把"娶妻生子"这件终身大事忘怀了。直到三十九岁那年，亲戚们要预祝他的四十大庆了，他才好似从睡梦中惊醒过来似的，猛觉得自己还没有娶妻，还是一个孩子，不由得痛恨那些玻璃管、曲颈瓶和硫酸、碳酸等，耽误了他几十年的青春年少。于是趁着这一年暑假期间，急起直追，一心一意地物色佳偶。他那娶妻的热心，差不多像咄咄逼人的太阳一般热了。

　　暑假将满，不知怎样认识了一位老小姐李女士，问起芳龄，已有两个二八，曾在上海、北京念过好多年书，一双高跟鞋子穿在脚上很有样，一派谈吐，也十足表示伊肚子里确曾吃过许多墨水的。张先生和伊结识了两礼拜，居然情投意合，草草地订了婚，不上三个月就结婚了。

据小张先生统计簿上说，哥嫂婚后一礼拜中，两下里一天到晚扭股糖似的扭在一起，非常的要好。不过这蜜礼拜一过，彼此就开始反目了，原因是为了吃西餐的馆子问题。李女士要到一品香去，张先生偏要到一枝香，就为了这一品一枝之间，话不投机，破口便骂。一时气极了，竟提出"离婚"这个大题目来。还是岳老太太出来调停，今天先到一品香，明天再到一枝香，才不曾实行离婚。

自从这第一次闹过离婚之后，他们倒像把这回事瞧得很好玩似的，三五天总要搬演一次。夫妇间唇枪舌剑，脚踢手打，常在战云弥漫之中。闺房以内，变作了一片战场。这一年多的夫妇，倒也是百战余生了。他们不闹便罢，一闹总喊离婚，邻舍人家常常听得这离婚之声，有没有见过离婚的，都想趁此开开眼，瞧离婚到底是怎么一回事。奈何闹尽管闹，离婚总不见实行，倒使邻舍人家有些失望了。

张先生的脾气原坏，李女士的脾气更坏，任是张先生在化学中用了二十年的苦功，能变化各种气质，然而竟不能变化李女士的气质。今天他们闹这第一百零一次的离婚，可就闹得凶了，原因是为了一只结婚指环。

张先生对于这结婚指环是看得极重的，以为夫妇之间有这两个金指环儿套在指上，无形中也就把两颗心套住了。但他那位夫人李女士对于这指环却不甚爱惜，今天不是抛在厨房里的油瓶旁边，明天却又在卧房中马桶底下发现了。张先生见伊把这神圣的结婚指环抛来抛去，当然一百二十个不以为然，这天便向夫人提出抗议了。

夫人勃然道："这劳什子的有什么稀罕？我一见就生气，你既当它是宝贝，就由你一个人戴在指头上好了。"

张先生怒道："这是哪里来的话？哪有一个人戴着两只结婚指环的。你不愿意戴，我却偏要你戴，你是我的妻，应当服从我的命令。"

李女士也怒道："你不要像煞有介事，夫妻是立于平等地位的，说什么服从不服从？"

张先生道："无论如何，做夫的总比做妻的高一级，你的衣食住总要我供给。我的命令，你当然要服从的。"

李女士从鼻子里冷笑出声音来道："笑话，笑话，女子嫁了丈夫，丈夫不供给衣食住，难道叫伊偷汉子去不成？至于服从两字，免开尊口吧。"

张先生见他夫人竟句句顶撞，丝毫不肯让步，可气极了，当下里便咬牙切齿地说道："你不服从我，那你就是有背为妻的天职，我们还是离婚吧。"

李女士怒得跳起身来，没口子地嚷道："好好，离婚离婚。"说时向桌子上取了伊的结婚指环，赶到窗前，头一仰，似乎把那指环吞下肚子去了。接着坐在靠窗的一把椅中，把头伏在茶几上，不住地呻吟起来。

这一下子可吓慌了张先生，一边在房间里打旋子，一边嚷着"吞金吞金"，一边唤老妈子快到他岳家去，把岳父、岳母、大姨、小姨、大舅子、小舅子全都请来。那时左右邻舍都已知道他们闹乱子了，有的在门外探头探脑地张望，窃窃议论；有的平日和他们夫妇招呼的，便索性到里边去，帮同张先生出主意请医生。一会儿，岳家的全体人员都到了，闹得乌烟瘴气，不亦乐乎。

那时医生也来了，取了药水给李女士吃。李女士忽然不慌不忙地说道："我实在没有吞金，只为他动不动总是说离婚，因此有意吓吓他的。至于那结婚指环，不值什么钱，早给我抛到窗外去了。"当下大家听得伊没有吞金，便放了心，都赶出来寻那指环。但是满地里寻了好一会，兀自寻不到。据那看守里门的曲背翁说，刚才曾有一个换旧货的进来过，怕已被他拾去了。

这一次闹了离婚后，和好得最快。这天夜半时，他家老妈子和小张先生就听得夫妇俩在床上嘻嘻哈哈地说笑话咧。

夫妇俩在不闹离婚的时期间，彼此亲密到了极点。同出同进，直好似双飞的蝴蝶一般。张先生因为夫人既不喜欢结婚指环，已把那只抛去了，便也抱了个形式上不妨随随便便的宗旨，不敢再去补买一只来逼伊戴。每天课余回来，总和夫人合着唱歌，或是一块儿说笑。有时一同出去看影戏，吃西餐，逛游戏场。看他们那种亲热之状，直好似蜜月中的新夫妇一样。

这当儿李女士已有了五六个月的孕了，相骂尽管相骂，和好也尽管和好，这肚子里的一块肉倒安然无恙。自从那结婚指环问题闹过之后，夫妇言归于好，爱情更深，也就把这一块肉看得非常宝贵。一天是礼拜日，便一同出去，采办了一百多块钱的小孩子用品，连摇篮起直到洋囝囝、小椅子全都办好了。左右邻舍都背地里说，夫妇俩如此要好，给那还须在肚子里安住四五个月的小孩子预备得如此周到，以后可决不会再闹离婚了。

谁知一礼拜后，又闹起离婚风潮来了。这一回是双方同时开口提出离婚，原因也不过为了一句话的冲突，各不相让，先破口相骂了一阵，竟扭在一起打起来了。一面扭，一面同声嚷着道："离婚，离婚！"

小张先生和老妈子夹在当中苦拉苦劝，他们全不理会，没奈何便又赶去把张先生的岳父、岳母、大姨、小姨、大舅子、小舅子都请了来，好容易把夫妇俩扯开了。夫妇坐定下来，彼此喘息了一阵，就同时开口说道："离婚，离婚，我们一定要离婚了。"

张先生的大舅子原是一个法律家，当下用着律师的口吻说道："照民律第一千三百五十九条，夫妇不相和谐而两愿离婚者，原可以离婚。但是第一千三百六十二条说，夫妇的一造，要提起离婚之诉，也须有充分的理由，不是胡乱可以离婚的。"说到这里，顿了一顿，便庄容向张先生道："妹倩①，你既要离婚，总也有充分的理由，如今我先要问你，我妹妹可曾和人通奸么？"

张先生答道："没有这事。"

大舅子又道："如此伊可要谋杀你么？"

张先生道："没有这事。"

大舅子又道："如此你可曾受伊不堪同居的虐待，或重大的侮辱么？"

张先生道："不过彼此相扭、言语冲撞罢了，似乎算不得虐待或侮辱。"

① 旧称女婿。妹倩者，妹婿也。

大舅子又道：“如此伊可曾虐待你的直系尊属或重大侮辱么？”

张先生道：“我的父母都死了，也没有什么伯叔，这话是说不上来的。”

大舅子又道：“如此伊可是以恶意遗弃你么？或是伊已逾三年以上生死不明么？”

张先生不觉笑起来道：“全没有这回事，全没有这回事。”

大舅子也笑道：“既是全没有这回事，你就也没有离婚的理由，不许离婚。”

他的岳父岳母也接口道：“不许离婚，不许离婚。”

于是，大舅子又回过去问李女士道：“妹妹，如今我可要问你了，你要离婚可是为了妹倩重婚么？”

李女士答道：“不。”

大舅子又道：“如此可是为了他因奸非罪被处刑么？”

李女士道：“不。”

大舅子又道：“如此可是为了他要谋杀你么？”

李女士不再回答，却伏在伊妹妹的肩上吃吃笑起来，一时大家都笑了。

大舅子也笑着说道：“好了，你们俩都没有离婚的理由，大家都不许离婚。”

张先生的岳父拈着一部白须子，说道：“你们既做了夫妇，该好好地一块儿度日，没的使着小孩子脾气，一开口就是闹离婚。”

张先生唯唯答应着，一会儿他岳家的大队人马便又开拔回去了。

这天晚上，不知怎样死灰复燃起来，睡觉时李女士深闭固拒，不许张先生上床。张先生恼了，一伸手就是两个耳刮子，直打得李女士喊起救命来。但伊毕竟很乖觉的，如何肯让步，冷不防也还敬了张先生两个耳刮子。这战端一起，可就像欧洲大战般闹得不可收拾了。两下里索性把那张五尺阔的方梗子铜床做了战场，交手便打。下面一张钢丝垫子，打得像八音琴似的叮叮咚咚乱响。

那时，时候已不早了，足有十二点半钟光景，他们贴隔壁住着一位王先生，是在邮局中办公的，明天七点钟就得上早班去，从睡梦中被他们闹醒了，再也睡不着。一时发起火来，便用外国人干涉中国内政的态度，在墙上重重地擂了几下，大声说道："你们要闹，请明天闹吧。人家一清早就要出去做事情的，没的闹得人一夜睡不着。"

张先生到底是高等学堂教授，很懂得道理的，立时应声说道："很好很好，我们明天再闹，到明天便解决这离婚问题。"说完两下里居然解甲释兵，安安静静地睡了。

第二天，左右邻舍都怀着鬼胎，想今天夫妇俩要解决那离婚问题，正不知要怎样地闹一闹咧。小张先生很怕哥嫂俩闹，一清早就溜到学堂中去了。那些好事的邻人悄悄地等候着他们开战瞧热闹，谁知上半天过去了，毫无动静，午后一点钟、两点钟、三点钟过去了，仍然是一点儿声音都没有。直到五点半钟时，却见张先生和李女士手挽手地走出门来，唤黄包车到新世界去。邻人们暗暗好笑，想他们俩不知道在什么时候讲和的，倒难为我们白白地盼望了一天咧。

光阴容易，夫妇俩仍时时闹着不实行的离婚，闹得李女士肚子里的小国民也急急地出来了。小张先生说，这不满十个月的孩子，也许是要充议和专使来的，以后哥嫂俩瞧在这孩子分上，或者可以免淘几回气，不致再闹离婚。

不想李女士产后未满十天，痛定思痛，又动了肝火，对张先生提出离婚来。说这一回生产，再痛苦没有了，论起法律来，和那不堪同居的虐待一条，很有些相像。以后三个四个生产下去，可不要送我的命么？这一回总算是张先生自甘屈服，柔声下气地说了许多好话，又特地去买了一只一克拉的钻石指环做了礼物，才把李女士的"离婚"念头打消了。

＊　＊　＊

张先生和李女士又接连生了两个孩子，已过中年了。那离婚的风潮，一年仍要闹几次，幸而始终没有实行。小张先生自己已娶妻生子，也没有空闲给他们做统计咧。他们俩最后一次闹离婚，张先生已七十九岁，李女士也七十二岁了。第二天，张先生因气急病去世，一礼拜后，李女士也哭夫而死。他们俩生时，虽常闹离婚，然而像这样的收局，也可以算得恩爱夫妻了。但他俩并头黄土之下，不知道可能相安无事，或者一言不合，还要闹几次离婚风潮么。

年年清明节，小张先生带着子侄们上坟去，坟上白杨摇风，萧萧槭槭地响个不住。小张先生指点着说道：他们俩多半又在那里相骂闹离婚了。

辑三 ◎ **痴**

春宵曲

  一个月满花芳的春宵，那巴黎白瓷制的美人蒸香器中，正蒸着一盂香水精。香水精经了电热，便发出一缕缕的紫罗兰好香来，氤氲了满室，直使这一角小红楼变作了香国。那天花板的中央，挂着一盏珠珞纷披的电灯，粉霞色的灯光十分柔和地照在一架大钢琴上。琴前软椅中，有一对恋人正唱罢了一支情曲，相偎相依地坐在那里。月啊，花啊，紫罗兰妙香啊，更增加了他们的脉脉柔情，使他们两口子都陶醉了。

  二人中陶醉的程度尤其热烈的，却是那音乐师华谷南，偎着他玉软香温的情人爱丽，身子微微颤动着，柔声说道："吾亲爱的甜心，我们俩在哪里？这可是天堂么？我们可是已到了天堂上么？若说是人间不是天堂，那么我为什么满腔子都充塞着快乐，觉得飘飘欲仙呢？"

  此时的爱丽女郎猛受了爱的冲动，也早已达到了"四肢红玉软无言，醉，醉，醉"的境界，嘤咛着说道："我爱，你何必问我，我恰恰像你一样，瞧来我们即使没有到天堂，也已去天堂不远了吧！"

  华谷南道："我更疑是一场好梦，快不要做声，没的惊破了这温馨甜蜜的梦境。"

  两口儿相依相偎，不言不语了多时，于是月暗了，花睡了，香淡了，灯光也似乎倦了。满室中除了小金钟嘀嘀作响外，再也没有旁的声音，只有华谷南领受着这春宵柔乡的乐趣，觉得自己的一颗心撞在胸壁上，不住地在那里作响罢了。当下他就着灯光，看着那含笑不语的爱丽，口中低哼着宋人毛泽民的《清平乐》词道：

桃夭杏好，似个人人好，淡抹胭脂眉不扫，笑里知春占了。

此情没个人知，灯前子细看伊，恰似云屏半醉，不言不语多时。

华谷南放着他音乐师应弦合拍的声调，哼得分外好听。爱丽抬起星眸来，斜睐了他一下，悄悄问道："谷，你在哼什么，可又是你自制的什么新曲儿么？"

华谷南道："不是，我正在哼一阙宋人的小词，因为这词中的话，恰和眼前情景一一切合。待我逐句来说与你听，'桃夭杏好，似个人人好'，这'个'她便是指你，说你像李花杏花一般的娇好。'淡抹胭脂眉不扫'，今夜你这粉腮子上红赪赪的，不是淡抹着胭脂么？而两道春山，似乎没曾修过，那就合着'眉不扫'三字了。'笑里知春占了'，这是说你千娇百媚的笑容中，被春光占住了啊！'此情没个人知'，那是说我的情没有一个人知道，然而你总得知道。'灯前子细看伊'，'伊'改作'你'字，就是说我此刻在灯前仔细看你呢。'恰似云屏半醉'，你这模样儿花柔柳困的，正活像是半醉之态。'不言不语多时'，你刚才不是好久没说过话么？"

爱丽把两个春葱似的纤指，在华谷南手背上轻轻地拧了一下，樱口中喷出笑来道："亏你这油嘴滑舌儿，拉拉扯扯的，附会得上去。我可要罚你咧。"

华谷南笑道："罚什么，罚我接一个吻可好？"

爱丽啐了他一口道："啐，你又要油嘴滑舌了，我罚你做苦工。"

华谷南道："什么苦工，但请大老爷吩咐下来，小的不敢不遵。"

爱丽道："我要你制一个乐谱，把那小词中的话编成一支曲儿，好给我夹在新戏中上台去唱的。"

华谷南吐口气道："我道是什么苦工，原来是这么一件稀松平常的事，我只须配上一个乐谱，把那小词做了蓝本，再将今夜的花唎、月唎、紫罗兰香唎描写一下，便编成一支《春宵曲》了。那容易，那容易。"

爱丽欣然道："好个《春宵曲》，你快快给我编去，限你三天交卷。"

华谷南道："我当了这差使，你赏我什么？"

爱丽道："这是我罚你的，你怎么反讨起赏来？"

华谷南涎着脸道："我不愿受罚，却先要领赏。"说时掀高了他的嘴唇，慢慢地凑到爱丽那张樱桃小口上去。……

这当儿月胧胧，花馥馥，月光撇开了花影，却把那一对恋人的并头双影写上窗纱，彼此紧贴着，直泼不进一滴水儿……

这是光明影戏院所映新影片《春宵曲》的一节，梁梦庵看到这里，不由得回肠荡气起来，四座观众见了银幕上恋人接吻，都拍着手。也有些少见多怪的人，啧啧啧做出接吻的声音来。

以下的情节便是说，歌女爱丽得了她恋人华谷南的一支《春宵曲》，插在新戏《春闺梦里人》中，上台演唱，受观众热烈的欢迎，大小各报也一致赞美。此戏连演一个月，夜夜总是满座。爱丽本来是个很红的歌女，如今因了这春宵一曲，却益发红了。有人知道她和华谷南一重情天公案的，便在报纸上大书特书，说那"《春宵曲》是爱丽姑娘的恋人即景生情，特地为她编制的。这恋人是谁？便是著名音乐家华谷南先生"。他们生怕引起交涉，不敢直书华谷南，然而颠之倒之，使人一望而知。可是华谷南原是使君有妇的，他夫人一见报上言之凿凿，便妒火中烧，和丈夫大闹起来，以致发生出一场伤心刻骨的悲剧，竟使那红氍毹上的妙人儿柔肠寸断，宛转而死。

这一本影戏大致是描写妇人的嫉妒，有破坏一切的能力。那饰华夫人的一位女明星似乎是个天生的醋娘子，表演得十分神似。

一会儿全片完了，四下里的电灯都亮了起来，梁梦庵取起一个纸裹，戴上西帽，离了座位，挤在人堆中，一步步挨出影戏院的大门。一看门口大钟，长短针都已指着十二点，便急忙跳上人力车，赶回家去。他的家远在闸北，最快也须半点钟可到。

一路上他回想着《春宵曲》影片中的情节，便起了"爱""怜""恨"三种观念。他爱爱丽的娇柔，怜华谷南的懦弱，恨华夫人的泼悍。

接着他忽地联想到自己的夫人身上去，想他的夫人何等贤明啊。她明知自己是有腻友的，却从不干涉他的行动。有时虽有些儿冷言冷语讥刺他，也总是带笑说的。所以结婚三年，从没有吵闹过一次。因此他虽有腻友，而良心上也不得不爱她了。想到这里，他又摸了摸手中那个纸裹儿，自言自语地道："丽珠这几天想吃杏仁糖，已说起过两次了。我今天连跑了三家茶食店，方始买到，此刻悄没声儿地买回去，一定讨她欢喜的。"说时点头微笑，手指在纸裹上弹了几下。

他的家到了，他跳下车来，打发了车钱，三脚两步跨上石阶，伸手叩门。他原知道夫人的习惯是早睡的，每天十点钟就得安睡，此刻定已在黑甜乡中做她的温馨好梦咧。那出来开门的，定是老妈子张妈。她的耳朵已有些聋了，叩门须叩得响些，方能给她听得。因便握紧了拳，用力在门上擂了几下。

当下听得楼梯上一阵脚步声，急急地赶下来。他心中很有些诧异，因为听这跫跫之声，分明是他的夫人啊。一会儿那门呀地开了，果然见他夫人亭亭立在门内，门口的电灯光照见她满脸现着不高兴的神情。

梦庵即忙带笑问道："咦，丽珠，你怎么还不睡觉，可是特地等着我么？"

丽珠冷冷地答道："还用问么，不是等你难道等旁的人？"

梦庵不再多说，咯噔咯噔地跑上楼去，入到卧房中把皮大衣脱了。丽珠信手来接过去，向绒沙发上一掷，悻悻地说道："你这人倒好，请看看钟上，是什么时候了，可又是什么爱人、恋人，缠着你舍不得放你回来么？"

梦庵急道："罪过罪过，怎又拉扯上爱人、恋人的话来？我正在光明影戏院中看九点一刻的那班影戏，不信有影戏的说明书为凭。"因便从衣袋中掏出一张折叠的油光纸来，展开着直送到丽珠眼前道："你看你看，这不是《春宵曲》的说明书么？今夜光明影戏院所演的，除了新闻片外，就是这大华影戏公司的新出品《春宵曲》。"

丽珠冷笑了一声道："哼，这也能算得证据么？回来时路过光明影戏院向卖票处要一张说明书，那是再容易没有的事。我做了男子，有了野心，也会用这法儿回去哄妻子的。"

梦庵急得面红耳赤地分辩道："我当真在看影戏，何尝哄你？你倘再不信，我敢赌一个毒咒给你听。"

丽珠道："算了吧，我从来没听得过赌咒会应验的。今夜的事可也奇怪，你平日看影戏啊，或是有什么应酬啊，总是白天知照在先，今夜定是在无意中撞见了爱人、恋人，好久不见了，少不得要叙叙了。"

梦庵搔着头，兀是呐呐地说道："这真是冤哉枉也，哪有这回事！只为今天在公司中看见报上登着《春宵曲》是末一夜开映了，我爱这片名怪可爱的，错过了很可惜，所以当夜去看。这主意是到公司中看了报后才打定的，自然不能知照在先了。阿珠，你不要和我闹了，试猜猜看，这里头是什么东西？"说时满面堆下笑来，把那纸裹擎得高高的。

丽珠自管坐在床沿上生气，连正眼儿也不看，做着娇嗔之声道："你累人等得好苦，谁耐烦再挖空心思猜谜子？"

梦庵将那纸裹放在床前小桌子上，柔声下气地说道："这是你两天来正在想吃的杏仁糖，我跑了好些路，连上了三家茶点店才买到的。"

丽珠仍是冷若冰霜地说道："谁教你费心，我可没有拜托过你啊！"

梦庵一听这话，也有些恼了，便不再说废话，独自到大理石圆桌子旁坐下，摊开了一本没看完的新小说尽着看。一抬头见那云石钟旁边放着一碟美国蜜橘，一瓣瓣剥得很齐整，这明明是丽珠留给他吃的。他想伸手去取来吃，只是回头见丽珠并不打开他那纸裹儿来，因也赌气不吃美国蜜橘，借此报复。

一个闷坐在床沿上，一个自管看小说，两下相持了半个钟头。那云石钟铛的一响，已报一点钟了。丽珠打了个呵欠，踢去了脚上一双鹅黄缎绣着双鸳鸯的拖鞋，揭开帐子把娇躯移到床上，脱去了外衣裤，唰地向被窝中了下去了，接着懒洋洋地说道："对不起，我要睡了，不能奉伴了。"

梦庵似应非应地吱了一声，仍是看他的小说，然而两眼虽注在书上，他的心却不知着在哪里，全不领会书中所说的话。

这样挨过了半点钟，他想不能再挨下去了。目前虽已构成了交战之局，只须对方略肯让步，未始无议和之可能。而这个议和大会，唯有到被窝中去举行了。于是心儿突突地跳着，溜到床前，点上了火油灯，把电灯旋灭了，脱去了鞋子和外衣裤，小心翼翼地钻到被窝中去。

他的头着到枕上，先偷看丽珠，却见她双闭星眼，分明已入睡了。但他侧过身去时，似乎见她的眼皮也张了一张，趁此偷看他一下。他自管躺下去了，老大地不愿意先树降幡，杀了丈夫的威风，因此有意把身体移开了些，不去和丽珠接触。而丽珠也像划疆而守似的，不越雷池一步，一边鼻息呼呼的，只装着假睡，不来理会梦庵。

梦庵直僵僵地躺着，两眼望着帐顶，不住地唉声叹气，心想万料不到看了一班影戏，迟回了两三个钟头，会惹得夫人疑神疑鬼，以致闹翻的。当下他动一动左脚，一不留意恰碰着了丽珠的小腿，顿如触了电网一般，忙不迭地缩将回来，并不是他不愿意和夫人接触，实在是不愿意先自屈服、落了下风而满心希望着夫人来迁就自己。倘能伸过一弯藕臂来，磕他一下，那真不胜欢迎之至咧。然而丽珠却一动都不动，虽是侧身向外躺着，脸儿和他相对，奈何星眼紧闭，眼电不流，长长的睫毛贴住在下眼皮上，连偷看也不偷看了。更瞧她双臂交叉，掩护着酥胸，似乎也严密布防，生怕丈夫来碰着她，而也防着自己无意中碰着丈夫。这时，这一对同床同枕又同衾的夫妇，竟活像变作了南极和北极咧。

可怜的梦庵，他一心想望议和而苦于议和无从着手，心中又焦急又寂寞，说不出地难受。他虽是身在这长不满七尺、阔不满五尺的钿床之上，却好似没骆驼的孤客，彷徨在沙漠之中；没帆樯的孤舟，漂浮在大洋之上。心想丽珠倘始终抱着这冷淡的态度，不和自己言归于好，那只能眼巴巴地挨到天明休想入睡了。今夜要是一夜不睡觉，明天一定疲倦不堪，如何能上公司去办事？他越是这样想，心中越是烦躁，便连翻了几个身。说也奇怪，今夜的床上倒像生了刺似的，任他翻来覆去，总也不觉得舒服；而在他翻身的当儿，偏又撞了丽珠一下。

丽珠陡地睁开眼来，怒声说道："你为什么这样不安定？可是要拆毁这只床么？现在已是什么时刻，也可以安安静静地睡了。"

梦庵苦着脸道："我不知怎的，兀自睡不熟。"

丽珠冷然道："你胡思乱想地尽想着爱人、恋人，自然睡不熟了。但你睡不熟，可不该累得我也不能睡啊！"

梦庵作声不得，索性又做了个鲸鱼翻身，把背对着丽珠，装死不动了。

铛铛铛铛，钟声已报四点。眼见这被窝中的议和大会渐渐地绝望了，梦庵深恨丽珠太冷酷，太执拗，对自己一点儿不肯让步。其实做妻子的对丈夫让步，绝不是羞耻的事。他因了恨丽珠一人，连带把全世界的妇人全都恨到了，想妇人总是不祥之物，总是使男子们受磨折挨苦痛的。别的不用说，就是自己今夜一夜中所受的磨折、所挨的苦痛，已胜于耶稣基督上十字架了。

他这样想着，却听得丽珠的鼻息声很均匀地微微作响，自鸣得意似的直送到他耳中。他因自己睡不熟，见丽珠如此好睡，不由得嫉妒起来，于是有意再翻过身去，将丽珠撞醒了。

丽珠倦眼惺忪地瞅了他一下，含怒说道："你这样横不得竖不得的，到底要怎样才好？我白天既要料理家事，又须照顾孩子们，今夜又等到夜半更深，等你回来，此刻也该让我好好地睡了。你既讨厌我，明天我就让你，回母家去。"说着，珠喉中带着哽咽之声，分明要哭出来咧。梦庵没话可说，又不愿示弱于她，于是把被儿向头上一蒙，躲到被窝的中心去了。

天快要明了，梦庵还是不能睡熟，他想起了那今夜所看的影戏《春宵曲》，便恨得牙痒痒的，自言自语地道："《春宵曲》《春宵曲》，你真是害人不浅。我好好的一个春宵，已被你生生断送咧。"

他因着这春宵二字，便又想到古人"春宵一刻值千金"的诗句，今夜闹了一夜，辜负春宵，若把一刻千金核算起来，那么就有好几万的黄金付之流水了。他想想这个想想那个，把许多无谓的事情都有一搭没一搭地想起，百无聊赖之余，想找些小调、戏词和诗词的断句，放在口头哼着，解些寂寞。

他心头一动，总是想着《春宵曲》，因《春宵曲》而感想到自己所度的春宵。古诗中说得好，"芙蓉帐暖度春宵"，这是何等香艳的句儿。唉，我的芙蓉帐里哪里有一丝暖意，简直是结了冰块，变作一片北冰洋了。

春宵易过，那处处的啼鸟已将春晓送来了。可怜的梁梦庵，五千遍捣枕捶床，一万声长吁短叹，总算度过了这一个春宵。他挣扎着坐起了身，回头望一望丽珠，见她粉腮子贴在枕上，春睡方酣，而眼角眉梢还留着夜来的泪痕，更觉得楚楚可怜。他心中好生不忍，轻轻地溜下床来，他已准备在夫人城下先树降幡，做一个降将军了。

献衷心

夜来月色很明，照着园中的晚香玉，其白如雪，花香分外地浓郁，荡漾在晚风之中。那多事的风姨忽地挟了这一阵阵的浓香，偷偷地溜进那老医学家杜鸣时博士的书室，将四下里的药香掩盖住了，直扑老博士的鼻观。顿使他老人家也回肠荡气起来，让他枯燥的人生观得了一些子润泽，而他那久已沉定不动的心，便不由得微微波动了。

杜老博士抱着好几十年的学识和经验，曾行医多年，活人无算，得到社会上绝对的信仰，几乎真当他是华佗再生、扁鹊复活。晚年嫌行医麻烦，精力不继，便由他几位门弟子合办了一所医学专门学校，恭恭敬敬地请他老人家去担任校长之职。有许多医学生因久仰杜老博士的医学高深，都纷纷负笈来校，这医校便非常发达。十年以来人才辈出，所有悬壶市上鼎鼎有名的大医士，全是校中的毕业生，这哪得不归功于杜老博士啊！

这一天是博士的七十岁生日，可是他一辈子尽瘁于医学，从没有享过室家之乐，连个一男半女也没有他的分儿，所以他老人家对于这种做寿的俗套，也不愿举行。但他的门弟子们如何过意得去，定要称觞祝嘏。他老人家没奈何，便提出一个条件，说旁的虚文一概免除，只许在酒楼中大家大嚼一顿。门弟子们本想举行大规模的祝典，大大地热闹一下，但见老师执拗，也只索依允他的条件了。博士经了这一场轰饮，已有醉意。出了酒楼，忙回到他校内的寓楼中。一时还睡不着，就照着他夜夜的老例，在书室里小坐，吸一斗板烟，望一会夜云。

无赖的晚风，挟着那晚香玉的浓香，来搅乱老博士寡妇般古井不波的心曲。他见今夜有花有月，花既分外的香，月又分外的明，而一天夜云，又分外的美丽。猛觉得世界万物都是有情之物，唯有自己孑然一身，倒变作了个木强无情的人，未免辜负了这有情的世界。当下里便引动了身世之感，益发觉得寂寞无聊了。他抬眼向四面瞧时，只见满目琳琅的都是中外的医书，案头所陈列着的无非是五颜六色大大小小的药水瓶；就中有一个大瓶，满盛淡黄色的药水，浸着一颗碎裂的心。

这心是谁的？他隐隐记得是四五十年前一个邻家女儿的心啊！他不知怎的，今夜瞧在眼中，心头忽然刺促不安起来。即忙靠坐在一张安乐椅中，抬头向天，紧紧地闭上了眼睛，将他自己那颗不安定的心，暂时寄在云表，一边他归咎于今夜多喝了酒。

蓦然之间，猛觉得肩头轻轻的一拍，很轻很轻，简直像一朵落花或一片落叶掉在肩上的一般。他唰地一惊，急忙张开眼睛来，却见一个二十多岁的女子，不知在什么时候溜入室中，玉树亭亭地立在那里。黑黑的发儿，弯弯的眉儿，亮亮的眼儿，嫩嫩的颊儿，小小的嘴儿。就这一张脸，已当得上一个美字了，又加上了那不长不短不肥不瘦的身材，真是个美人的胎子。她所穿的衣服，虽还是四五十年前的旧式装束，却也不减其美。

杜老博士眼睁睁地呆瞧着，不知她是什么人，黹夜到这儿来，又不知为的什么事？愣了好一会子，才柔声问道：“姑娘是谁，此来有何见教？”

那女子嫣然一笑，莺声呖呖地开言道：“博士，你难道不认识我了么？我即是四十多年前住在绵恨街中和你家贴邻的秦银鸾啊！当时我曾献与你一颗碎裂的心，承你的情，倒还安放在这儿咧。”

杜老博士听到这里，大吃一惊，身体虽仍坐在椅中，上半身却尽着向后退缩，只可恨被椅背挡住了，无可再退，无可再缩，一边便颤声问道："秦银鸾，秦银鸾，你不是早就死了么？"

那女子忙道："死了又打什么紧？你不见我虽隔了四五十年，仍还年轻，仍还貌美，一点儿没有变动。这不是比你们活在世上强得多么？但瞧你——你当初是出落得何等地漂亮，穿着西装，又何等地挺拔，而如今却已发白如雪、背曲如弓，早变作一个老头儿了。"

杜老博士靠在椅中，兀自微微打颤，作声不得。那女子忙道："博士，你不要怕。我此来毫无恶意，只为四十多年阴阳相隔，记挂得很，特地来望望你，和你谈谈。可是我并非淫荡妇阎婆惜，你也不是负心汉张三郎，我用不着来串一出'活捉'啊！"

杜老博士这时虽放下了一半儿的心，但是当面和鬼物说话，总觉得不自在，当下便有气没力地说道："谢谢你，谢谢你的一片好意。"

那女子故意学着"葡萄仙子"中的腔调，鞠躬笑答道："不要客……气，不要客……气。"一面将那两道灵活的秋波向四下里乱转，忽又变换了口气道："博士，光阴过得真快，一转眼已过了四五十年。你仍还在那里行医卖药么？"

博士摇头道："不，我久不行医，在这里办个医校，教人学医。"

那女子道："但愿你教出来的学生，多给女孩子们医医心病，不要硬着心肠不瞅不睬，瞧她们心碎而死。不幸的我，便是供你牺牲的。且慢，我还得问你，你四五十年来可是依旧抱着独身主义，并没有娶妻生子么？照例早该儿孙满堂，做个老封翁了。"

杜博士道："我的心一辈子用在医学上，竟没有想到娶妻生子这些尘俗的事。到如今年华老去，也未免有些儿寂寞咧。"

女子冷然道："你也有觉得寂寞的一天么？既有今日，当初为什么瞧不起人，硬生生地捣碎了人家的心，置之死地啊？"说到这里，泼风似的赶到窗前，将案头那个浸着心的浅黄色药水瓶捧将起来，含悲带怨地说道："你瞧，你瞧，这上边有无数裂纹，像一个无价之宝的古瓷瓶，被人砸碎了。这每一条裂纹中，正不知包含着我多少哀怨的血泪呢！"说时两手颤动，那瓶子几乎要掉落下来。

杜博士即忙捧住了，很郑重地还放在案上，口中喃喃地说道："可怜，可怜，谁料得到你会情深一往，竟致心碎而死的？"

女子勃然道："为什么不？你以为一个唱戏的女戏子，就不知道爱情，就不会情深一往么？想当年我们同住在绵恨街中，两家贴邻，只隔得一堵墙壁。你家有钱，而我家清贫。端为我父亲早年故世，没有儿子，单生了个我。母亲见人家女孩子上戏园子唱戏都很能挣钱，不由得眼红起来，因也请了教师，教我唱戏。谁知一唱了戏，就好似做了贼强盗似的，身份立时降落下去。但我还是个天真烂漫的女孩子，哪里知道身份不身份？得了闲总得上你家的门，和你一块儿玩。我的小心坎中，早就满满地嵌着你了，到得你读完了小学中学，上大学堂去学医，我们俩都已成丁；于是我觉得你和你的父母，都渐渐地和我生分起来。

"我也就不敢常到你家来走动，唯有我那学戏时高唱的声音可关闭不住，不免天天要来惊扰你们。而我私下以为，我的声音倘能常给你听得，也觉得万分欢喜的。你每天早上出去，我总得半开着窗偷看你；傍晚时立在门前，等候你回来。远远地听得了你的脚步声，我的心便突突地不住地跳了。这样过了一天又一天，而我爱慕你的心也一天深似一天、一天热似一天。但我哪里知道，你正抱着大志，一心要做你的大医学家，并不留意到一个学着唱戏的穷女孩子。

"从此见面的日子很少，彼此的情谊也淡了。本来东邻西舍小孩子时代的情谊，只热在一时，终于是不可靠的。到得你大学医科毕业，上北京某大医院去实习时，我眼瞧着你越去越远，连那推窗偷看、倚门守候也没有我的份儿了，于是心坎深处顿像堵塞着什么东西似的，推不开去。过了几时，这东西似乎活了，日夜磨砺着牙齿在那里吃我的心，正好似春蚕吃那桑叶一般。唉，你——你又哪里知道啊？"

杜博士听了这番话，好生感动，眼眶子里湿润润地有了眼泪，即忙将手掩住了。

那女子又道："那时我戏已学成，为了维持我们母女俩的生活起见，不得不老着脸登台唱戏了。可是我既怀着这一腔子不可告人的心事，又哪能唱得好什么戏？每在哀怨无奈之中，发着幽咽凄哽之声，不知如何却把《六月雪》《玉堂春》一种悲情的戏唱红了。自有许多好事文人没命地捧场，又给我上了什么'哀艳亲王'的封号。日夜在后台侍候我的人，不知有多少。然而我的心中何尝有他们一丝一毫的印象？我只知有你，再也没有第二人能闯入我的心坎了。"

杜博士嗫嚅道："你这样的多情，真使我感激不尽，但你当初为什么不向我表示呢？"

女子道："那时你远在京中，何从表示？况且我是个唱戏的女孩子，也决不敢作非分之想。只索拼着一辈子单相思了。果然不上一年，我竟害起心病来，身子一天天瘦下去，变作了个癆病模样。戏院子里，十天倒有八天请假。我母亲虽给我延医服药，也没有多大效验。事有凑巧，这年年底，你回来过年，母亲为便利起见，就天天请你来诊治。多谢上天，我居然天天能见你的面了。你每次来时，坐在我的床边，总得握着我的手看脉，眉宇之间微有忧色，我便快乐得什么似的，以为我病了能使你忧，这就足见你很爱我啊！因此我不但不恨我的病，反感激病魔能使我天天享受那片刻儿甜蜜的光阴。"

博士喟然道："可怜的女孩子，可怜的女孩子，我何尝知道呢？"

那女子白白的脸，忽地现出一片玫瑰嫣红之色，分明是很激动的样子，接着又道："博士，你还记得么？那时你每在早上来给我诊治时，总见我模样儿很好，大有起色。你道为什么？这并不是你的药石之功，只为好天良夜，我往往入梦，梦中的你，比在梦外亲热十倍。话是情话，笑是情笑，你且还和我接吻，竟像情人一样。梦中的情景，虽是空虚的，然而醒回来时还觉得津津有味。这就好似服了一剂灵药。"

博士捧着头憔恼似的说道："你生着嘴，为什么不说？我是个书呆子，可瞧不到你正用情在我身上啊！"

女子道："女孩儿家羞人答答的，好意思亲口将心事说出来么？那时我天天见你，夜夜梦你，倒很心安意得，病也渐渐地好了。年初一那天，我居然上戏园子去，日夜登台，唱了两出戏，博得不少的喝彩声。年初三那夜，记得你也来看我的戏。我站在台上，和你遥遥相对，心花朵朵儿开了。于是我因为你在座，就分外地卖力，你瞧我这一部《玉堂春》唱工极多，我竟始终不曾放松一些，完全不像是个久病初愈的人。要知我这一夜的戏，聚精会神，都是为你做的啊！

"这样一连唱到元宵，不曾告过假。园主挣到了不少的钱，好生欢喜。而我的名字，也越唱越红了。有许多痴心妄想的臭男子都千方百计地来亲近我，想得些好处。然而我这颗心中仍满满地装着你，转移不动！唉，这半个月的好时光，一会儿已过去了，你又上北京去了。我的病又上了身了。这病不来便罢，一来便不肯再去，每过一天，病势也加重一天。两个月后，已甚是沉重，无论什么名医，都医不好我的病。

"有一天在热极的当儿，大说谵语，把心事都说了出来，给母亲听得明明白白。第二天清醒之后，母亲就竭力安慰我说，好孩子，你的心事妈都知道了，停一天请媒去说亲。杜公子他们都疼你，那一定办得到的。当下我虽觉害羞，心却放宽了。过了一天，母亲果然挽了西邻的沈嬷嬷，到你们那里去说亲。回头沈嬷嬷来告知母亲，说杜老爷、杜太太都不敢作主，须写信到北京去问杜公子。且等半个月后再给回话。我听了，心头也安慰了不少，以为二老既并不一口回绝，那就有些希望了。于是一天天很乐观地盼望着。

"不道半月以后，回话来了，说杜公子已有信来，不赞成这段婚事。因为唱戏的女孩子太下贱了，不配做夫人。这话是沈嬷嬷私下来告知母亲的，母亲虽想瞒过了我，将好消息来骗我，安慰我，但早已给我听得一清二楚。这一个当头霹雳，直好似把我从天堂中打入地狱。我的心苦痛万分，便渐渐地碎了。"

博士亟道："呀！我全不知道有这回事啊！当初我父亲母亲并没有写信来问我，什么唱戏的女孩子不配做夫人的话，全是他们编出来的。唉！这真苦了你了。"说完抱着头流下泪来。

那女子在旁瞧着，面现喜色，伸过手来抚摸着博士的头发道："过去的已过去了，你不必悲伤，更使我觉得难堪。这事的真相，我死后也就知道。所以并不怪你，只未免抱怨你平日间太不注意于我，而又抱怨我母亲不该给我学唱戏，吃了这碗戏子饭，身份太低，难怪要给你父母亲瞧不起了。唉！这一段姻缘，虽没有成功，但我四十多年来身在幽冥，一片爱你之心始终不变，真个和天地一般久长咧！"

博士道："你怎么将你的心送给我的？"

女子道："我自被你家拒绝之后，心已死了，身体也已死了一半。挨不上一个月，不医不药也就一病不起。病重时定要母亲送到医院中去，切嘱医生等我死后，剜出我的心来，送交北京杜鸣时博士。这医生倒也是个多情的人，对天立誓，一定照办。于是我死了。你瞧见了这颗心，瞧见了这心上的裂纹，总也明白我秦银鸾是为你而死的吧？"

博士泪流满面，摇头叹息道："唉，阿鸾，阿鸾，我负了你。我负了你。"

女子道："这也不能说是你负我，只恨我们俩彼此无缘罢了。今天是你的七十岁生日，你半醉归来，似乎感觉得人生寂寞之苦，所以我特来看望于你，向你一诉衷曲。你瞧我虽过了四五十年，却还年轻貌美，像十七妙年华时一样，不胜似生在人世间、变作一个鸡皮鹤发的老婆子么？从此以后，你每感寂寞，我立时前来伴你。你只须对着我的心低唤三声'阿鸾'就得了。我去了。再会，再会。"

博士悲声道："怎么说，你去了么，你去了么？可能带着我一同去？"

这当儿那亭亭倩影已霍地隐去了。杜老博士陡地醒了回来，摩挲着两眼瞧时，却不见什么，只见月色在窗、花影入户，伴着他孤单的身子，追味着那凄艳的梦境。

真假爱情

一

却说辛亥那年，桂花香候，这三百年沉沉欲睡的中国，蓦地里石破天惊地起了大革命，那无数头颅如斗的革命健儿，先在武昌树了革命之帜。黄鹤楼头，白旗飞舞；黄鹤楼下，战血玄黄，替这寂寂无声的河山生色不少。各省热心之士，都龙骧虎踪而起，赶到武昌去仗力杀敌。江山如画，一时多少豪杰，十足为吾们四万万人吐气！

单表江西九江城中中学校里有一个学生，姓郑，单名一个亮字，平日气概不凡，抵掌谈天下事，豪气往往压倒侪辈。课余之暇，每取了一本《法兰西革命史》，回环雒诵，想慕罗拔士比①之为人。又喜欢涉猎战法学，因此战术也略知一二。如今忽听得平地一声雷，武汉起了义师，驱逐满人，他就仰天大笑，以为这正是大丈夫得意之秋。横竖父母已经双亡，没有什么人掣肘，何不投笔从戎。

看官，可是天下一般飞而食肉、气吞云梦的英雄豪杰，终不免有儿女恋

---

① 罗拔士比：今译为罗伯斯庇尔。

恋之情。你不见那"力拔山兮气盖世"的西楚霸王项羽，何等豪爽，哪知垓下一跌，雄风不竞，却还在明灯影里，对着虞美人缠绵歌泣，回肠荡气！像项羽这样一个暗呜叱咤的莽男儿，尚且为一缕情丝所缚，何况是旁的人呢！

这位豪气不可一世的郑亮，也犯了这一个"情"字。原来他和一个女学校里的女学生唤作陈秀英的有了爱情，并且已订了婚约，两下里十分缠绵。现在既要去从军，须得和意中人说一声。当下他便写了一封信去，约在城外一个幽静的花园里相见。

那天斜阳将落未落的时候，先到那边去等着。等了十分钟光景，早见他意中人从斜影里姗姗而来，那亭亭倩影，益发绰约欲仙。郑亮忙迎将过去，带笑说："妹妹，你来了。"

陈秀英把一双媚眼睐了郑亮一下，婉婉地说道："哥哥你唤吾来，有什么事？吾瞧仔那封信，似乎写得匆匆忙忙的。"说时，玉靥上微微现着一丝笑容。

郑亮慢慢儿地说道："妹妹，吾要去从军了。你不见武昌城中，处处风翻革命旗么？昨天吾见报纸上说，各处学生都争先恐后地去从军。吾郑亮素来自命为舣舣好男儿的，如何肯落在人家后边！"说着，探怀掏出那张报纸来，授给陈秀英。

秀英一瞧也不瞧，轻舒玉手，嗤地撕为粉碎，丢在地上，把小蛮靴践着，娇嗔道："哥哥，你怎么好去从军？"

郑亮道："这也是吾们爱国少年应尽的天职，万万不容规避的。吾曾读过十年书，略知道些大义。平日做论说，满纸都是慷慨激昂、爱国救民的话头。但是纸上空谈，究竟无补于事，所以吾久已立了一个决心，不学那贾长沙的痛哭，不学那黎沙儿的哀吟。夜半飞出龙泉剑，不斩楼兰誓不回！用了全力，着着实实做去，目下这好机会到了，吾怎肯轻轻放过呢？"

秀英道："你好好儿住在这里，有什么不好？偏偏要寻死去！革命军中多了你一人，未必就会打胜仗，少了你一人，也不打紧，未必就会打败仗。你又何苦来呢？"

郑亮毅然道："你这话错了，要是人人存了这个心，趑趄不前，大事还能成功么？吾决意要去，不去定要发狂咧！"

秀英听了，星眸中早已含着怒意，娇呼道："你可是忍心丢下吾么？你可是忘了吾们指天誓日的盟约么？你可是忘了吾们平日的爱情么？"

郑亮柔声道："吾怎么敢丢下你？吾怎么敢忘却吾们平日的爱情？然而也不能为了儿女情长，致使英雄气短！妹妹，你须得明白些，如今不论哪一个来劝吾，吾一概不听！"

秀英大呼道："就是吾的话也不听么？"

郑亮道："妹妹，只得对不起你了。现在吾这身体已不属于妹妹，属于大汉。这身体，这灵魂，都一概要替他宣力，把吾满腔的热血，浇开那自由之花！妹妹，你原是吾生平最爱的人，吾断断不忘却你，永把赤心对你。你也须把赤心对吾，断断不可忘却吾。将来吾凯旋归来，便和你填鸳鸯之谱，成一对美满无比的夫妻。"说时，执了那双温软如绵的柔荑，正待温存。

秀英却洒脱了，退下一步，大呼道："你要去从军尽去，吾也不稀罕你！你能够丢下吾，难道吾不能丢下你！这茫茫世界上，自有多情人在着呢！"

郑亮听了她的话，脸上立刻没了血色，咬着嘴唇，沉思无语。想她说出这种话来，分明和吾决裂的意思。然而为了同胞的自由起见，也顾不得了！咳，天下女子原是水性杨花的多！今天和你鹣鹣鲽鲽，过几天就钗劈钿分，又去爱上了旁的人，要求那爱情专一的女郎，简直是凤毛麟角。这时，他脑海中也起了个幻想，仿佛已从战地归来，断手折足，满身都是伤痕。陈秀英和她的新相好联臂并肩，立在那里抿着檀口，向他冷笑。自己却成了个废物，送进善堂去，过那冷冷清清、寂寂寞寞的岁月。不久便魂归地下，化为异物，当复如何？

但是，他虽是这么想，那从军之心依旧热热的，并没有冷，好似百炼之钢，用了烈火也烧不软他。一会子，眼中含着泪痕，嘶声说道："吾就是失欢于你，不能和你缔同心之结，这一片爱国之心，也始终不变！妹妹，吾自以为这半年来爱你的情，上天下地，求之不得。谅来妹妹也爱吾的。好妹妹，如今你不妨把吾暂时借一借给祖国，好好儿地勉励吾几声。吾上起战场上，记起了妹妹香口中的娇呖呖声，便能勇往直前，奋力杀敌！妹妹，你须原谅吾，吾要是不去，人家一定要讥笑吾，说吾是没胆的懦夫、冷血的动物，以后吾昂藏七尺，怎能再出去见人？吾为了祖国，为了自由，不得不辜负香衾事战争了！妹妹，你可能依旧爱吾么？"说时，把两个灰色的眸子，注在陈秀英秋波里，等她回答。

秀英冷然道："这世界上足以消受吾爱情的，不仅你一人！"

此时，树荫里夕阳影碎，半天上新月阴斜，照见这情场失意人，掉头长叹了一声，踏着落叶，踉踉跄跄地出花园而去。那落叶苏苏作声，也好似向他说道："你是个情场失意人！你是个情场失意人！"

二

陈秀英有一个表妹姓李，名儿唤作淑娟，生得姿容秀媚，体态轻盈，芳龄恰才二九，也能知书识字，确是一个好女子。伴着她七十岁的老父，住在城外一个幽情所在，屋后绿荫千顷，屋前碧树当门，正不数渊明之宅、诸葛之庐。淑娟秉性贤孝，问燠嘘寒，善承老父意志，人家见了，都免不得要叫她一声"好姑娘"。

她有时到表姊家去走动走动，因此也和郑亮相识，相见时总谈谈学问文章，一点儿也不露出轻佻模样，仿佛是凛凛不可侵犯的样子。郑亮和她表姊已订了婚约，她也知道，心里十分快乐，想阿姊毕竟好眼力，赏识了这个如意郎君，前途幸福，正复无量。武昌义师起后，知道郑亮要投笔从军，益发倾倒到十二分。说，大丈夫固当如此！将来怕不是一个东方华盛顿么！一天，忽听得他在园中和表姊握别，表姊已和他决裂，不觉大大的失望。想进城去劝劝他，只为老父恰有些小病，侍奉汤药，不能抽身。不道过了几天，忽接到了她表姊一封信，说已和郑亮断绝关系，同郑亮的一个老同学张伯琴订了婚了。淑娟便叹了一口气。于是，不得不抽身到城里去走一遭，瞧有挽回的法儿没有。

一路离了家，刚要进城，却见郑亮彳亍而来，低着头似乎在那里想什么心事。淑娟立在一旁，曼声叫了一声："郑君。"

郑亮猛抬头一瞧，见是淑娟，也就立定了。

淑娟瞧着他说道："郑君，吾表姊处可有什么消息么？"

郑亮面色非常坚决，答道："没有。"

淑娟道："你也不必气恼，或者她有回心转意的一日，好姻缘依旧是好姻缘。"

郑亮微唷道："吾已绝了这希望了！"

停了一会儿，淑娟又道："吾今天接到了表姊一封信，那信中的话，吾本不愿意告诉你，怕你听了触动悲观。只是，想你是个觥觥好男子，决不为儿女私情，灰了平生壮志。因此，吾不妨和你说，吾表姊已和你的同学张伯琴订了啮臂盟了。"说时，双波中不知不觉地含着盈盈红泪，芳容上现着惨淡之色。

郑亮低头不语了好一会儿，才不动声色地说道："淑娟女士，吾和你再会了。今天晚上，吾就要出发赴前敌，以后药云弹雨中，是吾的生活。那香闺绣阃中的艳福，合该让那有情人消受去！"说时，咬了咬唇，背过脸去，低声说道："淑娟女士，吾们再会了。"

淑娟道："郑君，再会再会。愿你此去，得胜归来。今夜，吾到火车站来送行。郑君，你心里别悲痛，既已失了情人，不妨以身许国，尽你的本分，将来云破月来，仍还你个快乐之日，愿上天佑你。"

郑亮闻言，十分感激。返身过去，眸子里早含着两包子的眼泪。一会儿，回头瞧时，却见淑娟的亭亭倩影已去远了，不由得长叹一声，一直向学生军驻扎处而去。老天恶作剧，大雨倾盆而下，郑亮好似一点儿也不觉得，还在雨中彳亍走去。

这天夜中十点钟的时候，学生军全队出发到火车站去。雨仍点滴未停，似乎伴着那些送行人洒泪一般。这时车站上早黑压压都挤满了人，军队也乱了秩序。有人家老母弱妹，扬着手帕，含着眼泪，送她们亲爱的儿子、阿兄，嘴里喃喃地求天公保佑；也有闺中少妇，泪痕被面，把着她良人的手，扭股糖儿似的恋恋不舍。此刻虽有江文通生花妙笔，怕也不能替他们做一篇酣畅淋漓的《别赋》呢！

那郑亮也随着众人惘惘前行，眼瞧着人家都有人热烘烘地来送别，吾却这样冷清清地没有什么人来理会，想着，不由得欷歔叹息，无限低徊。到了月台上，抬头四望，却一眼瞧见李淑娟苗条体态，在一边人丛里乱挤，眼波如月，照在他身上，朱唇微微动着，玉手里执着一条雪白罗巾，一阵子狂挥。郑亮也向她扬了扬手，像做梦般拥到火车里面。

停了一会儿，汽笛呜呜地响着，汽机腾腾地动着，载着这一百多个好男儿，向着那血飞肉舞的武昌而去。那车站上数千百人，老少男女的欢呼声，兀是响彻天空，久久未已。

三

却说学生军到了武昌之后，还没有开赴前敌。一天操演已毕，大家休息，郑亮同着一个小队长巡行营外，忽见前边有一个人骑着一匹马嘚嘚而来。郑亮抬起头来一瞧，却千不是万不是，正是他的情敌张伯琴。

张伯琴见是郑亮，就在马上高呼道："哈哈，郑亮君，久违了。"

郑亮急忙赶到马前，和他握手，说道："吾却想不到在这里遇见你！"

张伯琴微笑道："因为你料吾不敢从军么？"

郑亮道："吾并没有这意思，只想那人如何舍得你！"

张伯琴道："你说陈秀英么？吾既然一心要来从军，她自然也拗不过吾。"

郑亮点了点头，又道："但是她一定不以你此行为然，又要发娇嗔咧！"

张伯琴道："吾自有驾驭妇人之术！听她哭，听她跳，然后慢慢儿地使她贴服。郑亮君，吾很佩服你有毅力，为要出来从军，竟能割断情丝，学那温太真绝裾而去，这真不可及！吾听得你们两下里绝了交，吾就乘隙而入，把钱儿晦气，买她的欢心，她居然倾心于吾，吾益发奋勉。今天金刚钻，明天蓝宝石，尽力地去巴结她。哈哈，果然天从人愿，不久就交换指环，生受她声声娇唤郎君了。只吾夺了你的旧爱，你可恨吾么？"

郑亮笑道："吾不恨你，女子的心，原是最容易变的，她爱哪个，就爱哪个。吾也没奈何她，只望你此番好好儿地回去，长隶玉镜台畔，善事玉人，一辈子享受那闺中艳福，别使她望穿秋水，怨王孙久不归呢！"

张伯琴欢然道："好老友，你如此大量，吾再要和你握握手。吾也望你安然归去，横竖吾家有百万，你倘然没有啖饭地，尽可投到吾家来，做吾父亲的记室，薪水从丰便了。"

郑亮道："多谢你的盛意，只是吾却不想再回到故乡去。这回倘然不做战死之鬼，以后也须留在军中，终生以戎马为生涯了。"

张伯琴道："这也很好，从军原是快事，吾非常赞成的。以今吾在第二队中，你可是在第一队么？"

郑亮道："正是。此刻吾们暂别，相见之日正长咧。"说着，又和张伯琴握了一握手，同那小队长走了开去，往小山上仰天长啸去了。

过了约有半个月，不过天天操演，夜夜防守，并没经过战事。郑亮眼见得英雄无用武之地，觉得闷得慌，心里早已跃跃欲试，但望它快些出现战事，便能上沙场杀敌去，就是死了，也算是个荣誉之魂。横竖吾孑然一身，既没有父母，又没有家室，毫无牵挂，死了也不打紧。男儿合为国家死，半壁江山一墓田。烈烈轰轰地死一场，可不辱没吾"郑亮"两字呢！

一天，忽听得民军已在汉阳和清军交战，这两队学生军须得开赴前敌助战。郑亮听了，十分得意，几乎要距跃三百，曲踊三百。这一天，黄昏时候，已到了汉阳。只见药云漫天，弹雨卷地，枪炮之声隆隆不绝。这边的统领当下便发出一个进军的号令，这二百多个初出茅庐的学生，一个个抱着马援马革裹尸之志，勇往直前。各人的大小脑里，一个装着那身经七十余战的西楚霸王项羽，一个装着纵横欧罗巴洲的绝世怪杰拿破仑，因此战得甚是勇敢，没一个退缩。虽是死伤不少，却还不屈不挠。

郑亮比别人自然更加奋勇，心胆俱壮，血汗交流，他心目中一切都没有，只有那敌人，拼命地冲将过去。

这边的小队长身中子弹，跌倒在地，还振喉大呼道："诸君快奋勇杀敌，使吾们学生军的荣誉传遍全世界！"于是，大家又平添了百倍勇气，拼着命儿冲去。前后战了两个钟头，依旧相持不下，两军都宣告停战，检点两队学生军中，一共死伤四五十人，都由红十字会招去。

第二天朝日方升，其红如血，两军又开起战来。这边民军抵敌着清军大队，两队学生军却去袭击他们的支队。慢慢儿地掩去，掩到一百五十码左近，郑亮劈头大喊一声，一跃而前。那一百几十个血性少年，跟着他像猛虎出柙般冲向前去！一百几十把明晃晃的刺刀，映着晓日，闪闪作光。那边清军原不过七八十人，抵御了好一会子，果然支持不住，都丢了枪逃了。

学生军便插起军旗，把那地方占领。大家经了这一场恶战，不免有些儿困倦。郑亮身上受了好几处伤，伏在河边喘着，忽见河当中有一个人伸着两臂，高声呼救。远处还有弹丸一个个地飞来，落在河中。那人不住地喊着。

郑亮举目瞧时，见是张伯琴。这时，他心里想：这人是吾情敌，夺吾的意中人，吾何必去救他。他死了，也好使那负情人心里悲痛悲痛，也算出了吾心头的怨气。停了一会儿，猛可里长叹一声，颤巍巍然立起身来，跃入河中。

正在这当儿，河的对岸三四百码外早又来了一队清军，不住地把机关枪、毛瑟枪向这边遥射。郑亮置之不顾，游向河心，抱住了张伯琴，回到岸边。

刚上得岸，忽地飞来一个弹子，恰打在郑亮肩头，便扑地倒在地上，晕了过去。

四

郑亮在医院里，好几天不省人事。

一天，那军中的统领特地来瞧他，问那看护妇道："姑娘，那人怎么样了？"

看护妇道："将军，他已出了险了，大约不致有什么意外咧。"

统领喜道："敬谢上帝，吾们军中原不能少那郑亮似的好男儿。此刻他醒着么？"

看护妇道："醒着。"

统领道："吾要和他说几句话。"说着，便走进病房，到那郑亮的床边坐了下来。

郑亮举起那只无力的手，行了个军礼。

统领道："郑亮，你不必拘礼了。那天你的一番作为，又义又勇，真足为吾们军人生色。那大军中也都已知道你的事，很为叹服。听说要赠你一个宝星咧！"

郑亮道："将军，吾不愿意得什么宝星，倘能许吾永远做一个军人，替国家效力，就感激不尽了！"

统领道："你有这样志气，不愧是中国的好男儿。这事万万没有不许你的，只吾有一件事告诉你。那天你所救的人，因为受伤过重，已死了。"

郑亮失色道："怎么，张伯琴已死了么？张伯琴已死了么？"

统领道："正是。他才是昨天死的。郑君，再会。吾望你立刻就好。"说罢，和郑亮握手而去。

郑亮喃喃自语道："张伯琴死了，张伯琴死了。"一面说，一面躺了下去。替那陈秀英着想，想夫婿战死沙场，一去不归，"可怜无定河边骨，犹是春闺梦里人"。她听得了这恶消息，不知道芳心中要怎样悲痛呢！

过了三个月，郑亮已升为军官。一天，蓦地里接到了一封信，一瞧却是陈秀英的手笔。只见信笺上边写着道：

郑亮吾君如握：妾夫不幸，竟作沙场之鬼，良使妾悲！然吾君无恙，差堪少慰。妾至今未尝忘吾君。曩昔之情，犹温靥心上。吾君戎马之暇，或亦念及旧人乎？迢迢千里，相思无极，月夕花晨，梦想为劳。君以何日归，妾当为君解战袍也。

郑亮一连读了三遍，蓦地撕成了几百条，摔在地下，把脚一阵子乱踹，轻轻骂道："好一个无耻的女子！好一个无耻的女子！"当下，撇开了这假爱情，就不免想起了真爱情。朝朝暮暮，把那"李淑娟"三字深深地镌在心坎上。

等到战事完毕，他便跨马回去，向李淑娟求婚。淑娟禀明老父，立即答应。一个月后，这一对小鸳鸯已在红氍毹上盈盈对立，交换指环。结婚后，伉俪间万分相得。

淑娟却时时向郑亮道："郎君，你娶了吾，别忘了祖国。吾虽然望你爱吾，吾也要望你爱祖国！郎君，你须体贴吾的心。"

郑亮听了她这种有志气的话，更加钦佩，想世界上竟有这样柔肠侠骨的好女子，能不使人五体投地！

那李老翁年纪虽然大了，精神却还矍铄，对着这一对爱婿娇女，得意非常，不时掀着那千缕银丝般的白髯，微微而笑。

那城里远远近近的人，都很艳羡他们。每当春秋佳日，往往见夫妇俩比肩同出，一个戎服映日，一个罗衣凌风，或是双骑游山，或是一舸玩水，有时联袂看花，有时同车送晚。大家见了，都啧啧称羡，说是神仙眷属呢。

恨不相逢未嫁时

六桥三竺间，一片山明水媚之乡。风物清幽，直类仙境。其间乃毓生一大画家，曰辛惕，风度翩翩，如玉山照夜，说者谓钟天地之灵秀而生。生十龄而丧父，母氏茕茕一嫠，孤苦无依，家固匪富，殊弗能支此残局。于是携生及生之一妹一弟，走海上，投其所亲，而令生入一商肆学商焉。生母栖息他乡，每念逝者，辄面壁揾泪，中心如剡。生偶归省，必依膝下，逗阿母欢笑而后已。岁暮分得余羡，则狂喜，归以奉母，而己则不名一钱。母或与之，则曰："儿不需是也！"

生习商数稔，勤于所事，良得肆主欢。顾心殊无聊，念长此雌伏，永无雄飞之日，蛟龙非池中物，胡能郁郁久居此哉！于是弃商入一图画学校。生天资颖慧，声入心理，不越年，已得个中三昧。后复孜孜自修，艺乃益进，偶有所作，风景人物罔不工，老画师见之，金首为之肯。更数载，名满春申江上，尺幅流传，得者如拱璧，一时言美术家，人莫不推辛先生云。

时年甫二十一二也。生母见生已长，在势当娶，因敦促之。然生美术家也，审美之眼光绝高，目中殊无当意者。居恒叹曰："吾欲美人画，顾欲于此茫茫人海中，求一好范本，且不可得，世无美人，其亦可以已乎？"

时生妹有闺友某女士者，丰于才而啬于貌，雅慕生之为人，芳心可可，颇属以意，间以函札与生通，论文说学，俨然女博士。顾以爱生之心深，时于行墨间微露其意。而生意殊不属，谓个侬之才固可取，特欲为吾范本，则未也。后女性不自禁，遂求婚于生，生与女本无情愫，因阳慰之而阴绝之。女觉，由是不复以书至，盖情丝断矣。生漠然无动，不言娶。母促之，弗应，但出其意匠中之美人，作画而已。

时已暮春，花落残红，鹃啼野绿。生心中惘惘，百无聊赖。一日薄暮，偶出游，用舒积闷。经一曲巷，夕阳拖人家屋角，殷若胭脂。生仰天噫气，于意良得。

斗见十数武外，有女郎携一稚子，被夕阳，姗姗而来，衣朴而不华，芳龄可十六七，而其姿态之便娟流丽，实为此大画家二十年来所未尝见，即其独运匠心所成之画中美人，对之亦且失色。

生痴视久之，似见天上安琪儿，飞到人间，以观其色相者。女鬓影低鬋，以双波微睇生，遂姗姗出巷去。生目送之，至于弗见，念此娟娟者，其瑶台之仙子耶？洛水之神姝耶？似此美人，庶足为吾范本矣！念极，仍木立巷心，久久弗动。俄闻巷尾车声辘辘然，始警觉，惘然引归。而彼美之花貌玉影，犹在眼睫间也。

明日薄暮，复欣然往，顾乃不见彼姝芳踪，越日复然。生心滋怏怏，私念昙花一现，从兹岂不再现耶？

及第四日午后，忽见女在巷口一丝肆中，市五色绣丝，展玉纤，细细数之，六寸肤圆，御浅碧罗鞋，色泽尚新，时云鬟犹微蓬，受风飔拂，则频以手掠之，厥状至媚。生恋恋不忍去，则引目视丝肆商标，用以自掩。女偶仰其首，眼波遽与生接，则立垂其睫，略动玉背外向，仍数手中色丝，矫为未见。时肆中人见生木立如痴，频属以目。生不得已，遂怅然他适。

由是日必往曲巷，冀得邂逅美人，为程虽迂远，殊不之顾。而彼美玉貌，时萦心目间，未尝或忘。

一日五时许，会访友归，行经巷尾，忽闻一门中呖呖如啼莺曰："阿弟，趣以扇来，扑此梁山伯！瞬且度墙去矣！"

此娇声绝处，乃有一女郎，携稚子翩然而出，挥扇逐蝶。生乍见女，心乃大跃，盖彼美也！彼美见生立止，微报其靥，夕阳衬桃花之影态乃益媚。俄释稚子手，翩然如惊鸿，引身入屋，但闻门后曼声呼曰："阿弟趣入，否则将有外国人来，捉汝去矣！"稚子遂亦疾奔而入，门亦遂阖。

生意得甚，欢然归去，由是日必徘徊女家左近，阴晴风雨，未尝或间。顾不见之日多，而见之日少，见则女但微睐，未尝有笑容，柔媚中端肃无匹，生受睐，心辄为之跃跃。有时生过时，女方低鬟坐门中，拈针挑织，波眸初不旁瞬，则生大弗怡，滋欲发吻而语之曰，痴生日过卿家，意欲伺卿眼波，卿曷微仰其首，眈以一睐，则兜率生天，甘迟十劫矣！然生无儇薄之习，殊不敢唐突美人。无已，则如小学生初习体操，足顿地，作巨响，彼美闻声，立仰其首，双波澄然，微睐生，生如饮醇醪，含笑而归。餐时食量陡增，尽数瓯不言饱，入睡则梦魂亦适，而梦中犹见彼美横波如水，微睐己也。

生自遇美以后，每好作美人画，日必二三幅，尝应至友某君请，绘《水晶帘下看梳头》，及《与郎细数指间螺》二图。画中人秋波春山，以及笑容媚态，一一与彼美绝肖，遂张之壁间，晨夕恣观。友来索，靳弗与，迫之，则唾不顾。

友因戏之曰："画中人岂君意中人耶？胡恋恋至是！"

生微笑，他顾不答，目灼灼注壁间弗置。一日又杀粉调铅，绘美人画一巨幅。仅画半身，作女画家绘画状，姿态栩栩如生，若将仙去。生薰以异香，装以锦架，并手题其上曰"辛郎画侬，侬画辛郎"，盖为彼美作也。

其妹笑问之曰："哥奚事不画全身，而画此半截美人？"

生曰："丹青不是无完笔，写到纤腰已断魂也！"

妹曰："然则画中人果有其人否？"

生复微笑，他顾不答。

由是日夕对画痴视，必一二时始已。若欲观此画里真真，辞纸而下者。

生妹见状滋怪，辄叩之曰："画中人果谁氏妹？乃令哥移情至是！"

生又微笑，他顾不答，而日夕痴视如故。

值友人来，则指画问曰："是画如何，画中人美乎？谓为国色天香，亦相称不？"或曰："然！似此美人，诚天人也！"

生大悦，力褒其人，谓英雄所见同也。

间一友故戏之曰："画中人直鸩盘荼耳！作配非洲黑奴始得，乌足以言美人？"

生闻语大怒，色立变，几欲与之决斗！怫然言曰："尔敢作是言，当抉眸子！以尔俗眼，固不合瞻仰天人，斯人而曰鸩盘荼，则天壤间将胡由得美人者！岂必如尔家中黄脸婆，始为美人耶？"

友笑曰："足矣足矣！前言戏之耳！奚悻悻为？特吾欲问君，画中人果有其人否？"

生怒少解，笑而不答。

时生仍日日往曲巷，然梨花门掩，不复见亭亭倩影，一扉之隔，直同蓬山万里。如是半月，终不遇女，心大弗怿。长日神志惘然，如弗属，食量锐减，面容日消瘦，作画亦懒，第时向画中美人痴视而已。未几遂病。

生母大忧，延医求神，栗六万状。而生病势且日重，无已。因延一星者来，以卜休咎。星者谓公子喜星已动，须论婚为之见喜，病且立瘳。生母信之，恳所亲物色女郎。生闻其事，力阻其母，谓儿宁终生鳏，脱相强者，儿旦夕死矣！母勉慰之。生妹固知乃兄意在画中美人，病亦由是而起，因私询生画中人所在，生微喟弗应，泪痕盈眦，立蒙首而睡。

越日，生妹固问之，继之以泣，生始直陈其事，妹以告母，母遂画策，将求婚其家。

时适有女仆曰阿桂者，闻其地址，遽矍然曰："嘻！吾知之矣！是家崔氏，三年前吾尝佣彼家，主人已殁，主母年五十许，有三子一女，长公子次公子均以疫卒，今仅存三女公子及四公子耳。四公子甫六七岁，女公子年十六七，月颊星眸，如天女郎！且知书识字，工绣善织，秉性亦温柔，公子既有意，吾当一行。"

生阻之曰："尔勿孟浪，彼家或不吾许。"

阿桂曰："公子才貌均佳，性复诚厚，少年中胡可多得，彼家安有不许之理！吾决往矣！"

阿桂去后，生焦急至弗能耐，切盼青鸟使去，以好音归。则后此年年月月，乐且无极；脱不幸而见绝，则彼苍苍者且安排愁城恨海，为吾汤沐邑矣！念若是，心大跃，几欲上抵其咽。翘盼既切，因时时私问乃妹："阿桂归未？"

妹笑曰："阿兄情急哉！讵今日即欲作新郎耶？"

生微愠曰："妹无赖，恣加调侃，他日出阁，吾亦当以此报妹耳！"

妹大赧，疾趋而出。

越半时许，阿桂归，索然无喜色，私语生母曰："事不谐矣！崔氏女公子已于客腊许城北某氏，月内将出阁。不幸哉公子，已落他人后矣！"

母曰："奈何！此噩耗不可告惕儿，彼知之病且立殆！"

妹曰："然。儿以为不如姑绐阿兄，谓彼家已允，则兄中心必悦，而病亦易瘳。"

母曰："尔决策良高，可嘉也！"于是敦属阿桂勿泄，而以好消息报生。

生初不察其诈，乐乃不翅，引眸主帐顶，几将纵声而笑，此身飘飘然似已在画堂红毡毹上，并彼美香肩，互换指环，彼美倾环低黛，玉颜微酡，娇美若不胜情。俄又仿佛相对于海红帘底，彼美花容笑靥，话曩日曲巷中邂逅事，软语沁人似水。生乐极，几欲跃起舞蹈。越三日，病已霍然，治事咸有兴致。

生母喜且忧。惧一旦事泄，不知将作何状？自是生仍时往曲巷，虽不遇美，彼亦无所恚，知彼美伏处香闺，殆为娇羞也。一日午后，生以事访友，经曲彼美倩影，知不复操苦役，心乃少慰。特不能日见玉容，无以慰相思之苦，辄复临风惆怅耳。

一夕十时许，生方挑灯读书，于意良适，斗闻警钟声，鲸铿而动，俄门外人声鼎沸，群呼："火，火！"生急拔关出，闻途人言在某巷中，以某家稚子遗火于薪，遂兆焚如。生疾奔而往，则见红光已烛天，火鸦烨烨然，凌空四舞，火光上冒如巨蟒吐舌，被火者则崔氏居也。

生大惊，排众直趋屋前，救火会中人方施救，栗六万状，生斗见一窗中有稚子舞双臂，大呼乞援，顾为火声所掩，众乃不闻，而火焰灼灼，垂乃其身，瞬且葬于火窟！生见状，见义勇为之心立动，夺救火梯至于窗下，猱升而登，冒火光挟稚子出，平昔茌弱如处女，此时力大如牛，迄至梯下，初弗觉重，观者佥啧啧称其义勇。时稚子已晕绝，有中年妇趋至，持之而哭。生知为母子，扶之同归其家。叩妇姓氏，知为彼美之母，而稚子则彼美弟也。生前者固尝见之，第以病后脑力大衰，相见乃不之识而已。

天已破晓，树上宿鸟徐扬其声，忽闻叩关声甚急，生趋出启关，则盈盈立于前者，意中人也。玉容惨澹，如梨花被月，见生，即颤声问："母弟在是否！"

生乍觌芳容，似居大梦，木立不知所答。女入见母，相持大哭，久之，始收泪。

女便咽曰："阿母无恙，儿心安矣！"

母惨然曰："吾家已毁，尔弟亦几葬身火窟，幸此先生奋勇相援，得免于难。儿曷谢此先生！"

女流波睇生，状至感激，既即俯其柳腰，磬折言曰："出吾弟于火窟者君耶？君义且勇，侬至感佩，誓毕生不忘大德！"

生亦磬折曰："女士无事执谦，见义勇为吾人分内事，见人及于难而不救者，非男子也！"

女曰："君以救人为分内事，今侬则以感激君为分内事。各为其分内事可耳！"语既，即顾与女母语，且晋谒生母，致其谢忱。

唯女母以昨夕受惊过甚，至是病矣。女本欲携母弟同至夫家，母既病，遂弗果。病兼旬始已。

此二十日中，女日必一至，与生母妹至相得，见生每脉脉含羞，时或在绿云鬓下，流波送睐，生时与语，时且不敢与近，但凭其二眸，示其中心隐情而已。老人瘥后，女即谢生及生母，携母弟俱去。生知此后曷克幸晤，殊怏怏不可自聊。

然女间数日必一至，省生母，相与话家庭琐事。生母偶询及其夫，女辄颦蹙，出罗巾揾泪微喟曰："侬自恨薄命耳！"旋顾而言他。

一日，女至，不面生母妹，迳入画室，愁黛惨颦，含泪注生面，久久无语。

生起立曰："女士奚事郁郁？可得闻乎？"

女泫然曰："侬与君长别矣！此生恐无再见之期。"

生急曰："何遽言别？去将安适？"

女曰："彼人携侬赴汉皋，不日首途。嗟夫，辛君！侬身不能自主耳！"

生大悲曰："别时容易见时难，吾胡忍与君别欤！"语次，把其如荑之手，颤声言曰："君……君当知吾心，吾爱君深也！"

女理鬓回其娇面，恻恻作断肠声曰："嗟夫，辛君！勿复与侬言爱，恨不相逢未嫁时耳！"

千钧一发

天已亮了好一会子，门前的一树垂杨上，喜鹊一阵子乱噪，一丝丝的日光，红如胭脂，照在那玻璃窗里，只见靠窗坐着一个二十五岁左右的女子，低垂粉颈，在那里做活计。

瞧她的容貌，虽不能说是闭月羞花，却也带着几分秀气。只是玫瑰花儿似的玉靥，白白的如同梨花；羊脂白玉似的纤手，只为多操家中苦役，又粗又红；两个眼儿，本来也配得上秋波凤目那种名称，只为早起晚眠已失了神，仿佛秋波上笼着一重薄雾的一般。身上的衣服半新不旧，朴而不华，洗濯得却甚是洁净。便是这一个小小儿的房间，东西虽不精美，也位置井井，洁无纤尘，足见她家政学是很精明的呢。

看官，要知道这女子原是女学堂里出身，名儿唤作黄静一，着实有些才学。她丈夫是个小学教员，名唤汪俊才，文学界上倒也薄负微名，只可怜怀才不遇，没有人家请教，没奈何只得投身小学校里，充一个国文教员，每月赚他二十五块钱的薪水，同他老婆俩过这荼苦生涯。

幸而黄静一是个明理贤惠的女子，从没有一丝怨怼之色，整日价忙忙碌碌，不肯休息。早上一清早起身，替人家做活计，赚几个苦钱，贴补贴补柴米之费，使丈夫肩头也得轻松一些。至于一切家事，也一力担任，不辞劳瘁，买东西咧，淘米咧，洗菜咧，烧饭咧，几乎忙得发昏。这些琐事弄清楚了，便又忙着做活计，直要做到夜深人静，十指纤纤，没有停的时候。

她丈夫见了，不免疼惜她，总说："静一，你忙了一天，已辛苦极了，快些儿睡吧。"

她便从灯下抬起头来，竭力张大了两个眼儿，向着她丈夫答道："吾一点儿也不觉得疲倦，你不见吾两眼还张得大大的，很有精神么？"

看官，其实她眼儿里两个瞳仁，手上十个指儿，都在那里叫苦咧。汪俊才见他老婆如此贤惠，自然感激，黄静一却益发奋勉，夫妇间的爱情于是乎更见浓密了。

这也不必细表，且说黄静一做了一会子活计，忽听得大自鸣钟锵锵地打了八下，便从窗前立起身来，穿了裙子，提了筐儿，反锁了门出去，姗姗地直到八仙桥小菜场上，买了些肉和菜，花了一角多钱，回到家里，走进厨房，放下了筐儿，就入到房间之中，坐在窗前，捉空儿取起那当日的报来瞧。原来她一切日用都肯节省，唯有这每月八角的一份报钱，她总先在预算表里开明，万万不肯省的。

静一瞧了半晌，刚瞧罢欧洲大战争的路透电报，猛听得门上起了弹指之声，便丢下报纸起身出去开门。门开时，只见外边立着一个二十七八岁的少年，长长的身材，约莫有五尺五寸，面色微黑，似乎刚从远方回来的一般，身上衣服穿得煞是阔绰，手指上戴着一个挺大的金刚石指环，逼得静一眼花缭乱。

当下他带笑说道："静一，你可还记得从前和你母家同居①的傅家驹么？"

静一娇呼道："呀！家驹君，久违了！"

傅家驹又笑着说道："吾此来，可不是出于意外么？"一边说，一边早已走入室中。

---

① 同居：住得近，有如邻居。

静一也只得跟着进来，问道："家驹君一向在哪里？出门了差不多四五年，毫无消息，你家里的人也都当你客死在外边咧。"

　　傅家驹得意扬扬地语道："不但没有死，并且很过得去，这四五年里已弄了好几个钱。如今的傅家驹，已不是往年你所知道的傅家驹了。不瞒你说，吾出门时，身边一股脑儿但有五块钱，此刻却满载而归，总算每年也有五千块钱的进款。"说着把手扬了一扬，那金刚石指环的光儿便闪闪四射。

　　静一道："只你一向到底在哪里？"

　　傅家驹道："这四五年来一向在南洋群岛营商，并没到旁的地方去。"

　　静一道："但是你那年为什么一声儿也不响，就飘然而去了？"

　　傅家驹道："吾们同居了有两个年头，吾的心谅来你总有些明白，两年来一意要想和你白头偕老，结一对美满的鸳鸯。不道吾还没开口，却听得你已和汪俊才订了婚了。吾心里好不难过。眼见得自己的禁脔被人家一口衔了去，却想不出什么法儿来夺回来，失望之余，不愿意再老等在家里，眼瞧你们俩结婚，于是发一个狠，悄悄地往南洋群岛去咧。"

　　静一道："承你垂爱，感激之至。然而那时吾却如在梦中，一点儿也不知道呢。"

　　傅家驹道："如今吾倒要谢谢你，当时要是没有这样一激，怕依旧是个江海关里的书记生，哪里有这每年五千元的进款？"说时，笑了一笑，在一把椅儿上坐了下来。接着把那一双眼儿骨碌碌向四下里一溜，慢吞吞地说道："你们的景况似乎不甚佳么？吾知道，你芳心中也一定很不自在呢。"

　　静一微笑答道："吾心中倒很觉自在，一点儿也没有不适之处。"

　　傅家驹道："俊才一向可好么？"

　　静一点了点头，说道："多谢你垂询，他很好。"

　　傅家驹又道："他的脾气也依旧和从前一模一样么？吾记得他每天七点钟慢吞吞地上学堂去，午后五点半钟慢吞吞地回到家里来，不喝一滴酒，不吸一口烟，礼拜日只老坐在家里，闭关自守，两眼不离书籍，这怪脾气可是仍然没有改么？"

静一道："仍然如此。各人自有各人的性格，原不容易改变的。"

傅家驹道："他学堂里的薪水可加了些没有？"

静一道："每月仍是二十五元，因为那学堂里经费甚是支绌，这数目已算是大的咧。"

傅家驹摇头道："吾以为他老做这每月二十五元的小学教员，总不是个事体。在于他一方面倒没有什么，因为他是个怪人，多赚了钱也没有使处，只苦了你。"

静一道："吾倒也不觉得苦，那牛衣对泣的光阴，个中自有乐趣。"

傅家驹不语了一会子，才问道："你们两口儿订婚之后，过了多少时才结婚的？"

静一道："差不多过了一年，方始结婚。"

傅家驹道："吾总不明白你为什么赏识一个穷书生，竟肯委身下嫁，过这清苦的日子！"

静一道："吾从前读书时代就抱着一个志愿，不嫁则已，若要嫁，总要嫁人，不要嫁钱。吾嫁俊才，便是嫁人，有了才，不怕没有飞黄腾达的日子，此刻不过在雌伏期中罢咧。将来难道不能雄飞么？"

傅家驹笑道："好一张利口，吾竟说不过你。只吾替你想，俊才出去之后，一天到晚独自一人在这屋中，未免太觉寂寞。何不出去走动走动，你同学闺友不是很多的么？"

静一微喟道："咳，家驹君，你不知道其中难处。俊才每月所入不过二十五元，一日三餐和衣服房金都取给于此。你想，还有余钱给吾和闺友们去酬酢么？加着吾还须做做活计，贴补贴补，也没有余暇呢。"

傅家驹道："这个未免太苦了，像你这样花儿似的珊珊弱质哪里禁受得起？一天到晚你到底要做多少事！"

静一道："吾一清早五点钟起身，草草梳洗过了，便做一会活计，等俊才起来后，就去烧粥给他吃。他一上学堂去，吾便又抽空做一会活计，听得大自鸣钟打了八下，忙到小菜场去买小菜，回来看了一张报，于是淘米洗菜烧饭，忙了好一会子，饭后好在没有什么旁的事，只做那活计。夜色上时，就丢了活计烧夜饭。用过夜饭，俊才坐着看书，吾再做活计，直到一二点钟，外边都静了，方始安睡，吾一天的功课到那时总算完了。"

傅家驹摇头道："太辛苦，太辛苦! 这样做去，简直像牛，不像是个人咧。你总该寻寻快乐，剧场里头也不妨去走走。"

静一道："去年俊才的朋友周瘦鹃曾送给他两张新民新剧社的优待券，他便同吾去瞧了一夜天笑生的《梅花落》，以后却没有去瞧过。一则没有余钱，二则也没有余暇呢。"

傅家驹默然无语，把两眼兀是注着静一，心想，不料这花容失色、横波无光的小学教员之妻，便是四年前女学界中的花冠、人人所倾倒的黄静一。从前何等艳冶，何等活泼，如今却憔悴得几乎不成样儿! 红颜易老，能不使人生今昔之感? 想到这里，不觉叹了一口气道："咳，改变得真快呢。"

静一不知道他话儿里含着什么意思，也搭讪着说道："不错，世界上万事都改变得很快。"

傅家驹道："只吾想，俊才必须生色些才好，若是老赚这二十五块钱，吾怕你一辈子不能出头呢。"

静一点头道："只消俊才加些儿薪水，或是进中学堂去充教员，家里便能宽绰得多了。"

傅家驹低头瞧着地板，停了好一会子，才抬起头来说道："今天吾想同你一块儿去用一顿丰腴的中膳，舍妹也很要见你呢。"

静一疑犹不语，想这事倒有些尴尬，不去未免有负他盛意，去倘被俊才知道了，一定不以为然。沉思了半晌，终不能决定，却听得傅家驹又说道："上海的西菜馆，卡尔登是很著名的。吾就同你到那边去用一顿极丰腴的西膳，膳后再去看戏。今天礼拜六，日戏也很有精彩呢。"

静一不住地绞着那白洋纱手帕，嗫嚅道："多谢你的盛情，只吾怕不能从命。"

傅家驹道："同吾去吃一顿饭，看一回戏，打什么紧？吾可不会拉了你逃之夭夭呢。今天中膳你预备了什么菜？"

静一道："吾买了一角钱的肉和四铜圆的白菜。"

傅家驹摇头道："这个如何能下饭？何不同吾去尝尝上海第一西菜馆里的东西！"

静一沉吟了一会，想偶一为之，也不妨事。大家不过借着酒食，谈谈旧事，朋友间是常有的，于吾道德上似乎没有什么妨碍。况且他妹子也一同去，不至于惹人注目呢。当下便笑吟吟地说道："家驹君，如此吾扰你了。请你等一下子，待吾去换一件衣服，像这个样儿可上不得台盘。"说罢，如飞而去，正如往年做女学生时，听得先生们说要出去踏青，顿时兴高百倍，觉得身体也轻了许多。

她到了内室，一边换衣服，一边还低低地在那里唱，樱唇里细细地透出一种曼妙的歌声来。可怜她一年来劳心劳力，没有什么兴味，今天委实是第一回唱歌呢。

那时傅家驹却正在外边掉头叹息，嘴里喃喃自语道："可怜的女孩子，这种苦日子如何能过？真亏她的！"说时，举起眼儿来向四边瞧，见一切器物都很简陋，收拾得却极清洁，足见她倒是个治家的能手。正在那里东张西望，静一已如飞而来，气嘘嘘地说道："这衣服还是三年前的嫁时衣，已不时路的了，但是吾所有的好衣服唯有这一件，也不能管它时路不时路咧。"

傅家驹立将起来，含笑说道："横竖你生得一副倾国倾城的玉貌，便是乱头粗服，也自饶妩媚，正不必靠着衣服装点。吾往往见上海一般无盐嫫母似的妇人家，偏偏浓装艳裹、珠围翠绕，袅着头在南京路上走，卖弄她的衣饰，她却没有想到到老凤祥门前的镜儿前去，把那副尊容照一照，不怕人家见了作十日恶呢。"

静一笑道："亏你有这伶牙俐齿，形容得淋漓尽致。"

傅家驹道："吾们不必多说闲话了，快些儿走罢。"

于是同着静一并肩而出，走上几步，举手向路角上招了一招，早见一辆摩托卡慢慢儿地开将过来。傅家驹忙扶了静一上去，自己也就一跃而上，只听得腾腾腾的一阵响，车儿已风驰电掣而去。

静一出娘肚皮第一回，何等快乐！玉颜笑情，兀把两眼从车窗里望着外边，似乎乡下人初到上海的一般。傅家驹只低着头，仿佛在那里想什么心事，车儿过了好几条路，还没开口。

静一望了一会，便回过头来，笑着说道："家驹君，你为什么好久一声儿也不响？"

傅家驹带着笑答道："你自己也好久一回不开口，倒反而怪起吾来。"

静一道："吾不开口自有缘由，此刻吾好似身在梦中，惝恍迷离，不知所届，怕一开口，这好梦立刻就醒。"

傅家驹笑道："吾不开口也有缘由，吾正在这里瞧着你花容，追想四年前的事。"

静一道："正是。四年前吾们也曾一同出去过好几回，不过当时不是步行，便是坐电车，并没有摩托卡坐呢。便是上剧场看戏，也只坐坐头等正厅，从没坐过特别包厢，然而那时吾们倒觉得很快乐，一点儿也没有烦恼事。"

傅家驹道："静一，你可要复返于四年前么？"说时，那声音非常恳切，分明是意在言外。

静一只微微一笑，依旧把那秋波望着窗外，不着一声。车儿驰骋了一会，已到宁波路卡尔登西菜馆之前。

傅家驹便扶了静一下来，一同走将进去。拣壁角里的一只桌子旁边坐下，唤侍役取纸笔来，开了两张菜单，点了几式最可口的菜，又唤了两瓶香槟酒，和静一俩浅斟低语起来。

这时静一真快乐极了，一面把朱唇衔着粉红玻璃杯，喋着香槟，一面把那一双凤目向四下里观望，只见一切陈饰都富丽堂皇，和旁的菜馆相去天壤，座上客大半是碧眼绀发之流，中国人却很少很少。

那时静一已喝了两杯香槟，香腮上早飞上两朵桃花，红喷喷的，真有活色生香之妙，樱唇两边又微微现着两个笑窝。傅家驹坐在对面，眼睁睁地注在她面上，心儿已醉了，魂儿已消了，不觉点了点头，想娟娟此姿，毕竟不弱。此刻这卡尔登菜馆之中，虽是美人如云，然而细细地评量起姿色来，要算这小学教员的夫人黄静一女士坐第一把交椅咧。

酒儿喝罢，傅家驹开口问道："静一，你想吾们饭后到哪里去看戏？看新戏呢，还是看旧戏？新民社、民鸣社、竞舞台、大舞台，凭你说哪一家？"

静一道："大舞台，你以为如何？"

傅家驹道："四年前吾和你最后一回看戏，也在大舞台。你还告诉吾和汪俊才订婚的事，你可记得么？"

静一面上现着不宁之状，说道："吾已忘了，以前种种，譬如昨日死，吾们不必去说它，说起了怕彼此都要不欢呢。"

傅家驹点头无语。

这当儿饭已来了，两人吃了饭，付了账，便走将出来，依旧坐上摩托卡，疾驰而去。

静一启口说道："今天这一顿中饭，委实生平第一回尝过，你一共花了多少钱？"

傅家驹道："也算不得贵，不过二十多元吧。"

静一娇呼道："呀，你怎么还说不贵？恰是俊才一个月的薪水，吾们一家一个月的用度。你真是大手笔呢！"

傅家驹微笑道："但是吾以为这数目是很小很小的。"

静一道："家驹君，你成了富人，自然眼界大了。只吾要问你，令妹怎么不来？"

傅家驹道："早上吾曾和她说起过在卡尔登中膳，大约家里忙，她不能抽身，也未可知的。"

到了大舞台，两人便上楼在特别包厢里坐了。那时戏已开幕，静一横波盈盈，只注在台上。傅家驹眸子睁睁，却只是注着静一，台上做些什么，他并不在意，把七岁红的大杰作《金钱豹》、贾碧云的拿手戏《打花鼓》错过了，还没有知道，仿佛那《金钱豹》《打花鼓》都在静一面上演唱的一般。

静一瞧了好久，才回过头来，曼声向傅家驹道："好戏，好戏！吾实是第一回见识过，只是如今什么时候了？"

傅家驹掏出一只挺大的金时计来瞧了一瞧，答道："四点二十分。"

静一起身说道："如此吾要回去咧。再等四十分钟，俊才便须从学堂里出来的。"

这时傅家驹恨不向她说：你别回去吧！还是天天吃吃大菜看看戏，同吾过快乐日子。跟着那穷酸，永远没有出头之日呢。无奈要说竟说不出来，这几句话只在嘴唇上乱颤，不能作声，于是只得起身同着静一下楼。出了戏园，坐了那摩托卡，送她回家去。

一路上彼此都老不开口，各人想各人的心事，过了约莫十分钟，那车儿戛然停了。原来已到了静一居宅之前，两人便下了车，相将入屋。

两下里在室中相对痴立了一会子，静一才微启绛唇，呖呖说道："家驹君，今天这一天，要算是吾四年来无聊生活中最快乐的日子了。那卡尔登菜馆里的一顿丰膳、大舞台戏场里的几出好戏，吾永远记在心头，断不忘却。这几个钟头里委实好似脱离苦海，诞登乐土，一切烦恼尽行消灭。将来吾到了郁郁不乐的时候，只消坐下来悄悄地把今天这一天想一想，也觉快意。此刻吾不知所报，只能说'多谢你'的一句话罢了。"说时，双波中现出一种不可思议的精光来。

傅家驹心里别别地乱跳，不知不觉地走上一步，立在静一面前，嘴唇动着，却说不出什么话来，只把那两个眼儿盯在静一脸上。静一羞答答地低垂蛛首，把横波注着地，不敢向傅家驹瞧一瞧。傅家驹胸中却好似钱塘江里八月十八起了寒潮，思潮早汹涌不已，几乎不能自持。停了好久，静一才慢慢儿地抬起头来，四道目光便不期而遇。

傅家驹脱口喊了一声："静一！"陡地挨到静一身边，双手执起她温软如荑的玉手，一边渐渐屈了膝跪将下来。静一好似化了石的一般，木立不动。

正在这当儿，猛听得小桌子上一架小钟铛铛地敲了五下，门上钥匙眼中擦的一响，傅家驹急忙立起身来，静一也立刻走了开去。只见门开时，汪俊才颤巍巍地走将进来，脸儿惨白如纸，带着凄苦之状，两眼兀是注在地上，好似并没有瞧见傅家驹，接着扑地倒在一把椅儿上，摊开了两手，掩着面，一动也不动。

傅家驹正想上前招呼，静一忙拉开了他，自己却走到她丈夫旁边，摇着他的肩，问道："俊才，俊才！为了怎么一回事？俊才，快和吾说。"

汪俊才的头益发低将下去，停了会儿，才悲声说道："静一，吾们以后的日子简直难过咧。学堂里为了经费支绌，预备关门，吾的饭碗可不是打破了么？"

静一听了，呆呆地立着，默然不声。

这时室中阒其无声，但有那小钟走动的声音。

傅家驹立在那里，很觉不耐，咳了一声嗽。

静一即忙抬起头来，瞧了瞧她丈夫，又瞧傅家驹，接着把玉纤指着门，低声说道："你快去吧。别老等在这里，抛撒你黄金的光阴。"

傅家驹嗫嚅道："静一。"

静一咬着樱唇不答，星眸如水，注在傅家驹面上，一面把手轻轻地抚着她丈夫的头发，好似慈母抚慰她爱子的一般。那时她兀立在那汪俊才身边，抬着粉颈，挺着酥胸，仿佛是天上的仙子，宝相庄严，下临凡人似的。

傅家驹瞧了，不觉起了钦敬之心，鞠了一躬，悄然自去。

静一娇躯微颤，跪在她丈夫跟前，展开了那双玉臂，挽着俊才的头颈，把香颊贴着他脸儿，千种的温存。

俊才哽咽着说道："静一吾爱，日后吾虽是落没，但是有你在着，心中也觉快乐。"

静一含笑答道："吾夫，吾终是你的人，你便是沿门托钵做化子去，吾也愿意跟着一同去的。"

于是，夫妇俩相偎相倚，直到夕阳下明月上时。

避暑期间的三封信

第一封信

莲汀吾夫：

你送我到庐山来避暑，一转眼已半个多月了。此来一小半为了避暑，一大半却是为的养病。山中的苍松、银瀑以及晓风、夕阳、夜月等，都足以开豁心胸，苏我的病体。然而不知怎的，我心头总有一件事情，左推右推推不开的，兀自梗住在那里。其实这一件事，已磨难了我一年有余，我如今面黄肌瘦，一病恹恹，也就因此而起的。

唉，莲哥，我本来早就要和你开谈判了。只为爱你的心太切，不敢开口，生怕一开了口，你说我的器量太小，因此反失欢于你，这不是玩的。于是宁可在暗中挨了一年多的苦痛，始终没有在你面前哼一声儿，也从没有当着你露出一些不自在不快意的样子。如今我却可以开口说了，为什么早不说迟不说，偏在这当儿说呢？喏，因为你自己已点醒了痴迷，跳出了情网。我就利用这时机说一个明白，希望你不要再入痴迷，重陷情网，不要再当我是盲子，使我挨受那无限的苦痛。

这两年以来，你完全变了习性。向来每天七点钟就回来的，这两年来却要过了夜半才回来。问你为什么如此回来得迟，你也没一句真心话。但我以为做男子的，原比不得妇人，朋友多应酬也多，这是免不了的，可不能把丈夫缚在裙带上，一步不离啊。但你可知道你夜夜迟归，我夜夜等着你，你不回来，我是睡不着的。

我最先起疑的一次，是在去年夏天的那天晚上。过了夜半，你还没有回来，我躺在床上，眼睁睁地瞧着床顶，听你的叩门之声。谁知等到了夜半过后两点多钟，仍还不见你回来。我等得倦了，迷迷糊糊睡了过去，到得妆台上钟声报了三下，把我惊醒了，才见你回来。你说是在朋友家打扑克，但我第二天早上，在你换下来的衬衣袋中，发现一方水红边的小手帕，香馥馥地带着一股茉莉花香，于是我知道你在外面已有人了。

我发现了你这秘密以后，心中很难受。然而我不敢对你说破，我既是你的妻，依旧尽我为妻的职务就是了。这天你深夜回来，我仍对着你微笑，也索性不问你在什么地方了。我仍柔柔顺顺地睡在你身旁，你那身上的茉莉花香，直薰得我头脑作痛。唉，这可不是你那外妇身上的香么？早上用过了早餐，你忽地对我说，为了公司中的事，要到南京去走遭，须一礼拜后才能回来，你倘嫌寂寞，不妨同着小莲回你母家去小住，我回来时来接你便了。我心中将信将疑，但仍不敢对你说什么话，却忙着给你料理行囊，道着"一路珍重"，送你到大门外。阿莲还嚷着道："爹爹，爹爹，你从南京回来时，带几个鸭肫干我吃。"你点了点头，匆匆地跳上黄包车走了。

我心中怀疑着，想你为什么突然地要到南京去，不要是扯谎哄骗我，实在是和那外妇畅聚一礼拜么？但我也没有法儿想，只索依着你的话，带了阿莲回母家去。便是在父亲母亲跟前，我也并不把你已有外妇的话，向他们诉说。因为他们知道了，也无可奈何，我又何必使老人家为我不安呢。

唉，莲哥，我直好似一条恬静的清溪啊，兀自在和风朗日之下，宛宛流去，无声无息的，简直是微波不兴。你可要笑我这妇人是无用长物，太好说话了么？

我写到这里，心头忽觉得很涨闷，头也有些作痛了。旁的话很多，下次再说吧，愿你珍重。有暇请到我母家去一次，看阿莲可好，说我很记挂她。

淑上

六月二十四日

第二封信

莲哥：

六月二十四日那封信，想来已收到了。一连十天，你没有回信给我，可是恼我么？还是没有话可说，所以不写信么？但我上次的话还没有完，不得不继续下去。那时我在母家住了一礼拜，天天盼望你来接我回去，谁知左等也不来，右等也不来，阿莲又记挂着南京鸭肫干，我却料知这鸭肫干是十停中有九停靠不住了。

我回母家后的第八天晚上，姨母请我上中国舞台看戏去。阿莲怕看红面孔和绿面孔相打，因便留在家里，伴着她外祖母。我买了两个鸭肫干给她吃，她就很高兴了。我们是坐的官厅，抬起头来，可以望见两面包厢的一部分。这天新到一个旦角陈雅仙，演《棒打薄情郎》似乎很不错啊。

正在"棒打"演完的当儿，我无意中抬头一看，立时好似当头打了一个霹雳。原来见近台第三个包厢中，有一男一女在那里喁喁情话，不是你和你的外妇么？呵呵，我的眼福很好，居然瞧见你的外妇了。瞧伊的模样儿，似是一个窑子里的姑娘吧。两个凤眼，很为风骚，瞥来瞥去地十分活动。伊笑时，两面粉腮子上也能晕出两个深深的酒窝儿。像这样善媚的狐狸精，无怪要迷惑住你，我知道你的灵魂，也就失落在伊的一双凤眼和两个酒窝中了。论到姿色，实在平常，眼圈下的几点雀斑和两个颧骨，使伊减色不少。不过年纪确比我轻，至多不过二十二三岁吧。唉，我明年就是三十岁了，嫁了你十年，一年年觉得自己老了许多。我又没有那种风骚的凤眼和酒窝儿，无怪你要去爱上别人。但我以为，既是你的妻，似乎可不必借重窑姐儿的媚态，来结你的爱么？然而你既不爱我，我也不得不退让了。

　　唉，那时你们何等的快乐啊。一阵阵的浪笑声，送到我耳中，直把我的心捣碎了。你兀自专心致志地注在伊身上，哪里还留心到我，又哪里知道我把辛酸眼泪，不住地向肚子里咽啊。姨母自管看戏，并没瞧见你，我也不愿意给伊知道。到得《疯僧扫秦》演完，我再也坐不住了，就推说头痛欲裂，急着要回去，姨母也只得伴我走了。

　　好一个作伪的人，第二天你居然提着行囊，匆匆地来接我了。又从行囊中掏出十多个鸭肫干来给阿莲。我心中又气又好笑，想这鸭肫干可惜不会开口，不然定要说它们实是上海那一家广东店中的出品，并不从南京来的啊。唉，莲哥，你既爱上别的人了，为什么还要敷衍我，难道是怕我么？我也没有什么可怕之处，转是我倒有些怕你。我前一夜虽曾流了一夜的眼泪，打算和你大闹一场，但是见了你的面，却又没有这勇气了。我还是不和你哼一声儿，还是装着笑脸欢迎你。

　　唉，你握我的手，我心知你是刚握过了那人的手，才来握我的。你搂住我的腰，我也心知你是刚搂过了那人的腰，才来搂我的。我似乎觉得你的手上臂上，还留着那人的余温咧。一霎时间，我的知觉麻木了，呼吸急促了，不由得晕倒在你怀中，你那时不是弄得很莫名其妙么？

　　咦，医生来了，我不能多写了。医生劝我要静养，不可多思想，但我思绪纷纷，怎么竟抽之不尽啊？这几天天气很恶劣，你多多保重吧。

妹淑　白
七月五日

第三封信

莲哥青睐：

朝起看山瀑，似是一匹白练奔泻而下，我的思绪也就像这山瀑般按捺不住了。回到旅舍中，唯有坐下来写信给你。前两封信，你虽没有复我，但我接二连二地给信，临了你少不得要复我一言半语吧。

你夜夜迟归，大约继续了十个月之久。我们俩彼此敷衍，不曾露出一丝破绽。我郁郁成病，你也不知道为什么缘故。你深夜回来时，总是很快乐，估量你两眼之中，还带着那人的倩影咧。直到今年端午节的前几天，我瞧你态度有异了。每晚十点钟，已回到家里，回来后便找把柄，发脾气，借着发泄你心中的烦恼。可怜那六十多岁的老张妈，天天被你骂得哭了。我一向有耐性，只是不做理会，不然也早和你闹起来咧。

我暗暗猜测你发脾气的原因，和早回来之故，心上不觉一喜，料知你那外妇一定有了变卦。一夜你熟睡时，忽地喃喃不绝地说着呓语。我从这呓语中，便知道你那外妇已抛下了你，嫁与一个老富翁了。到此我才吐了一口气，暗想，仗着这老富翁金钱之力，把那窑姐儿吸引了去，从此仍还给我一个完完全全的丈夫，可没有人夺我的爱了。

节上我偶然瞧见你那扣银行中的存折，存款上已少了五千元，大约就是你一年多的买笑金了。委实说，我并不痛惜这笔钱，只痛惜这一年来，我暗中损失了你无限的爱我之情，又损失了无限精神上的乐趣。但愿你从此觉悟了，不要再入痴迷，重陷情网，不要再当我是盲子，使我挨受那无限的苦痛。

我到了庐山已有两月，因为心中一宽，病也好多了。只要你从此怜我爱我，不再沾花惹草，那我以后决不会再病，我的身体反要比以前健旺了。我这三封信可使你着恼么？要是不恼我的，那就盼望你快来接我回家，我委实很记挂你，又记挂阿莲。你们俩是没一分没一秒不嵌在我心头，我万万放不下的莲哥。我等着你来，我很想回到故乡，和你一同看那中秋夜团圆的明月啊。

妹淑

八月一日

上海来电

江西庐山消夏旅舍十五号吴郑淑嘉

三函俱悉，我已觉悟，以后永不相负。准明日启行来接，小莲安，勿念。莲汀八月五日。

卅六鸳鸯楼

我们的小舫，载了好多的桃花，宛宛地顺着流水，划向里湖去。过段家桥下时，不由得低吟着清季一位女诗人的《里湖棹歌》道："辋川庄外浪迢迢，携得青樽复碧箫，商略侬舟泊何处，嫩寒春晓段家桥。"我咀嚼着末二句，觉得很有意味。便不由得吩咐船家，将那船傍着桥泊住了，只是细味那"侬舟"的"侬"字，暗自忍俊不禁。

我手中拈着一枝白桃花，眼望着四下里深幽的景色出神，不觉把桃花瓣儿一片片揉碎了，散落在水面上。那时恰有游鱼出水，错道是什么好吃的东西，争衔着花瓣入水逃去，一时水纹乱了，晕出无数的小圈儿来。

西湖的面积不算大，抬眼一望，四下里都能望见。在这春光明媚之际，四方游人来得不少。然而湖面上却并不见有多少画舫，有时有这么一二艘在旁掠过，往往载着佳丽。鹅黄和粉红的衫子，色彩最为鲜艳，映得我们眼前霍地一亮。而黄莺儿娇啭似的笑语声，挟着衣香阵阵，因风送来，更足使我们魂销魄荡。好一片西子湖，真个是变作美人湖了。

云龛带着一只一百倍光的德国望远镜，不住地东张西望。从南高峰望到北高峰，从保俶塔望到那重建的雷峰塔。瞧他高瞻远瞩，差不多把全湖都已收入眼底了。他似乎也很不满意于湖上游舫之少，失望似的对船家说道："你们说这几天湖上游人怎样怎样多，据我看来，也不见得多吧。"

那船家操着一口杭州白答道："先生，要知西湖四周有三十里大，船都散开了，自然觉得不多。你只须上各家大小庄子去瞧瞧，就可见耍子的人多咧。"

我插口道："近来可也有什么新庄子建造起来么？"

那船家指着宝石山方面一带浓绿的树荫道："先生们请看，那树荫缺处露出的一堵白墙，高高耸起的，便是一个新庄子。可是说新也不新，已有三个年头了。先生们前两年多半不曾来耍子，所以没有去过么？"

我点头称是，又问道："这叫什么庄啊？"

船家道："不叫什么庄，却叫作鸳鸯楼。"

云龛笑起来道："可是他们戏文中那个《血溅鸳鸯楼》的鸳鸯楼么？"

船家道："不是的，似乎叫什么卅六鸳鸯楼。"

我对云龛一笑道："这名字艳得很，这其间定有什么风流韵事在内。"

云龛道："那是当然的。委实说，湖上的什么庄什么庄，已使人听得怪腻烦了。如今楼这么一楼，又加上卅六鸳鸯这个香艳名词，那自分外地觉得动听了。"

我道："单是动听不稀罕，还要动看才是。船家，这卅六鸳鸯楼中，可以去耍子么？"

船家吸着旱烟，似笑非笑地说道："先生们为什么不带了娘儿们来。倘有娘儿们同来，不但可以耍子，还能在楼中住这么一个月咧。"

我诧异道："为什么带了娘儿们，就有这特别权利啊？"

船家摇头道："小老也不大明白，只为前几天曾有两位客人搭着我的划子前去耍子，刚捺了门铃，那位守门的先生出来一看，说是单身的男客，照章不能进门。倘带娘儿们同来，便可住一个月，可是住不住也任从客便的。那两位客人不服气，第二天果然各带了一个娘儿们前去，那位守门的先生果然开大了门欢迎。据说里面真好耍子，没一个庄子比得上它。先生们倘要去，还是回去带了娘儿们再来吧。"

我道："我们的娘儿们都在上海，难不成远迢迢地赶回上海去带来么？"

船家微笑道："上旅馆去叫一个也行。"

我忙道："那不行，好在我身上有名片在着，姑去递一个名片试试。"

云龛道："不错，他们对于新闻记者去参观，也许是破格欢迎的。"

斜阳如血，已染得湖面上红喷喷的，真好似变作桃花水了。我们便唤船家向宝石山下荡去，船家没奈何，在舫上扑去那旱烟斗的烟烬，重又打起桨来。不到半个时辰，已到了宝石山下，船家把小舫傍岸泊住了，说那楼还在半山，山路很不平，须得小心才是。

我信口答应着，和云龛携手上岸，爬上山去瞧时，见有一条特筑的山径，标名"爱径"，全用白石筑成。却不知怎的，有意筑得崎岖不平，难以行走。倘带着娘儿们同来，那真有行不得哥哥之叹咧。山径的两旁，全种着桃柳，红绿相间，真合着红是相思、绿是愁的好句儿。走到半径，卅六鸳鸯楼已在望中，那路却益发难走，云龛撑着一枝司的克，还不住地叫苦。我却一眼望见一株柳树下立着一块白漆紫字的木牌，上边大书道："真爱情的路径，永不平坦。莎士比亚。"我笑着嚷了一声"有趣"，便指点给云龛瞧。云龛也连说"有趣有趣"，脚下顿似长了气力，一步步挣扎着上去，不以为苦了。

走近了那卅六鸳鸯楼瞧时，见是一座最新式的大建筑，全部都是意大利的白石。屋前一大片园子，种满了无数的嘉树，浓荫蔽日，好似张了个天然的油碧之幄。四下里琪花瑶草，更长得烂烂漫漫。我们到了园门之前，见门顶上雕着一个甘必得（Cupid）[1] 小爱神像，一手张着弓，做射箭之状。但弓上并没金箭，使人意想到这金箭已射中在有情人的心坎上了。而那爱神的两个小靥，笑容可掬，更觉得娇憨可爱。那两扇大门是白漆的，门上钉着一块金牌，刻着五个字，道"卅六鸳鸯楼"。字仿灵飞经，娟秀无比。我们刚到门

———————

[1] 今译为丘比特。

前，已感受了十二分的美感了。

我瞧那金牌之下，有一个心形的象牙小钮，料知是捺铃叫门用的。因便伸过手去捺了一下，立时听得里面起了一种银钟之声。当下我们从那大门的花格中，见有一对青年男女，手携手地出来应门。本来是满面春风的，一见我们是两个男客，就现出不欢迎的神情来。我却急忙放出笑脸，将名片递了上去，说是专诚来参观的。

那青年看了我的姓名，又给他那位女伴看，两下里居然就表示欢迎之意。在门边什么机括上捺了一捺，那两扇花格大门便徐徐地开了。我向云龛递了个眼色，小心翼翼地走将进去，又少不得给云龛介绍了一番。

那青年落落大方地自道姓名，叫作秦青心，又指着他那女伴道："伊是我的爱人，史爱爱小姐。"那女郎嫣然一笑，很柔媚地伸过一只玉手来和我们握了一握。

我忙问那青年道："秦先生可是这里的主人？"

青年道："不是的，在下不过奉了老师之命，在这里做个看守人，管理一切事务。"

我道："如此这卅六鸳鸯楼是令老师的物业么？敢问令老师的姓名？"

青年摇头道："我曾受老师训嘱，不可宣布，只须知道他是卅六鸳鸯楼主人就是了。"

我道："但这位令老师又在哪里，可也住在这楼中么？"

青年道："他是一个奇人，将一生心血所得，造成了这一座楼，专供别人享用。他自己却飘然远引，不知所至。他去后三年，只每逢春季来一封信，说是隐居在深山之中，度此余年。兹顺樵夫出山之便，带寄此信。祝卅六鸳鸯楼中的一对对有情男女，幸福无量。三年来接得他三封信，都是一样的几句话，倒像刻版文章一般，此外便鸾沉雁杳、无消无息了。"

我想了一想，便缓缓地开口说道："瞧来你那位老师定是个失意情场的伤心人吧，但不知他那伤心之史，可能见告一二么？"

那位史爱爱小姐正立在一旁，把几朵牡丹花扎个花冠戴，一听得我的话，忙道："先生快快乐乐地到这儿来，何必听人家伤心之史，替人伤心呢？"

我道："对不起得很，在下只为要知道这卅六鸳鸯楼建造的经过，不得不问个仔细。加着在下有一个难忘的结习，就是喜欢听人家说伤心史，陪他下一掬同情之泪，请小姐原谅吧。"

那女郎自管扎着那牡丹花的花冠，不做理会。

当下那青年接口道："事情也简单得很，我老师年轻的时候，曾爱上了一个才貌双绝的女孩子。在他的心目之中，以为是天上安琪儿，是天仙化人，并世找不到第二人了。他那么缠绵歌泣，挨过了五六年，经历了种种精神上的苦痛，不道他那爱人终于为家庭所迫，很委屈地嫁了个富家子去了。可是伊矢志不屈，虽进了夫家之门，却一味地装病，始终不曾失身。伊痴心妄想地还留着那清白之身，待将来供献于伊的恋人。至于有没有这机会，伊自己并无把握、并不知道，只抱着这希望死等罢了。

"这样过了十年，两家都为了体面关系，并不提出离婚。伊丈夫在外花天酒地，娶了几个妾回来，伊也完全不与闻，反是暗暗欢喜，以为伊那名义上的丈夫，往后可以不来和伊歪厮缠了。从此独守空房，过着寂寞的岁月，只暗藏着伊恋人的一幅小影，作为寂寞中的好伴侣。至于我那老师呢，也兀自痴痴地空望着，正像那失足落水的人一般，抓住了一根漂过的浮木，漂漂荡荡地泊浮着，抱着前途万一之望。他因郁闷过甚，不能自遣，好在自己只有孤零的一身，便带了钱周游天下。国内游倦了，又去游历欧美各国，他所见的美人很多，也尽有可以结丝萝之好的，但他不知怎的，心中耿耿，总也忘不了他的爱人。终于回到故乡，便把回乡的消息设法报与爱人知道。他爱人总是安慰他，说你等着，我们要是不死，谅来总有希望吧。

"我老师一年年地等着，已等到五十岁了。一生辛苦，曾积下了好一笔钱，因此不愿再出去做事。日常无聊得很，便根据着他爱人'总有希望'的一句话，抱起乐观来。提出他一大半的钱，建造这所卅六鸳鸯楼，希望将来和他爱人作同栖之用。因此一切建筑和布置等，全是和情爱相关合，简直是一座情爱之宫啊。

"谁知落成之后，刚布置定当，而他那爱人竟因历年忧郁过度，呕血而死。临死写信给我老师，不许自杀，要为了伊生在世上，以终天年。倘不听伊的话，那么到了九泉之下，也不愿相见。

"他不敢违背伊临死的话，因此虽想自杀，而终于不曾自杀。他的本意，还想拆毁这座卅六鸳鸯楼，以志痛悼。但转念一想，不如借此作爱人的纪念物。因此也终于不曾拆毁，反开放了，供天下有情人来此小住。他自己却逃入深山隐居去了，临去时就把这楼托在下管理，又把他的一段伤心史告诉了我。唉，我听后，也不知落了多少眼泪咧。"

我听到这里，心中也不期然而然地生出一种异感来，弹去了眼角的两滴眼泪，说道："令老师真可算是个多情种子了，他自己因不愿享受这座情爱之宫，而很慷慨地让给别人享受，这是何等的牺牲。但他老人家可曾规定什么办法没有？"

那青年道："办法也很简单，总之凡有夫妇或情人成双而来的，这里一概欢迎。本来房间不多，老师去时却又添造了一层，恰凑成十八间卧房，给十八对夫妇或情人居住，可就暗合楼名'卅六鸳鸯'了。居住的期限，每对只可一个月，也叫作度蜜月。一切起居饮食，无不尽善尽美。因为他老人家留有常年的款，专作供应之用的。"

我道："要是来的不止十八对，便怎么处？"

青年道："那么请他们作为候补者，一经空房腾出，便立时通知他们前来。你瞧这里山明水秀，花笑鸟歌，又着了十八对有情眷属在内，可不是人间的仙境么？"

我和云龛满口子啧啧赞美，少停我忙又向那青年说道："对不起，秦先生，可能导我们把这卅六鸳鸯楼参观一遍么？"

青年道："使得，使得。"

于是和他那位未婚夫人史小姐联着臂，导我们前去。只见楼的四周全是连理树，树上大半刻着双心交绾之形，并刻有中西姓名和表示情爱的语句诗句等。那青年指着说道："这都是三年来一般有情眷属刻了留作纪念的。楼的前面，有一座挺大的粉红云母石喷水池，中央立着恋爱女神娓娜丝（Venus）[①] 石像，洁白如雪，池中蓄着鸳鸯，往来游泳，分外地逍遥自在。从头排来，又恰恰是十八双。"

我悄立叹羡了半晌，便跟着那一对少年情人游遍全园，见到处都种着毋忘侬花、紫罗兰花、海棠花、蔷薇花、断肠草等，也无非是些有情的花草，更足动人观感。据那青年说，每逢夏秋之交，西面的一个莲塘里，还开出并头莲来咧。我们离了园子，又到楼中，便见有许多男孩子女孩子走动很忙，都打扮得像小爱神模样，瞧他们那些苹果小脸，又没一张不是美丽可爱的。

那青年对我说道："这些乔装的小爱神，都是伺应那班度蜜月的有情眷属的。"我没有话可以赞美，只很简捷地说道："美极了。"

那一对少年情人一路哼着情曲，导我们参观楼下各室，有跳舞室、音乐室、体育室、游艺室、图书室、会客室、起居室。没一间不是穷极富丽，壁上全都是中外大画师亲笔所作的爱情名画。中如仇十洲的《张敞画眉图》，英国麦克施冬《蜜月》《情侣》诸真迹，更为名贵。天花板和壁板等，都是刻的小爱神像和中西爱情故事，十分精细。

另有冬园一所，用五彩玻璃盖成，通明不障，遍种着奇花异草，以供冬间游散之用。园中并有孔雀、凤凰、相思鸟等种种名鸟，真个是悦目爽心，使人流连而不忍遽去。

上了电梯，便是卧房了。上面共有三层，每层六大间，间间是文窗朱扉，钿床玉镜，中国紫檀的木器，波斯的地衣，法兰西的天鹅绒幔。总之，所有陈饰全是价值最高的东西。并且每间中都有自然的花香、自然的乐声，使那

---

　① 今译作维纳斯。

班住在里边的有情眷属，随时发生美感。

我和云龛参观到这里，简直都看呆了。当下那一对少年情人，又介绍我们见过了几对所谓有情眷属。我自己昏昏沉沉地也不知敷衍了些什么话。

末后便兴辞而出，踏上小舫的当儿，我禁不住又回头望了那卅六鸳鸯楼一眼。低低地念着白云庵中月老祠一联道："愿天下有情人，都成了眷属；是前生注定事，莫错过姻缘。"

柳色黄

　　那桌子上一座黑云石的座钟，嘻开了团白的面庞，似乎在那里冷笑着，一边不住地说道："嘀……嗒……嘀……嗒……嘀……嗒。"这时疗治室中寂寂无声，唯有这单调的嘀嗒之声，打破四下里的岑寂。而在柳自华的耳中听去，仿佛在那里说："生……死……生……死……生……死……"他的心也跟随着这钟摆的声响，一突一突地跳个不住。

　　柳自华解开了上衣，躺在沙发上，由肺痨病专家梁博士给他很仔细的诊察，已足足诊察十分钟了。这十分钟的时间，在自华直好似过了十个钟点。他怀着鬼胎，两眼停注在梁博士的脸上，要瞧着这位大医学家的脸色，断定自己的运命。

　　梁博士俯着身子，握着听心器，在他的胸腔上听了好久。便又将指儿在他肩背各部叩着擂着，听去咚咚有声，活似擂一个小鼕鼓儿，不过声音重浊些罢了。自华听着这鼕鼓似的声响，好生不耐，看看梁博士的脸，又像泥塑木雕般的，一点儿不动声色。他的眼睛没处安放，就满屋子地打着旋儿，桌上的几座银盾，他已背诵得出上面刻着的"扁鹊再世""妙手回春"等那些字了。天花板上镂着的花纹，他数过了好几遍，已得了总数了。那两面粉壁上挂着的匾额，和梁博士在德、英诸国学医时的毕业证书，也看得清清楚楚，不愿再看了。

好了，诊察完毕了。梁博士已放下了听心器，挺身立起来了。自华偷看他的脸，仍是不见动静，禁不住颤声问道："梁博士，我的身体怎么样？"

博士悄然说道："你把衣服穿好了吧。"说着点上了一支雪茄烟，纳在口中，坐到桌子前去开他的药方。

自华急急地穿好衣服，心儿跳个不住，眼瞧着博士镇定的模样，甚是着恼。因又赤紧地问道："博士，你诊察我的身体怎样？可有什么危险的症候么？"

博士眼瞧着自华，眉宇之间似乎现出一丝怜悯之色，慢吞吞地说道："柳先生，你请坐了。"

自华瞧了这情形，心知凶多吉少，他那惨白没有血色的脸，更泛得白白的，像死人一样，抖颤着说道："博士，我对于生死问题，向来看得很透彻，你尽管实说吧。"

梁博士道："柳先生，你既逼着我说，我不得不实说了。你的肺痨病，已入了最后的一期，要是当心些儿，那么还有四五个月的寿命，到得柳色黄时，怕你已不在这世界中了。"

自华听了这死刑的宣告，仿佛当头打了个焦雷，不由得怔住了。好一会做声不得，末后才有气没力地问道："难道仗着博士的回春妙手，也不能打退死神，保留我的生命么？"

博士道："你蹉跎得太久了，当初在第一二期的时候，你为什么不好好地疗治？"

自华道："我生平最怕吃药，无论中药西药，一例都是苦水，委实上不得口。非到自己支撑不住的当儿，轻易不上医生的门。"

博士道："这如何使得，你简直是自己送自己的命！"

自华道："事已至此，还有什么话说。我只须等柳色黄时，踏进棺儿中去就是了。"

博士道："然而人事不可不尽，你仍须吃药，在这四五个月中，或能挽救过来，也未可知。你且慢灰心啊。"

自华低头不语，两眼望着桌子上的座钟，见那团白的面庞似含狞笑。而嘀嗒嘀嗒之声送到他耳中，竟好像在那里奏着薤露曲咧。

自华出了医院，心上好似压着几千斤重的一块石头，手上脚上，也像加了镣铐。全身的气力，都不知飞到哪里去了。他一步黏不开两步地走过了几条街，见那往来的行人、奔腾的车马，都包含着无限的生气。自己虽还活着在这里走，实际上却变作行尸走肉，是一个候补的死人了。他叹息着一路行去，总觉没有勇气带这恶消息回去，报与爱妻知道。在这热闹而富有生气的市街中走着，心坎儿里又觉得嫉妒厌恶，不自在。于是折到了一条僻静的小街中去，把脚步放得益发慢了，简直和蜗牛在壁上一样。低头垂眉地不知走了多少路，却已到了一座废园之前。因为他平日间从没有走过这许多路，早已喘作一团，接着又一阵子咳嗽起来。咽喉里痒痒的，一抹血已脱口而出。

他便入到园中，在就近一张破椅上坐了下来，定了一会神，渐渐复元。又不由得想道：唉，我柳自华跌宕情场，前后足足有二十年了。一缕情丝，飘飘荡荡地没有归宿之地。直到五年前遇见了倩英，才觉得自己心有所属、情有所归。一生的幸福，已有了把握了。奈何倩英貌太美，性儿太温柔了，少年们用情于伊的，着实不少，我仗着一颗坚忍之心，厮守了五年，一心专注，百折不回，到如今才占了最后的胜利，使那些恋爱伊的人一一失败而去。内中有一人和我立于同等地位，足称劲敌的，偏又是生平最知己的朋友叶仲子。一向相亲相爱，如手如足，而我也绝对不肯相让，终于把那如花如玉的倩英整个儿夺了过来。为了伊分上，我什么都不管。仲子虽并不和我绝交，仍是往来走动，然而十年来，根深蒂固的友谊上也不免生了裂痕了。我和倩英结婚以来，刚度过了一个蜜月，端为这一件无价之宝，由五年的奋斗中得来，很不容易，自也分外地珍惜爱护。而倩英爱我，也委实是既深且固，无可譬说。单就这蜜月中说来，双方情爱的热烈，直超过了寒暑表上最高的度数，和火山快要爆裂时相仿佛。满望白头偕老，好合百年，享受一辈子美满的幸福，不想这几天忽然病了，今天医院中一诊治，偏又断定我的病已成了不治之病，一到柳色黄时，就得和我那最亲最爱的倩英长别了。

唉，我怎么会害上这肺痨病的？读书时有时吐口血，也并不在意，从来又不曾害过什么大病，只是咳咳嗽嗽罢了。身体向来很瘦，还自负筋骨好，谁知那可怕的肺痨病会潜伏在我的身体中呢。要是经了别的医生诊断，我倒还不很相信，奈何这位梁博士是当今专治肺痨病的圣手。他说无法可治，那就是绝对地无法可治。老同学洪子新去年以肺痨病去世，也由梁博士断定他不治，说中秋节以前必死，果然不先不后在八月十四日死了。如今他说我柳色黄时必死，那么九、十月间一定难逃。别的倒没有什么留恋，只教我如何舍得下倩英呢？

自华想到这里，禁不住掉下两颗泪珠儿来，泪眼模糊中，恰又望见了面前的一行柳树，嫩绿的柳丝在风中微微飘拂着，似是美人的云发一般。一双紫燕正在那里翩翩上下，现出十分恩爱的神情。自华触景生情，便颤巍巍地走将过去，抚着柳丝说道："柳啊柳，你是多情的树，你可能可怜见我，同着松柏长春、永没有黄的时候，使我一辈子厮守着倩英，永不分离么？"然而柳树无知，默默不答，袅着那丝丝嫩绿的柔条，尽春风调戏罢了。

夕阳下去了，园中一株古树上暮鸦乱噪，似乎一声声催人回去。柳自华虽是怕见他的爱妻，可也不能不回去了。没精打采地出了园门，便坐上一辆人力车，赶回家去。他心中起了一幅幻想之画，见倩英坐在绣闼银灯之下，玫瑰花似的娇脸上含着甜媚的笑容，正在抚弄伊那头心爱的玳瑁小狸奴，这真是一幅绝妙美人图啊。他又想到他那情场失败的老友叶仲子，近日常来走动，此时也许在家里伴着倩英闲话咧。

唉，仲子仲子，你不过短时间的失败，最后的胜利，怕还是属于你啊。他一边想着，他的心，好似被那车轮辘辘之声碾碎了。

自华到了家里，将帽子授与他应门的婢子后，便蹑手蹑脚地走上楼去，推开了卧房的门，低唤一声"倩英"。

这时倩英正坐在玉镜台旁，逗着伊的爱猫玩。一听得自华的唤声，便霍地抬起头来，向门口一望，带笑说道："华，你回来了么？"当下便起身迎将过去，挽着自华的手，同在一张碎花绿丝绒的温椅中坐下，又柔声问道："华，这大半天你可在哪里，真叫人寂寞死了。"

自华强笑道："为了度蜜月，一个月不上书局去了，也得去看看情形。教你挨了半天的寂寞，真过意不去。可是我的心一径在你的身上。"

倩英把伊的蝶首枕在自华肩上，很腻地说道："华，便是我的心也一径系在你的身上，我委实舍不得你离我一步呢。"

自华暗暗呻吟着，心口自语道：无论如何，我决不能把这恶消息告知伊，伊如此爱我，我怎忍捣碎伊的芳心啊！当下闭紧了两眼，紧抱着伊的头，他直要借着情爱之力和死神抵抗。这一个鬟发如云的蝶首，倒好似溺水者所抱着的一根木条一般。

他挨过了一礼拜，兀自装着笑脸敷衍他的爱妻，每天早上从床上起来，便想到柳色黄时，这美丽的绣花双枕，再也没有他和爱妻并头安眠的份儿了，用早餐时又想到柳色黄时，再也不能和伊并坐着吃鸡子了。凡是一日间所经过的种种琐事，都足以引起他的伤感，联想到柳色黄时，精神上的痛苦，比肉体上的痛苦更为厉害。然而他又不敢告知倩英，连咳嗽也勉强忍住，少咳几声，一面还偷偷地服着梁博士的药，希望这药是仙人葫芦里的灵药仙丹，不但使他不死，并且能延年益寿，不老长生。

一天晚上，在餐室中晚餐以后，他一阵子大咳，觉得自己再也不能不说了。咳停了以后，便柔声向倩英说道："倩英，你到这儿来，偎傍着我，我有话对你说。"

倩英道："华，你又有什么正经话儿？偏是这样郑重其事的。"说着，含娇带嗔地走将过来，靠在自华身上坐定了，水汪汪的两眼，注着自华的脸道："说啊，快说啊。"

自华道："你得鼓着勇气听我说，说出来你不要吓。"

倩英笑道："任你谈神说鬼，说得活龙活现，我也一点儿不吓。"

自华微叹道："唉，好孩子，我并不是和你说什么《山海经》，这是很关重大的事。要知再过这么四五个月，到得柳色黄时，我便须上道远行，极远地远行，并且只许我一个人单身前去，你万万不能同去的。"

倩英扭股糖儿似的扭在自华身上道："不，不，你去，我也要去，抛下我一个人在这里，好生难受啊。"

自华惨白的脸上满现着苦痛之色，很恳切地说道："倩英，你听着，世界上什么地方都可去，唯有这所在你是去不得的。你不见么，近来我时常咳嗽，有时且还咯血，身中很觉得不自在。除了咳嗽的声音不能掩住外，总想隐瞒着不给你知道。前几天我更觉困乏，因便上肺痨病专家梁博士处去就诊，不道诊断之下，都说我的肺痨病已入了第四期，到得柳色黄时，我便须与你长别了。"

倩英一听了这话，顿时玉容失色，颤声大呼道："华，华，你这话可是什么意思，难不成要死了么？"

自华长叹道："唉，亲爱的倩英，我何忍抛下你，走到这可怕的死路上去。何况刚度了蜜月，正尝着甜美的情爱之味，更使人撇不下。然而梁博士既束手无策，认为不治之症，我又有什么法儿想呢？"

倩英听到这里，陡地惨呼了一声，晕将过去，倒在自华的身上。自华慌了手脚，急忙抱着伊上楼，入到卧室中去，放在床上，唤婢子取白兰地来，喂了一口下去，不一会便悠悠醒转，又哇地哭了。

自华守在伊身旁，柔声下气地安慰伊说："梁博士的诊断也许靠不住，我还须找德国的名医诊治去，说不定一药而愈，正未可知。你尽自放心，急坏了你自己的身子，可不是玩的。亲爱的，你好好地睡一会，只当我的话是开玩笑，可不要记在心上啊。"

倩英本像是一个天真烂漫的小孩子一般，听了这些话，便放下了一半的心，竟在自华身上喘息微微地睡熟了。

从此以后，自华便又担了心事。明明是个有病之身，偏要装得像没有病的人一样。整日价有说有笑，伴着倩英打趣，以安慰伊的心。有时忍不住咳嗽咯血，总借着手帕子掩瞒过去。梁博士的药，虽是一日三次，很虔诚地服着，竟不见多大效验。大概病入膏肓，药也无能为力了，可是自华因着爱妻之故，仍一心作求生之想，对于向来所信仰的梁博士也有些不信仰起来。另外去找了两个德国内科名医诊治，不道他们两人的诊断，和梁博士竟不约而同，说病根已深，决计逃不过秋季的了。

自华到此，才知自己确已陷入了绝望之境，无可挽救。便先自预备一切身后的事，检点资产，共有十万元左右，一起遗与倩英，背地里请律师立了遗嘱，这身后第一要事总算办妥了。

可怜的自华，苦心孤诣，全在倩英身上着想。他为了倩英未来的慰安和幸福起见，自己有意去和叶仲子亲近，让他常到家中来走动。先前一礼拜来一次，如今三天来一次、一天来一次了。仲子一来，他立刻避开，让二人同在一起，煽动起旧时的情焰来。夜中自己又往往推说有事，或直说身体不舒服，唤仲子伴倩英去看电影，看京剧，或上跳舞场去跳舞。他们俩本来旧情未死，如今耳鬓厮磨的机会一多，彼此相爱的心自然又热了。

自华用了两个月的水磨工夫，把一切未了事件全都料理清楚。眼瞧着倩英和仲子亲热的情形，心知伊的终身也有了依托。可怜他精神上肉体上都受足了痛苦，自觉多留一天在世界上，便多受一天痛苦，还不如早早地逃出世界，又何必等得柳色黄时啊。于是一天早上，自华飘然出走了。

倩英起身，只见枕边留着一封信，忙拆开来看时，见上边很工整地写着道：

倩英吾爱，吾去矣。吾病已入膏肓，无复生理。柳色黄时，势在必死。等死耳，不如早死为佳。唯卿向娇怯，雅不欲令卿见陈尸之惨，故毅然割舍一切，远走他方。非葬鱼腹，即堕幽谷。嗟夫吾爱，从此长别矣。遗嘱在蒋立律师处，祈与接洽。恨吾寒素，未能遗卿以巨产，毕生心血所积，止区区十万金耳。仲子吾知友，亦卿旧好。吾去后，务与缔姻，毋背吾意。柳色黄时，恐将令卿触景生感，幸即委身仲子以躏烦忧，吾亦将含笑地下，听卿等赓合欢之歌矣。别矣吾爱，千万珍重，毋以吾为念。自华和泪志别。

　　倩英读完了这信，哭倒在钿床之上。碧纱窗外，柳丝在风中飘拂着，瑟瑟有声，似乎和着伊哽咽。

辛先生的心

　　紫罗兰的幽香，被晓风挟着，很轻柔而委婉地送到辛先生鼻子里，便知道那媚人的春光又来咧。窗外一株含蕊未放的玉兰树上，鸟声细碎，如吟如笑，阳光照入窗中，着在身上，已觉得热烘烘的，分明是艳阳天气了。

　　这一天是星期日，他不必上女校去上课，一看案头的日历，见是三月十八日，猛记起今天还是他的生日——是六十岁的生日。可怜啊，他既在早年上丧了父母，又从没有娶过妻、成过家，所有一二近亲，也早已不大来往了，因此上他的生日，只有他自己记得，可没有人来捧觞上寿凑热闹啊。

　　东壁上挂着的一面小小圆镜，照见他那额上的皱纹，和一头斑白的头发。嘴脸上虽没有留须，也已老态毕露。他立在镜前，向自己端相了一会，不由得悄然叹息道："唉，六十岁了，去死已一天近似一天，得逍遥处且逍遥，可不能再活六十年呢。今天定须好好地乐他一天，莫等闲过去，也算是给我自己祝寿吧。"于是笑了一笑，打开当日的报纸，翻看各舞台的戏目。见一家舞台中一个著名的坤角儿，正排演一出《麻姑献寿》，更看到影戏的广告，见一家影戏院中，正在映一部老明星路易史东主演的《情场遗恨》，似乎真有一看的价值，因又欣然自语道："好，好，好，先来一出《麻姑献寿》，再来一部《情场遗恨》，这一天也够我消磨了。"

当下他揣了一个钱袋在怀中，反锁了房门，踱出寄宿舍去。

征鼓镗镗声中，看罢了《麻姑献寿》，总算已给自己祝过寿了。来不及再看压轴戏，忙着坐了人力车，赶往影戏院去看《情场遗恨》。六十老翁忽然平添了无限兴致，这是辛先生十多年来很难得的事。因为那银幕上的《情场遗恨》却使他看得回肠荡气，起了一种说不出的感触。并不是为的这影片中的本事，和他的身世有什么吻合之处，只为瞧着那皤然一老，孤零零地在脂香粉阵中度他独身的生活，没一个慰情的人，在这一点上便勾起了他同病相怜之感。自问平日在女校中上课的当儿，眼看那娇莺雏燕，济济一堂，确是包围在一派温馨柔和的空气中，心坎中充满了乐意。但一回到寄宿舍自己的卧房之中，就觉得举目无亲的，寂寞得难受。一到春季，窗外的园子里，生气勃勃，花啊，草啊，行云啊，飞鸟啊，都足以撩拨他的心坎，而发生出一种不可名的烦闷来，正与美人迟暮有同样的感觉。

他看完了影戏，颤巍巍地站起身来，不知怎样，面颊上已淌着冷冷的泪痕，掏出帕子来抹去了，在人堆里随波逐流似的挤将出去。刚到得门口，猛听得背后有人唤道："咦，佩翁，你也在那里看影戏么？"

辛先生听这声音很厮熟，回头一看，却见是老友秦先生，当下便立住了，欢然答道："咦，芳翁，你也在这里，好久不见了，一向可好？"

两人一边寒暄着，一边便离了影戏院的门口。那些院中散出来的男女，三三两两，擦身而过，时时有浓郁的衣香送入辛先生的鼻观。

一阵香风中，蓦地送过一声娇脆的呼声来道："辛先生，辛先生。"同时有两张娇憨的粉脸，现在他的肘边，一个十六七岁，一个十八九岁，分明是一对娇姊妹，都是截发长袍，风姿秀丽，真的像粉妆玉琢的一般。辛先生对伊们看了一眼，微笑着点点头，姊妹俩就花枝招展似的走开去了。

秦先生问道："这两位姑娘是谁？"

辛先生道："还用问么？当然是吾们校中的学生。这一对姊妹，是很聪明，很活泼的，倘是我自己的女儿，那么两颗明珠，擎之掌上，够多么得意啊。"言下很有些感慨不尽之意。

这一条长长的街，两面都是大商店，窗饰光怪陆离，布置得都很美观。这两位老友，一边谈天，一边且看且走，也不觉得路长。走不多路，对面来了一个西装少年，挽着一个衣饰入时、顾盼生姿的少妇，谈笑风生地一路过来。那少妇一见辛先生，很恭敬似的鞠了一躬，便姗姗地走过了。

辛先生对秦先生说道："这也是我的学生，去年暑假已毕业，听说毕业后就出阁的，那少年多半是伊的丈夫。你看，可不是一对璧人么？"

秦先生道："你的女学生真多，几乎到处可以遇得到，总计起来，大概也不下于孔老夫子弟子三千之数吧。"

辛先生道："我在女校中担任教科，足足做了四十年的教书匠。女学生当然很多，若是一年年统计起来，怕还不止三千之数咧。"

秦先生道："怎么说，你已吃了四十年的教育饭么？我记得你是在二十岁上，就投身教育界的。那么今年定有六十岁了，几时生日？该请我吃寿酒。"

辛先生欣然道："很好很好，今天恰恰是我的生日，我就立刻请你吃寿酒去。"

秦先生忙道："不行，我该先给你祝寿，且一同上酒家楼去，浮一大白。"

灯红酒绿之场，辛先生本来是不惯去的。今天喜逢老友，恰又是自己六十生日，可算是难得的事，于是也高兴兴的，同着秦先生，寻到了一家比较清静的广东酒楼中，浅斟低酌起来。

秦先生的年纪，少辛先生十岁，为人很有风趣。一张嘴最是会说会话，直能将死的说成活的。他又是新闻记者出身，如今虽已退闲了，却还喜欢打听人家琐琐屑屑的事情，作为谈助。平日很喜研究男女问题，以为全世界一切军国大事都不及这一个问题的重要。今晚他逢到了这位日常与女子接近的辛先生，真是一个大好机会，又可研究他的男女问题了。

秦先生衔着酒杯，微微地咬着酒，做出一张似正经非正经的面孔，悄悄地向辛先生说道："你一辈子做这女学校教师，简直是天天住在温馨柔和的空气中，那风味定很不恶吧。"

辛先生苦笑道："如入芝兰之室，久而不闻其香，也不过是那么一回事罢了。唉，就是我四十年老坐着这条冷板凳，一点儿不到社会上去活动，放弃掉许多飞黄腾达的机会，又岂是得已的事。唉，老友，我自有我的隐衷在着，谁也不会知道的。"

秦先生一听得"隐衷"二字，分外的动耳，脸上不知不觉地做出一种很有兴味的神情来，赤紧地问道："啊，你有隐衷在着，可又是什么隐衷啊？"

辛先生微喟道："过去很久了，何必重提旧事，徒多无谓的惆怅。"

秦先生忙道："老友，你心中有事。一个人自己知道，要闷出病来的，又何妨对知己的老友诉说一二，我也可安慰安慰你。况且你已是六十岁的人，说出来也没有什么妨碍。你倘要秘密的，那我给你严守秘密就是了。"

辛先生沉吟了一会子，将面前满满的一杯白兰地酒一饮而尽，开口说道："也罢，今天是我的六十岁生日，说出来也算给自己留一个纪念。四十年来，这事深藏在心坎深处，正如作茧痴蚕，丝丝自缚，也委实使我苦痛极了。"

秦先生凑趣道："着啊，越是隐秘着不说，心中越是苦闷，到得一诉说之后，自然会觉得宽心的。"

这当儿辛先生酒酣耳热，旧恨攒心，便说出以下的一番话来。

"我在二十一岁上自大学毕业以后，就进英华女塾去担任英文教席，每礼拜虽有二十四点钟的功课，可真如你所说的，常在那温馨柔和的空气中，并不觉得怎样辛苦。我所教的是正科四年级，是校中最高的一班，学生共有三十多人，全是优秀分子。而内中有一个唤作林湘文的，更是冰雪聪明，常作全班的冠军。年纪不过十八九岁，生得面目如画，非常的可爱。我所最最忘不了的，便是那一双清如秋水、明若春星的眼睛，对人瞧时，似乎能直瞧到人的灵魂中去。唉，我至今还记得伊笑吟吟地立在讲台下执卷问字时的情景。那一双明眸，水汪汪地注在我面上，那时我那一颗二十一岁的心，也止不住怦怦地跳动咧。

"我在女校中和学生们感情都好，而对于湘文，更是另眼相看。不知怎的，总觉伊在同学中矫矫不群，真的是鸡群之鹤。可是伊不但貌美，功课也居第一，英语说得很流利，发音又正确。一部纳士菲尔氏文法，烂熟胸中，做一篇英文论说，头头是道，竟不像是中国女郎的手笔。听国文教员说，伊对于中国文学也极有根柢，做起文章来，洋洋洒洒，竟是梁任公一派。像这样才貌双全的女郎，真是难得之至了。

"我对于伊自有一种特殊的感情，但不敢流露在外，生怕引起别人的非议。心中未尝不在暗暗地想，我一辈子不娶妻则已，倘要娶妻时，总得物色一个像湘文般的女子才是。说也奇怪，平日间湘文对我，似乎也很亲近。捉空儿问长问短，和我研究文法，'辛先生、辛先生'地满口子叫着。伊在我班中读了一年，就毕业了，这一年中，使我精神上得到不少的安慰。我恨不得挽住伊留级一年，然而伊各科的成绩都好，终于以第一名毕业而去。举行毕业礼时，我当然在场，亲见伊领了毕业文凭，走出礼堂去时，抬眼对我瞧了一下，眸子里竟有着泪痕，这也是一辈子使我忘不了的。

"自伊去后，我不知怎的，常觉得忽忽若有所失。下学期起，第三年级的学生已升上来了。内中也有不少优秀的女子，然而无论如何，在我心目中，总觉不如湘文。往往对着湘文先前所坐的桌椅呆瞧，幻想中就把现在坐着的学生当作是湘文，借着安慰我那寂寞无聊的心灵。唉，那得湘文依旧回来，给我饱餐伊那张玫瑰脸上的秀色，更给我消受伊那双横波目中的美盼啊。

"我渴欲知道湘文毕业后的消息，虽知伊的住址，因为碍着自己居于师长的地位，不敢冒昧写信去。加着生性拘谨，也不敢有所表示，后来探听得，校中一位庶务先生却是湘文家的亲戚，因此常常和他去接近，在无意间得到一二消息。而最最痛心的，便是湘文毕业后不到半年，就出阁了。伊是自幼儿订婚的，平日从没有见过未婚夫一面，嫁过去后，不道伊丈夫竟是一个呆头呆脑的呆子，自知彩凤随鸦，大错已铸。父亲又是一个头脑极旧的人，绝对地无法可想。伊郁郁不乐，便常在药炉茶灶讨生活了。我自得了这不幸的消息后，真有说不出的苦痛，要设法去搭救伊。可是想来想去，总想不出一个办法来。日常只得在同事中间痛论中国婚姻制度的不良，痛骂中国一切顽固专制的父母。人家不知我命意所在，也无非在旁凑趣罢了。这样茹苦含痛地挨过了一年，仍是没有办法。

"而噩耗传来，却说湘文已郁郁而死。第二天上，一封信天外飞来，一看封面，大吃一惊，竟是湘文的手笔。心跳手颤地急忙拆开来看时，只见信笺上潦潦草草地写着几十个字道：'遇人不淑，生不如死，湘今死矣。先生之心，湘固知之；湘之心，先生亦知之否？呜呼……'以下戛然而止，似乎正在病危之际，写不下去了。伊死后，这封信不知如何会寄给我的，至今还是一个疑问咧。

"我得了这封信，心已碎了。请了一个月的病假，整日整夜地躺在床上，不知如何是好。手中执着那信，将那几十个字不知读了几千遍几万遍，两眼无论看在窗上墙上帐顶上，总是虚拟着湘文的声音笑貌。同事们和朋友们来探望我时，忙把那信藏过，始终不敢给他们知道，生怕妨碍了湘文死后的清名，我是对不起伊的。厮守过了一个月，我简直要发疯了。无可奈何，还是上课去，借着满堂的学生，在嘈杂中暂忘心头的痛苦。然而我的两眼，终于离不了湘文先前所坐的桌椅，惝恍中倒又似乎瞧见湘文依旧坐在那里，素靥如花，明眸如水，一一都在目前。反将我那寸碎的心，一一收拾拢来，缝补完成了。从此以后，我便乐于上课，好瞧着我那念念不忘的桌椅，好瞧见我那幻觉中念念不忘的湘文。

"一班班的学生毕业了，一年年的光阴过去了，我留恋着那湘文先前所坐的桌椅，而连带在幻想中瞧见湘文，所以不忍离去这女校，不知不觉地过了四十年。在最初的二十年中，常有人和我做媒，我却一一回绝，说世间女子，是造物之主辛苦造成的宝贝，不容我们万恶的男子去破坏伊们，坑陷伊们，自愿一辈子抱独身主义，不敢造此恶孽。于是，一般做媒的人都说我是怪物，拂衣而去，从此不来打扰我了。唉，老友，今天是我六十岁的生日。自知去死不远，因此把这四十年从未宣泄的秘密诉说出来，使你知道天下还有我这样的一个痴人，给一般轻于言情说爱的青年做一个榜样。要知真正的情爱，全在两心相印，不在两体的接触。在乎牺牲，不在乎圆满。我如今已以一生的幸福，为湘文而牺牲了。在世一日，还是要厮守在女校中，留恋着湘文先前所坐的桌椅。因桌椅而连带在幻想中，瞧见湘文。湘文虽久已死了，但在我的心目中却永永活着，永永不死。"

辛先生说罢，脸上淌满了眼泪，一滴滴掉在酒杯中，不知是泪是酒了。

行再相见

却说一天是九月的末一日，枫林霜叶，红得像朝霞一般。薄暮时候，斜阳一树，绚烂如锦。玛希儿·弗利门从英国领事署里慢慢地出来，抬头望了望美丽的天空，吐了一口气，便跳上一辆马车。那马夫加上一鞭，车儿已辚辚而去。

这玛希儿·弗利门原是英国伦敦人氏，年纪约有二十七八岁，长身玉立，翩翩少年，十年前就毕业奥克斯福大学，得了个学士的学位。庚子年间，在北京英国公使馆里充当书记，一连做了好几年。如今却调到上海来充领事署的秘书。领事很器重他，当他是左右手似的，片刻不能相离。他也勤勤恳恳地做事，一年三百六十五天，没有一天不到。每天早上八点钟，就带朝日而出，到馆视事。每天晚上五点钟，就带夕阳而归，回家休息，

每天出来回去，总经过一家花园。经过时，园里的阳台上，总有一个芳龄十八九的中国女郎，把粉藕般的玉臂倚着碧栏杆，亭亭而立。双波如水，盈盈下注，玉靥上还似乎堆着两个微微的笑窝。玛希儿初时并不在意，后来见天天如是，早上过时，往往见晓日光中，总有个美人倩影；薄暮过时，斜阳影里，也总是凭栏有人。那两道秋波，像闪电般射将下来，仿佛射在自己身上，于是心里已有些明白。每天过时，免不得要睁起两眼，向那阳台上望

它一望。因此上楼上盈盈，楼下伫征，那四道目光，每天必有两回聚会，倒好似订定了的密约一般。过了几来复，两下里竟如素识。玛希儿过时，这一边规定地向楼上脱一脱帽，那一边规定地向楼下嫣然的一笑。无奈盈盈一水间，脉脉不得语，只能凭着他们四个眼儿通意罢了。

不道天缘凑合，有一天是来复日，他偶然走过那中国公园，便迈步进去瞧瞧。却见一个花枝招展的中国女郎分花拂柳而来，玉貌亭亭，似曾相识。正是那个天天凭栏送盼的女郎！

玛希儿·弗利门便走上一步，脱了帽，劈头先喊了一声"密司"。那女郎颊晕双窝，掠着鬓云一笑，接着两口儿已在旁边的椅上坐下，款款深深地讲起话来。女郎倒也操着一口好英国话，说得如泻瓶水，十分流利。

原来她是广东的番禺人，姓华名桂芳，从小在教会里读书，所以英国学问已造高明之域。她父亲早在庚子那年，在北京被一个外国人杀死了。她母亲苦念丈夫，也就一病而亡。可怜这曙后孤星，伶仃无靠，亏得有一个伯父照顾她，带她到了上海，仗着有些遗产，在一个幽静所在借了一所巨厦，一块儿住着，过他们清闲的岁月。只是铜雀春深，小乔未嫁，人非木石，免不得心醉少年了。

当下两人谈了一会，十分浃洽，好似多年的老友，直谈到残晖西匿、新月东升，方始勉勉强强、怅怅惘惘地握手而别。临行时两双眼儿还碰了好几个正着。

第二天晚上，玛希儿·弗利门从领事署里出来，走到那花园之前，却并不抬头向阳台上望，自款关而入。门外汉居然做入幕宾了。从此以后，他天天总得进去一趟。或是把臂窗前，或是并肩花下，两下里已情致缠绵到十二分，竟有难解难分之势。

这一天他坐了马车，直向女郎家来，到了那花园前停下车来，匆匆而入。直到一间精雅小室之中，在一把安乐椅上坐下。从袋里取出一封信来读着，一面扬声唤道："桂芳，桂芳，你在哪里？"

不一会儿即见画屏背后莲步姗姗地转出那美人儿来，玉手里执着一束红酣欲醉的芙蓉花。人面花容，两相辉映，把媚眼瞟着玛希儿·弗利门，娇声呖呖地说道："呀，郎君，你来了！吾正在后园采几枝芙蓉花，想插在这玉胆瓶中，免得空落落的。只累你等久了。"

　　弗利门道："吾方才来此。"说毕又读手中的信。

　　桂芳走至桌前，弄着那芙蓉花。

　　弗利门忽又说道："桂芳，你以为如何？吾们外交部里要召吾回英国去咧！"

　　桂芳听了，手里的芙蓉花，顿时像红雨般索落落地掉在地上，双波注着弗利门，诧异道："怎么？你可是要离开这里？你可是要丢了这上海去么？"

　　弗利门道："正是，桂芳，吾要回伦敦去，伦敦！桂芳，伦敦！"

　　桂芳一声也不响，扭转柳腰，低垂粉颈，拾那地上的芙蓉花起来，清泪盈眸，几乎要夺眶而出。

　　弗利门悄悄地瞧了她一会儿，便道："桂芳，你过来。"

　　桂芳忙执了芙蓉花，走将过来，坐在弗利门旁边，玉指纤纤，理着弗利门的头发。

　　弗利门悄然说道："吾去时，你不好和吾一同去？"说时，从桂芳手里取了一枝芙蓉花，替她簪在罗襟上。

　　桂芳似乎没有觉得，愁眉蹙额地说道："郎君，奈何吾不能跟着你去。"

　　弗利门道："但是吾怎能舍得下你？"

　　桂芳惨然道："你舍不得吾，吾也何尝舍得你来？吾很愿意跟着你去，到处双飞。无如身不由主，须得听我伯父的节制。"

　　弗利门道："只是你差不多已是吾的人，须同吾一块儿去。况且你年纪已长大了，一切尽可自由，为什么要听你伯父的节制？"

　　桂芳叹了一口气，说道："你不知道吾们中国的风俗，和你们英国截然不同，做女子的一辈子不能自由。加着吾父母相继死后，幸而伯父抚育吾，不致失所。他好似一棵大树，吾好似一只小鸟；这小鸟好几年栖息大树之中，如今羽毛丰满了，难道就丢了大树，插翼飞去么？"

莆利门默然不语了半晌，才道："桂芳，吾心中除了你以外，委实没有第二个人，你是个最可爱、最柔媚的美人儿，吾愿意一辈子同你在一块儿，白头偕老。吾爱！吾们回到了伦敦，以后快乐的日子正长唎。"

桂芳微微地退后，瞧着莆利门，悲声说道："郎君，吾伯父一定不许，吾伯父一定不许！"

莆利门道："桂芳，你不该拒绝吾的请求。难道这半年来的爱情，已付之流水么？"

桂芳掩面道："郎君，你该可怜吾，原谅吾。吾上边还有伯父！"

莆利门怫然道："好，你当真不爱吾了么？"

桂芳放下了手，说道："吾的爱人，吾何尝不爱你来？巴不得天长地久，吾们永永在一块儿，不论怎样，终不分开。吾这一颗心，只不能抉出来给你瞧。郎君，你千万别说那种话儿，把吾的心寸寸捣碎呢！"

这时天已暝黑，月光像水银般透将进来，照见这一双痴男怨女，都双泪盈眶，黯然无语。

停了会儿，莆利门方才起身说道："吾爱，吾们的爱情，总永远不会磨灭。你心里放宽些，不必悲痛。如今吾要回去了，明天再作计较吧。"说时挽了桂芳的杨柳腰，在她樱唇上甜甜蜜蜜地亲了一下。走出屋子，弯弯曲曲地过了一条花径，出花园而去。到了门外，又回过头来扬了扬手。

桂芳鞠了一躬，高声呼道："郎君，明天会！明天会！"

莆利门去后，桂芳又呆呆地立了一会，才娴娴入室。

过了三分钟光景，有一个五十岁左右的人，一头花白的头发，几绺花白的髭须，徐徐地从花园外边进来，直入室中。桂芳一见这人，就欢呼道："伯父，你回来了！"忙倒了一杯茶，双手奉与伯父。

她伯父瞧了她一眼，说道："那外国人今天已来过了么？"

桂芳道："正是，茀利门已来过了。"

她伯父道："他待你很好么？"

桂芳羞红满颊，低垂粉颈，轻轻地答道："伯父，他待吾很好。"

伯父呷了一口茶，吐了一口气，说道："吾刚才恰好遇见他。他的面庞，今天才被吾瞧清楚了。如今吾要告诉你一个故事：七八年前广东番禺有一个巨商，同着他妻女俩和一个阿兄在北京做买卖，很有些信用；不想庚子年间，拳匪乱起，东也杀洋鬼子，西也杀洋鬼子，把个偌大北京城闹得沸反盈天。后来各国派兵到京，不知道有多少无辜良民死在兵火之下。可怜那巨商也逃不过这个劫数！有一天同着他阿兄经过英国公使馆，被一个外国人用手枪击死。幸亏他阿兄眼快，逃了开去。"

桂芳急道："伯父，这可不是说阿父和你的事么？"

伯父道："一点也不错。那时吾虽逃了开去，那外国人的面貌已被吾瞧得明明白白。当下吾便立誓，将来定要找到这仇人，替阿弟报仇。一向吾说起了这外国人，你不是也咬牙切齿的么？"

桂芳答道："正是。吾若然遇了这仇人，定要刳刃其胸，报这不共戴天之仇。"

伯父微笑道："好孩子，如今好了，天公大约也很可怜见吾们，因此使那仇人落入吾们的手，恰巧又落在你的手中！"

桂芳大惊道："伯父，你这话是什么意思？"

伯父道："桂芳，那击死你阿父的仇人，今天已被吾找到了。"

桂芳急道："当真已找到了么？"

伯父道；"正是呢。十年宿怨，从此便能一笔勾销。那仇人不是别人，就是你的情人，那个外国人！"

桂芳闻言大惊，不觉退下了一步，大呼道："这是哪里说起？他就是吾的仇人？"

伯父道："一点儿也没有错。你的情人，就是你的仇人！"

桂芳道："这怕未必吧。他是个很温和很慈善的人，怎么会做这杀人的勾当？"

伯父倾身向前，眼睁睁地瞧着他侄女，悻悻说道："好，好，你为了这外国人，便忘却你阿父么？忘却你从前报仇的誓言么？忘却你阿父的惨死么？"

桂芳颤声道："吾怎敢忘却！"

伯父道："你既不忘却，你阿父在地下也要含笑。如今吾和你说一句最后的话，玛希儿·弗利门，杀死你父亲的仇人！明天你就该把他置之死地，尽你做女儿的本分！"

桂芳闻言，不则一声，但她柳腰一扭，像燕子般掠到她伯伯身旁，跪了下来，抬头瞧着伯父，玉容十分惨淡，悲声道："伯父，吾的伯父！教吾怎能下手？怎能杀死玛希儿·弗利门？"

伯父庄容道："桂芳，你须知道，你阿父只有你一人，并没有三男四女。你不替他报仇，谁替他报仇？你若是孝你阿父的，总要使他灵魂安适。难道为了儿女私情，忍心把父仇置之不顾么？"说着，探怀取出一瓶药水来授给他侄女，又道："你只把这药水滴几点在茶里，给他喝了，便能沉沉睡去，并没一丝痛苦，比你阿父死时爽快得多呢。"

桂芳伸两臂，向她伯父说道："吾的伯父，吾如何下得这般毒手？吾们平日何等地相爱，他从来不把疾言厉色向吾，千种温存，百般体贴。吾面上偶然露出一点不快之意，他立刻柔声下气地来安慰吾。伯父，吾委实爱他！吾们虽没有结婚，那爱情却比结了婚的更深更热。这半年之中，他直好似吾眼眶里的瞳子、心里的血。朝上起来，第一个念头，总是想玛希儿——吾的爱人！晚上时，末一个念头，也总是想玛希儿——吾的爱人！伯父，如今你却要吾杀他，像吾这样一个弱女子，哪里来的铁石心肠？他又是吾的情人，又是吾未来的夫婿，伯父，你该可怜见吾啊！"

伯父怒气勃勃地立起身来，握着桂芳的臂儿，大声道："女孩子，你须知道你是中国人！不论怎样，须服从你长辈的命令。明天你一定要下手，把他治死。"说罢，放了手。

桂芳眼儿注着地，芳心欲碎，柔肠欲断，一会才仰首说道："伯父，你或者误认了，他不是杀死吾父亲的仇人。"

伯父道："仇人的容貌，深深地镌在吾脑里，七八年来没有一刻忘却，哪里会误认？一二月以前，吾早已怀疑。今夜月光大好，就被吾瞧得明明白白，定然是他。你既不信，明天不妨探探他的口气。若然他不是杀死你父亲的仇人，吾自然没有什么话说；若然他确是杀死你父亲的仇人，你就该想想做女儿的本分。"

桂芳道："倘是他果真杀死吾阿父的，吾自然不得不替阿父报仇。报了仇后，吾的本分已尽，便跟着他向他去的路上去。"

伯父道："好孩子，你听吾的话。他可以死，你不可死，他只能独自向那死路上去，你不能伴他。你死了，你阿父一定不以为然。你是孝女，总该体贴你阿父的心。明天晚上六点钟，吾在那公园里等你。他一死，你就赶来瞧吾。吾望上天保佑你，使你成功，明天会。"一边说，一边出室而去。

桂芳伏在地上，掩着面，只是嘤嘤地啜泣，直哭到天明，已到了泪枯肠断的境界。好容易挨过一天，又不知落了多少眼泪。

五点钟时，玛希儿·莿利门欣然来了。却见他意中人正踞在地上，把脸儿掩着，似乎在那里啜泣的样子，便急忙过去，抱了她起来，在一把睡椅上坐下，抚着她柔声说道："吾的亲爱的，你为了怎么一回事？吾爱，快告诉吾，快和吾说！"

桂芳兀是不响，把蝤首倚在莿利门肩上，泪珠儿不住地涔涔而下。莿利门甚是纳罕，但是也莫名其妙，只连连亲她的粉颈和香云。

一会儿，桂芳才轻启樱唇说道："亲爱的郎君，吾们相亲相爱，屈指已有半年了，吾可使你快乐么？"

莿利门笑道："吾爱，自然快乐，自然快乐！从前吾不知道爱情是何物，及至见了你，就不期然而然地发生出爱情来。如今吾总自以为是世界上第一个幸福人，每天只等领事署的门一闭，便能到这世外桃源似的所在来，和心上人持手谈心，消受柔乡艳福。"说着，把双手捧了桂芳的面庞，向着她，又道："吾的桂芳，你是吾世界上独一无二的爱人！你可也爱吾么？"

桂芳道："吾们中国女子，原不知道什么爱情不爱情，吾也不知道什么爱你不爱你。只觉得白日里想什么，总想着你；夜里梦什么，总梦见你。有时你把吾抱在臂间，一声声地唤着吾的桂芳、吾的爱人，吾心里就觉得分外的快乐。郎君，这个大约就是爱你了。"

弗利门不住地亲着她的青丝发，悄然无语，那样儿却非常得意。

半晌，桂芳忽尔问道："郎君，七八年前你可是还在故乡吗？"

弗利门道："那时吾已到中国来，在北京英国公使馆中充当书记。"

桂芳道："那年正是庚子年，吾国忽地起了一种拳匪，专和你们外国人作对，把个辉煌烜赫的偌大北京城闹得落花流水。那时你可受惊么？"

弗利门道："只略受些惊吓。那时吾年少气盛，也恨那些拳匪刺骨。有一天正在馆中忙着办公，忽听得门外人声喧哗，说是拳匪来袭击公使馆了。吾怒不可遏，执了一支手枪，一跃而出，一连放了几枪，居然把拳匪吓退。只是事后一检，那些拳匪一个也没有死，连伤的也不见，却伤了几个无辜良民。有一个四十左右商人模样的人，已被吾击死了。吾至今还在这里问心自疚咧！"

桂芳大呼道："那商人竟被你击死了么？"

弗利门道："这也是一时操切所致，现在也不必去说它了。"

桂芳头儿靠在弗利门膝上，拔了自己罗襟上插着的一朵芙蓉花，一瓣瓣地撕了下来，抛落在地，默然了好久，方才起身说道："郎君，你等一会儿，吾替你做一杯咖啡来。"走了几步，忽又立定了，回到弗利门身旁，说道："郎君，你再说一遍，说你是爱吾的，说你是永远不愿和吾分手的呀！郎君，郎君，你再把吾抱在臂间说：'吾的桂芳！吾爱你！'"

弗利门也不知其所以然，只拉了她过来，亲着她说道："亲爱的，吾的爱人！你为了什么，态度有些儿改变？吾自然一心爱你，万万没有两条心。你别哭，快收了眼泪，替吾做咖啡去。"一面又和桂芳亲了一个吻。

桂芳走到画屏之前，倏地又回了转来，跽在那睡椅旁边，凄凄楚楚地说道："郎君，你不论遇了什么事，总要原谅吾，体贴吾的心。吾是永远爱你的，吾的身体为了你牺牲，也所甘心。你到哪里去，吾总伴着你去。你若是到世界的尽头处去，吾也跟着到世界的尽头处去，决不肯听你独去，寂寞无伴。"说时，把手儿掩着玉颜，一动都不动地跽在那里。

莩利门瞧着她，很为诧异，但是也不知道其中道理。只当是为了昨天说起了要回英国去，所以她心里郁郁不乐。于是又捧起桂芳的脸儿来，含笑着亲了一下，说道："亲爱的，这不打紧，吾到哪里去，自然总带你一同去。吾身外之物一切都可以没有，然而不可以一天不见吾的桂芳。"

桂芳在那睡椅旁边痴立了半晌，才轻移莲步，往屏后去了。停了一会，已托了一只茶盘出来。迟疑了半晌，方始颤手把那一杯咖啡给授莩利门，一边说道："吾的郎君，你喝一杯咖啡！"

莩利门带笑容道："吾的爱人，多谢你！"便擎杯凑在嘴上，咕嘟咕嘟喝一个干。喝罢，扑地向后倒在椅上，那杯儿掉落在地，打了个粉碎。

桂芳秋波含泪，对着她意中人呆瞧了好一会儿，才低下蜻蜓般的粉颈去和他亲了一个最后的吻。接着跽在地下，发出杜鹃泣血似的声音来，凄凄恻恻、悲悲惨惨地喊道："郎君！行再相见！"